Benoît Séverac

Benoît Séverac est auteur de littérature noire et policière, adulte et jeunesse. Ses enquêtes reposent sur un contexte social décortiqué. Certains de ses romans ont été traduits aux États-Unis ou adaptés au théâtre. Il collabore à divers projets mêlant littérature et arts plastiques, photographie... Benoît Séverac prend également part à des productions cinématographiques. *Le Chien arabe*, prix de l'embouchure 2016, a paru chez Pocket en 2017 sous le titre *Trafics*. En 2017, *115* a paru à La Manufacture de livres. Il est également l'auteur de cinq romans chez Syros, dont *Une caravane en hiver* (2018). *Wazházhe*, son premier roman commun avec Hervé Jubert, a paru en 2018 aux éditions Le Passage. Benoît Séverac enseigne aussi l'anglais au Diplôme national d'œnologie et à l'école vétérinaire de Toulouse, où il vit.

TRAFICS

BENOÎT SÉVERAC

TRAFICS

la manufacture de livres

Cet ouvrage a précédement paru sous le titre : *Le Chien arabe.*

MIXTE
Papier issu de sources responsables
FSC® C003309

Pocket, une marque d'Univers Poche, est un éditeur qui s'engage pour la préservation de son environnement et qui utilise du papier fabriqué à partir de bois provenant de forêts gérées de manière responsable.

ISBN : 978-2-266-27207-0

Ce roman est dédié aux habitants des Izards à Toulouse, dont certains font de ce quartier un « petit village » où il fait bon vivre... aussi.

Le manuscrit doit beaucoup à la relecture de Natalie Beunat.

À Jules et Jeanne qui m'apportent tant,
Et à Maïté, qui accompagne mon travail avec patience et bienveillance.

Remerciements au docteur Béatrice Bertagnoli pour son précieux éclairage en matière de médecine vétérinaire.

Et à Pierre Fourniaud pour son accueil à *La Manuf*.

Note de l'auteur

Les Izards, Toulouse nord, à trois stations des Minimes – ce quartier si cher à Claude Nougaro – a depuis longtemps une réputation sulfureuse. « Ici, même les mémés [qui] aiment la castagne » ont été détrônées par plus violents qu'elles.

Un moment surnommé Le petit Mirail – du nom de l'immense zone urbaine à l'ouest de Toulouse – le quartier des Izards est progressivement devenu l'un des endroits les plus malfamés de la ville, plaque tournante du trafic de stupéfiants dans le Sud-Ouest.

Il a finalement gagné ses lettres de noblesse le jour où un de ses jeunes a décidé que le crime de petite envergure ne suffisait pas et qu'il était temps d'inventer l'islam radical, version scooter et caméra GoPro.

En découvrant que Mohamed Merah avait grandi aux Izards, Toulouse a été frappée de stupeur. Elle s'est tournée vers ce bout d'elle-même, rejeton aux confins de la ville, cette ancienne terre maraîchère encore associée à la paysannerie dans l'inconscient des autochtones, que l'administration fiscale a affublée du terme péjoratif de « Toulouse nord » – dans le

Midi, tout ce qui est estampillé nord souffre d'un déficit d'image – à laquelle la régie municipale des transports a accordé d'être desservie par le métro, mais dont le nom même de la station – Trois-Cocus – prête à sourire... Toulouse donc s'est penchée sur cet appendice nécrosé, jusque-là oublié, et a commencé à trembler : le petit quartier à la marge était devenu fournisseur officiel de terroristes.

1

Toulouse est une fournaise en été. La ville entre en ébullition dans sa cuvette chauffée à blanc pendant la journée, sans aucun espoir d'apaisement la nuit venue. Comme si le soleil ne suffisait pas, le vent d'autan y va de son souffle chaud qui dessèche tout, les hommes aussi bien que les jardins.

Ce soir, il fait lourd mais le quartier des Izards doit rester calme : pas question de lancer les quads dans des *runs* sous les fenêtres des voisins qui ne trouvent ni le sommeil ni le courage de se plaindre. Il ne faut donner aucune raison aux patrouilles de police de s'attarder. Tout le monde doit se tenir à carreau, pas de provocation. La consigne vient de Noureddine Ben Arfa, sorte de caïd local qui tient une partie du quartier. On ignore l'identité du seigneur auquel il est lui-même assujetti : au mieux un gros importateur du Mirail.

Noureddine Ben Arfa attend une livraison, il faut donc que les rues soient dégagées, au moins jusqu'à trois heures du matin, horaire escompté d'arrivée de la BMW en provenance de Barcelone.

À l'heure dite, Samia Ben Arfa est réveillée par les allées et venues de Noureddine dans la pièce d'à côté. Elle ne se fait aucune illusion sur ce frère aîné issu d'un premier mariage de leur père, dont la mère est restée en Algérie. À vingt-trois ans, il est officiellement sans emploi et touche le RSA, ce qui ne l'empêche pas de rouler en BMW et de payer cash ce qu'il achète. Il traîne toute la journée au tabac-presse de la place Micoulaud, mais, bien qu'il soit au chômage, il ne reste pas les bras croisés. Il s'est approprié les quelques mètres carrés de trottoir devant le magasin pour en faire son siège social : un téléphone portable, deux ou trois cartes SIM changées régulièrement, une voiture chouf en stand-by permanent en amont, une autre en aval, une troisième stationnée en double file pour les transactions de chauffeur à chauffeur par la fenêtre, une nuée de jeunes désœuvrés qui l'entourent en buvant du café, fumant, s'interpellant, constituant un nuage mouvant et bruyant qui rend toute approche policière impossible...

Son demi-frère Mustapha, le benjamin, douze ans, fait déjà partie de l'entreprise familiale. Quand il n'est pas au collège, il est chouffeur en bas de l'immeuble. C'est lui qui signale tout nouvel arrivant et donne l'alerte si les flics débarquent. Normalement, il passera bientôt chef chouffeur. C'est lui qui occupera le fauteuil sous la coursive et filtrera les entrées de la cage d'escalier. Dans quelques années quand il aura l'âge de Samia, il sera vendeur, *Inch Allah*. Il n'y a guère que leur sœur Leïla, la petite dernière, avec qui Samia arrive encore à parler. Elles partagent la même chambre, ainsi Samia peut veiller sur elle. Elle observe avec émotion l'enfant profondément endormie, bras et jambes en croix sur son drap, qui ne porte qu'une culotte. Samia s'attarde sur sa poitrine naissante. L'idée qu'elle devienne déjà femme lui provoque un pincement au cœur. Elle voudrait la préserver.

Noureddine est descendu, le silence est retombé dans l'appartement. Samia entend sa mère aller aux toilettes. Elle se lève à son tour pour se diriger vers la fenêtre. Elle regarde dehors en faisant attention de ne pas être vue. Le parking est plongé dans le noir depuis que les lampadaires ont été dégommés par la bande de Noureddine. Samia se souvient du soir où son frère et ses copains se sont amusés à tirer dessus à coups de pistolet ; l'occasion pour eux de prouver qu'ils savaient manipuler un *gun*, comme ils disent. Des armes circulent, Samia le sait. Les chouffeurs n'en portent pas, mais les vendeurs y ont droit. Une fois, elle a même aperçu une espèce de petite mitraillette mal dissimulée sous le blouson de son frère. On aurait dit qu'il avait fait en sorte qu'on la voie.

Elle laisse ses yeux s'habituer à l'obscurité et finit par deviner la silhouette de Noureddine, ainsi que celle de Souleymane, son bras droit, derrière une grosse voiture noire. Deux types qu'elle ne reconnaît pas en sortent. Chacun tient étroitement deux chiens en laisse. Ils ont laissé tourner le moteur, bien que les phares ne soient pas allumés. Les chiens passent de main en main, les types remontent à bord de leur véhicule et repartent immédiatement, feux toujours éteints. Samia suit le véhicule des yeux jusqu'à ce qu'il disparaisse.

Noureddine et Souleymane ne bougent pas. Elle ne peut pas distinguer leurs visages mais elle sait qu'ils se méfient ; ils n'ont pas que des amis dans la cité : les flics, bien sûr, même s'ils s'aventurent rarement aussi loin, des clients en manque dont les réactions sont souvent imprévisibles, des bandes rivales... et depuis peu, certains qui prétendent ramener la morale et le respect de la loi coranique dans les quartiers.

Après un long moment au cours duquel ils observent les façades des immeubles, ils se replient vers l'entrée 2 qui mène à leurs caves. Samia découvre alors que l'un des chiens se déplace avec difficulté. Il fait deux pas en gémissant puis s'assied, refusant d'aller plus loin. Souleymane tire sur la laisse, sans effet. Il tire plus fort. L'animal geint mais ne lève pas l'arrière-train. Pendant ce temps, son frère continue à balayer du regard le parking et les différentes entrées de la cité. Souleymane s'agace, il traîne le chien sur un mètre ou deux ; celui-ci râle. Le garçon tire plus énergiquement, étranglant presque la bête qui suffoque mais ne se résout toujours pas à avancer. Samia s'inquiète, elle craint que Souleymane ne s'énerve pour de bon. Elle sursaute en le voyant donner un grand coup de pied dans les flancs du chien qui jappe de douleur.

— Pas dans le ventre, t'es ouf ou quoi ?! lâche Noureddine.

Souleymane jure et, à bout de patience, prend l'animal dans ses bras.

— Putain, il est lourd, l'enculé de sa race.

Les deux garçons disparaissent dans les entrailles de l'immeuble. Qu'est-ce qu'ils manigancent ? se demande Samia. Ils n'ont jamais eu de chiens !

Elle sait qu'elle devrait retourner se coucher. Elle ne s'est jamais mêlée des affaires de son frère. Elle a beau désapprouver, elle a beau voir ses parents crever de peur et de honte, elle ne se risquerait pas à lui faire la moindre réflexion. Noureddine n'a que haine et mépris pour tout ce qui n'est pas lui. Il parle du respect qu'on lui doit à longueur de journée, mais n'en montre pour personne. Aussi, la façon dont Souleymane et lui viennent de traiter cet animal ne l'étonne pas. Elle devrait oublier, faire comme si elle n'avait rien vu... Elle fixe encore un instant la bouche sombre dans laquelle son frère et son lieutenant se sont engouffrés, puis elle regagne son lit. Elle se glisse sous son drap, mais l'image de ce corps souffreteux traîné par une laisse trop courte l'empêche de se rendormir.

Elle se redresse et bondit hors du lit.

2

Dimanche, trois heures du matin. Au lieu de faire la fête avec des potes ou de s'envoyer en l'air, Sergine Hollard se tient, grande, massive et seule, dans l'obscurité de sa clinique vétérinaire. C'est ici qu'elle vient quand elle ne va pas bien. Il n'y a qu'au milieu des animaux et des tables en inox qu'elle trouve un certain réconfort.

Elle est d'astreinte ce week-end, mais elle n'a eu aucun appel cette nuit ; elle n'a donc pas de raison d'être là. Ce n'est pas normal, elle en est consciente. Les gens normaux ne se rendent pas à leur travail en pleine nuit quand ils ont des peines de cœur. Ils consultent un psy, prennent une cuite, avalent un anxiolytique, ou bien téléphonent à leur âme sœur. C'est ce que Sergine aurait fait si elle en avait une. Mais elle ne croit pas à l'amitié, que ce soit au féminin ou au masculin. Les filles l'agacent et les garçons...

Ils ne sont pas faits pour être des amis. Elle préfère coucher avec. Ni eux ni elle ne sont doués pour autre chose. Quant à la famille, elle est plutôt mal lotie : fille unique, orpheline de mère, sans plus aucun contact avec son père.

Jamais mariée, pas d'enfants, pas de confident. Elle n'a personne vers qui se tourner ce soir. Aussi se laisse-t-elle emporter par la douleur, incapable d'envisager cette séparation autrement qu'en souffrant.

À trente-huit ans, elle a connu autant de façons de se faire larguer que d'amants : la lettre postée la veille, le mot laissé sur la table de la cuisine, la disparition pure et simple, le coup de téléphone, le mail également, et même le SMS. Elle ne vaut guère mieux : elle a tour à tour fait preuve de cruauté, de lâcheté, d'indifférence... Quand on n'aime plus, on se fout des convenances, on ne pense qu'à une chose : décamper, reprendre sa liberté, et ne plus entendre parler de celui qu'on laisse sur le carreau.

Bien qu'elle n'en soit pas à sa première rupture, elle n'est pas immunisée pour autant. Au contraire, c'est chaque fois plus douloureux. Et ce n'est pas parce qu'on a des mensurations hors normes qui vous placent dans la catégorie des colosses féminins – Sergine mesure un mètre quatre-vingt-cinq pour quatre-vingts kilos – qu'on en est moins sensible. Depuis hier, elle rumine la conversation téléphonique qu'elle a eue avec Philippe, son mec. Son ex, donc, désormais.

— Fait chier ! lâche-t-elle tout haut.

Sergine a un visage de poupée avec sa chevelure blonde et ses pommettes saillantes, mais elle est capable de jurer comme un charretier. Elle peut aussi cracher et cogner s'il le faut, ce qui surprend les hommes qui ne la connaissent pas, fait fuir les uns, attire les autres. Elle a gardé ça du rugby. Des années passées sur le terrain, et pas à un des postes les plus tranquilles : elle était pilier. Ça forge un caractère.

Philippe semblait s'en être accommodé. Lui aussi avait ses travers. D'ailleurs, il l'avait prévenue : « Je ne suis pas de ceux à qui on passe un fil à la patte. » Elle a entendu ce discours des dizaines de fois, mais elle commet toujours l'erreur de ne pas y croire. Elle espère encore être celle qui amadouera le fauve, qui lui ouvrira les yeux et le cœur à l'amour.

— Conneries ! jure-t-elle de nouveau.

Sergine devrait le savoir maintenant, elle n'est pas faite pour la romance. Elle choisit toujours des mecs inconstants et immatures ; charmants, intelligents et amusants, mais pas fiables pour deux sous. Le genre canaille et séducteur qui attire les regards, mais dont on voit en un coup d'œil qu'il vous plantera aussi vite qu'il vous a subjuguée. Il n'y a qu'elle qui ne veuille pas voir, et ça la pousse chaque fois vers le même écueil. Elle repense à Philippe, à ce qu'il lui a répondu quand elle lui a demandé pourquoi il la quittait : « Pour t'éviter de souffrir plus tard. » Il a osé lui sortir ça après deux ans !

— Pauvre type.

C'est le genre de séparation que Sergine méprise : sans tenue, sans panache... De celles qui vous ouvrent les yeux sur le bonhomme. Les plus faciles à oublier. Soi-disant.

3

Samia n'est pas téméraire. Pourtant cette fois, elle est décidée à agir. Elle connaît les sous-sols de la cité par cœur ; elle sait où se trouvaient la plupart des planques de son frère. Les caves ont longtemps été le territoire de sa bande, en permanence changées pour brouiller les pistes de la concurrence ou de la police. Mais les descentes de flics sont devenues si fréquentes depuis Sarkozy que les dealers se sont rabattus sur des lieux plus sûrs, plus difficiles à fouiller légalement : les nourrices, ces appartements empruntés de gré ou de force à des habitants de la cité qui n'ont pas de casier judiciaire... Des couples de vieux, des femmes seules, des gens fragilisés et isolés dont ils achètent le silence ou à qui ils promettent une vie si compliquée s'ils refusent de collaborer, qu'ils acceptent de transformer leur appartement en base logistique pour gangsters. Alors, qu'est-ce que Noureddine et Souleymane vont faire ce soir dans les caves ? Samia emprunte la cage d'escalier.

C'est la première fois qu'elle se trouve là à une heure où l'on n'entend ni les cris des enfants sur le palier, ni les voitures à l'extérieur. Elle prend conscience que l'immeuble est fait de bruits qu'elle ne remarque plus. Une fois dehors, elle se faufile entre les poteaux des coursives jusqu'à l'entrée 2 où elle s'enfonce à la suite des deux garçons. Plus que deux portes métalliques à franchir et elle sera dans les caves. Même les odeurs, mélange de saleté, de renfermé et d'huile de moteur, lui paraissent plus fortes qu'en journée. À partir de maintenant, tout son ne peut venir que d'elle ou d'eux. Elle évolue dans le noir, seulement guidée par sa mémoire des lieux. Elle se souvient d'une série de passages à emprunter. Si ses calculs sont bons, elle devrait rapidement atteindre un des couloirs autrefois tenus par la bande de son frère ; c'est forcément là qu'ils ont enfermé les chiens. Ce qu'ils ne savent pas, c'est que Samia a sa propre cachette, une cave qui n'appartient à personne et dont elle ne partage le secret qu'avec Malika, sa meilleure amie. Elle se situe dans une autre barre, tout au bout d'un couloir similaire à celui-ci, mais que les bandes n'ont pas investi, parce qu'il est sans issue de secours et représente une véritable souricière en cas de descente.

Samia entend les voix de Souleymane et Noureddine. Ils sont sur leur terrain, en sécurité maintenant qu'ils ont rejoint les bas-fonds de la cité. Noureddine dit quelque chose comme « Donne-lui le médoc, on s'en fout s'il marche pas, pourvu qu'il chie ». Une porte est rabattue, puis c'est le cliquettement d'un cadenas qu'on referme. Samia a le réflexe de se plaquer contre le mur opposé à l'ouverture ; l'instant d'après, la porte s'ouvre brusquement, crachant un rai de lumière qui éclaire l'obscurité dans laquelle elle se trouvait quelques secondes plus tôt. Heureusement, son frère et Souleymane ne se retournent pas en franchissant le seuil où elle se fait minuscule, retenant son souffle quand ils la croisent. Leurs pas s'éloignent, et enfin elle reconnaît le claquement de la première, puis de la deuxième porte métallique. Pendant une minute, elle demeure immobile, paralysée par la crainte qu'ils reviennent ou qu'ils envoient un de leurs guetteurs surveiller leurs pensionnaires.

Quand elle est certaine que le calme est revenu, elle pénètre dans la seconde cave. Les deux garçons devaient se tenir à peu près à mi-chemin dans le couloir. Elle essaie d'actionner la poignée d'un premier cagibi, puis d'un deuxième. Elle s'arrête et tend l'oreille, mais ne perçoit aucun signe de vie. Elle siffle un coup pour appeler les chiens, doucement d'abord. Sans succès. Elle recommence un peu plus fort ; elle devine un couinement craintif provenant de plus loin, sur sa gauche. Elle se retourne pour vérifier qu'elle est toujours seule, espérant que, malgré la séparation, elle entendra le grincement des gonds si quelqu'un vient. Elle avance de quelques pas et lance un nouvel appel accueilli par le même gémissement. Un chien s'agite de l'autre côté de la porte. Elle éprouve la résistance de la serrure. Le panneau de bois n'a pas l'air très solide, un coup d'épaule devrait suffire à l'enfoncer, mais il est entravé par une chaîne cadenassée.

Samia inspecte le couloir chichement éclairé sans trouver quoi que ce soit qui puisse servir de levier. Elle va vers la sortie de secours, à l'autre extrémité du couloir, pousse la barre de sécurité et tombe sur une cage d'escalier nauséabonde au bas de laquelle croupit un vieux vélo sans roues ni selle. Une idée lui vient : en frappant violemment le cadenas à l'aide de la fourche du vélo, elle devrait pouvoir le faire sauter. L'inconvénient est que ça va faire un raffut qui s'entendra jusque dans les étages. Elle n'a pas droit à l'erreur, elle doit réussir du premier coup et, dès que la porte cédera, saisir le chien – pourvu qu'il s'agisse du bon, celui qui est malade ! –, disparaître immédiatement et le mettre en lieu sûr. Même si elle y parvient, il faudra encore qu'elle ait assez de chance pour ne pas croiser son frère en remontant chez elle.

Elle contemple la chaîne, écoute le silence, s'assure une dernière fois que personne ne vient, estime le temps dont elle dispose et se lance enfin. Elle ne se reconnaît pas : elle soulève le cadre nu, le renverse, pointe l'extrémité de la fourche en direction du bas et l'abat de toutes ses forces sur le cadenas qui se brise du premier coup, libérant la chaîne qu'il retenait. Elle repose le vélo, hésite à le laisser contre le mur, choisit finalement de le ramener où il était pour éviter d'attirer l'attention sur le cagibi fracturé. Précaution qu'elle sait inutile, car elle n'a aucun espoir que son intrusion passe inaperçue. Elle revient vite pour pousser la porte qui s'ouvre sur quatre chiens. Trois d'entre eux se redressent en remuant la queue. Ils ont l'air amicaux, presque craintifs. Ils ne cherchent même pas à filer entre ses jambes. Le quatrième est sans réaction. C'est tout juste s'il la suit des yeux alors qu'elle se penche sur lui. Elle ne connaît pas sa race. Il lui paraît immense. Quand elle va pour le prendre dans ses bras, elle réalise qu'il pèse trop lourd pour qu'elle puisse le transporter très loin. Elle le tire hors du cagibi, fait de son mieux pour remettre la chaîne en place, puis le soulève et le cale contre sa poitrine. Elle s'enfuit par l'issue de secours.

Une fois dehors, elle n'a plus qu'à faire le tour par l'arrière de l'immeuble pour se retrouver de l'autre côté du parking, au niveau de la tour Bleue. Elle aurait pu passer par les caves qui communiquent toutes dans la cité des Faons, reliant les tours les unes aux autres et formant un labyrinthe, mais ça l'aurait obligée à passer par des couloirs aux mains de bandes encore moins recommandables que celle de son frère.

Le corps inerte de l'animal est un véritable poids mort. Parce qu'elle doit s'arrêter plusieurs fois pour reprendre son souffle, elle met une dizaine de minutes pour atteindre sa cave secrète.

Là, elle dépose le chien à même le sol. Il est visiblement mal en point. Il ne bouge toujours pas et respire difficilement. Il faudrait qu'elle le montre à un vétérinaire le plus vite possible. Il y a une clinique, route de Launaguet, elle passe devant tous les jours pour aller au collège. Mais sera-t-elle ouverte à cette heure de la nuit ? Elle se souvient qu'il y a un numéro d'urgence affiché sur l'enseigne. Ça veut dire qu'on peut les appeler 24 h/24. Mais même si elle arrive à les joindre, comment amener le chien jusque-là sans être vue ?

Elle commence à saisir la portée de ce qu'elle a fait. Son frère va vite se rendre compte que quelqu'un a forcé son cagibi, lui et ses sbires vont fouiller la cité de fond en comble pour le retrouver. Elle n'a que quelques heures, tout au plus, avant qu'il ne découvre l'effraction.

4

Il est maintenant quatre heures du matin, Sergine marche de long en large dans sa clinique. Elle en arpente inlassablement chaque pièce. Les animaux hospitalisés ont senti sa présence ; ceux qui le peuvent remuent ou geignent pour attirer son attention. Elle évite le chenil pour ne pas avoir à répondre à leur appel. Elle veut être seule, ne penser qu'à Philippe, s'énerver contre lui, taper contre les murs, crier. C'est ce qui l'aide, c'est ainsi qu'elle l'effacera de sa mémoire.

Sa colère est interrompue par un bruit en provenance de la porte d'entrée. Quelqu'un vient de s'appuyer contre un des volets métalliques, ou tente de le forcer. Cambriolage ! pense Sergine immédiatement. La clinique est censée être déserte à cette heure.

Elle se précipite vers le hall de réception. Elle devine des ombres sur le parking à travers les lattes du rideau de fer. Son pouls s'accélère. Sans un bruit, elle ouvre les deux portes vitrées, retient son souffle et tend l'oreille pour localiser ceux qui essaient de s'introduire, quand son téléphone portable se met à carillonner. C'est la sonnerie réservée aux appels transférés par le standard automatique de la clinique lorsqu'elle est d'astreinte. C'est fichu pour la discrétion. Elle allume et prend l'appel, d'un ton mal assuré :

— Clinique vétérinaire des Izards.

— Vous êtes là ?

— Pardon ?

— Vous êtes là ! Je vous entends, ouvrez-moi, s'il vous plaît, c'est urgent.

La voix dans le combiné, juvénile et féminine, lui parvient aussi de l'autre côté du volet métallique. Sergine contemple le rideau, hésite, raccroche. Quelqu'un commence à marteler les lattes à intervalles réguliers. Les coups sont ponctués de « Ouvrez, s'il vous plaît ! » lancés par la même jeune fille. Tout le contraire d'une tentative d'effraction en douce.

— Qu'est-ce qui se passe ?

— C'est pour un chien. Il est en train de mourir.

Sergine ne sait quoi dire. L'autre insiste :

— Dépêchez-vous ! Il faut le sauver.

De l'autre côté, invisible, la gamine semble paniquée et très volontaire à la fois. Le piège est vieux comme le monde : convaincre le pigeon qu'on a besoin d'aide jusqu'à ce qu'il ouvre et le braquer. Pourtant, Sergine a envie de faire confiance à cette voix qu'elle trouve franche.

— Qui êtes-vous ?

— Je m'appelle Samia Ben Arfa.

Ce n'est pas la façon de répondre de quelqu'un qui a des arrière-pensées, se dit Sergine.

— Vous êtes seule ?

— Oui.

La vétérinaire, rompue aux gardes de nuit, sait que c'est contraire à toute règle de sécurité, mais elle décide de déverrouiller le volet. La masse blindée se relève, dévoilant petit à petit les jambes, puis le buste, et enfin la frimousse d'une gamine de quatorze ou quinze ans, aussi mignonne qu'effrayée. Celle-ci a un mouvement de recul lorsque Sergine apparaît, elle lance des regards inquiets dans toutes les directions, comme si elle craignait quelque chose, ou quelqu'un.

À son tour, Sergine inspecte les alentours pour s'assurer qu'aucun mauvais coup ne va venir du parking ou de la rue.

— Il est où, ce chien ?

— Dans une cave, à la cité.

— Dans une cave ?

— Oui. Je vous en supplie, il est en train de mourir, il faut faire vite.

Sergine réfléchit ; il y a quelque chose qui cloche dans son histoire.

— Pourquoi ne l'avez-vous pas amené ?

— J'ai essayé, mais il est trop lourd. Je l'ai laissé là-bas en attendant d'aller vous chercher.

Sergine la détaille. Qu'est-ce qu'une gamine de son âge peut bien faire dehors en pleine nuit ?

— Vos parents ne pouvaient pas le charger dans leur voiture ?

— Ils ne... Ce n'est pas possible.

— Il est à qui ce chien ?

— Je l'ai trouvé.

Le ton mal assuré de la jeune fille indique qu'elle ment.

— Quand ?

— Ce soir... cette nuit.

— Là, comme ça, à quatre heures du matin ? Vous marchiez dans la cité et vous êtes tombée sur un chien mourant ? ironise-t-elle.

La jeune fille baisse la tête. Dans sa précipitation, elle n'a pas imaginé un scénario plausible. Elle pensait qu'un vétérinaire soignerait le chien sans poser de question.

— Vos parents savent que vous êtes là ?

Nouveau silence éloquent de l'adolescente.

— Si vous me disiez ce qu'il se passe ?

— Tout ce que je sais, répond-elle en plantant ses yeux dans ceux de la vétérinaire, c'est qu'il va mourir si vous ne faites rien.

Sergine ne se laisse jamais attendrir, elle a appris à repousser ce sentiment. Pourtant, quelque chose lui fait croire que l'affolement de la jeune fille n'est pas feint. Même si elle ne lui dit pas tout, elle a véritablement besoin d'aide et n'a personne vers qui se tourner.

Le ton du docteur Hollard se fait très professionnel :

— C'est quoi comme chien ?

— Je ne sais pas, c'est un gros chien...
— Qu'est-ce qu'il a ?
— Je ne sais pas. Il ne bouge plus.
— Il a été accidenté ?
— Non.
— Il saigne ?
— Non.
— Il bave ?
— Euh... Non.
— Il tremble ?
— Je ne crois pas.
— Ses yeux sont ouverts ?
Oui, mais ils ne bougent pas non plus.

Sergine s'attarde un instant sur le visage de la gamine. N'importe qui lui déconseillerait de suivre une inconnue en pleine nuit dans une cave des Izards. N'importe quel vétérinaire un tant soit peu sensé s'abstiendrait d'accompagner une mineure pour soigner un chien sans l'autorisation des parents, sans que l'identité du propriétaire de l'animal ait été clairement établie, sans garantie d'être payée. Elle est consciente d'être sur le point de commettre une énorme bêtise, mais elle décide de suivre son instinct.

— Elle est loin cette cave ?

5

Le nez dans le sol, Hamid est terrorisé. Il n'a pas dix-huit ans. Le tapis pue le sale et les pieds ; lui pue la trouille.

Tout est poussiéreux et moisi ici. Ces mosquées

n'en sont pas, ce sont des caves. Difficile de l'oublier. De même qu'il lui est difficile, malgré l'abandon de la prière, d'oublier que l'échéance approche.

Pourquoi a-t-il peur ? Son frère a-t-il les mêmes états d'âme ?

Probablement. Mais lui a appris à se battre, à obéir et à ne douter de rien, surtout pas de la volonté d'Allah. Et puis, Nejib hait tous ceux qui n'appartiennent pas à la cause. Cette haine est plus forte que tout. Aucun autre sentiment ne l'anime.

Hamid aime quand son aîné se montre sûr de lui et déterminé, mais il aime aussi quand il lui parle tendrement en cherchant à le rassurer, quand il fait preuve de compréhension et qu'il accepte que son cadet ne soit pas aussi fort que lui. Ces moments de complicité sont de plus en plus rares et ne durent pas. Ce sont des fragments d'enfance volés à la sévérité des yeux de son frère, à sa voix devenue cassante au fil du temps et à ses gestes qui donnent à tout ce qu'il fait un air d'irrémédiable. Son frère s'est desséché, son regard sur le monde est désormais semblable à celui de l'émir qui les a formés : intransigeant, sans concession.

On lui a dit qu'ils ne survivraient probablement pas à cette opération, mais que, s'ils mouraient, ce serait pour le djihad. Que leur martyr constituerait un accomplissement. Rares sont ceux qui peuvent se targuer d'un tel privilège.

Il ne sait pas ce que cela signifie exactement. Tout se mélange. C'est pour la Palestine, pour leurs compatriotes algériens, pour leurs compagnons qui luttent pour le rééquilibre des forces entre les civilisations... Pour tout ce que les Français ont fait subir aux Maghrébins, pour ce que les Américains infligent au monde arabe depuis 1991, pour les enfants de Ramallah morts sous les bombes israéliennes, et plus largement pour mettre un terme à la diffusion des valeurs de l'Occident qui asservissent les musulmans depuis des siècles.

Pourtant, plus il y réfléchit, moins il voit le rapport entre ces souffrances et l'opération qu'ils préparent depuis des semaines. Il ne remet pas en question la légitimité de leur cause, mais il n'est plus tout à fait certain que leur action soit juste.

— Tu réfléchis trop, répète à longueur de temps son frère à qui il n'a pas fait part de ses doutes.

Il ne comprendrait pas.

Plus question de faire machine arrière.

Il essaie de se rappeler ce qui les a amenés jusqu'ici, Nejib et lui : les années d'ennui dans la cité ; les frustrations, l'envie de tout ce qu'ils ne posséderaient jamais ; le collège où il n'y avait plus rien à casser et qui n'offrait aucune autre perspective que le lycée professionnel en face pour apprendre un métier du bâtiment où, en s'échinant, on ne pourrait espérer gagner mieux que le SMIC ; mais surtout, ce regard. Le regard des serveurs dans les cafés, des vendeurs dans les magasins, des vigiles à Auchan, des flics du centre-ville. Même à la piscine, un des rares endroits où Français et Arabes se croisent – au collège, ça fait longtemps que les Français ont mis leurs enfants à Toulouse-Lautrec ou à Raymond-Naves –, lui et ses potes du quartier n'avaient jamais le bon maillot, la bonne serviette de bain. Alors ils faisaient du bruit et ils dérangeaient tout le monde pour qu'on les craigne, pour avoir gain de cause d'une manière ou d'une autre, quitte à ce qu'on les traite de demeurés.

Pas le bon nom, pas le bon quartier non plus... Ils ne se sentaient même pas dans le bon pays.

Pourtant, malgré ces mauvais souvenirs qu'il convoque régulièrement pour entretenir sa motivation, l'incertitude n'a jamais disparu et le taraude à la veille de passer à l'acte. Ce qu'ils sont sur le point de faire changera-t-il quoi que ce soit ?

Hamid a beau essayer, il ne parvient pas, à l'instar de son frère aîné, à mépriser et détester tous ceux qu'ils appellent des mécréants : les Arabes occidentalisés et les Français qu'il faut considérer comme responsables de la situation des Beurs, sans exception. Hamid en connaît qui sont bien.

Il ne sait plus ce qu'il faut penser.

— Arrête de penser ! lui dirait Nejib.

Il y a des raisons supérieures qui lui échappent, auxquelles il doit se soumettre. Tous auront les yeux tournés vers son frère aîné et lui au moment où ils passeront à l'acte. Après ça, ils seront un exemple que d'autres suivront, on parlera d'eux dans les journaux, on tremblera en prononçant leur nom. Les Omane seront des ennemis publics pour les uns, des héros pour les autres. Personne n'a jamais fait ce qu'ils s'apprêtent à faire. Pas dans ce pays, en tout cas. Après leur exploit, les Français ne considéreront plus les Arabes de la même façon. Nejib et lui vont écrire l'Histoire de leur peuple.

Mais cela n'apaise en rien son épouvante.

6

La cité des Faons, à deux pas de la clinique, au cœur du quartier des Izards, est devenue la plaque tournante de toutes sortes de trafics. Ici, les perspectives d'avenir pour les gamins sont minces. Le choix d'orientation se résume souvent au vol de scooters et de voitures ou au trafic d'armes et de stupéfiants. Il y a bien quelques exceptions. Les initiatives locales pour faire mentir ces clichés existent, mais elles s'épuisent et, aujourd'hui, un gamin des Izards doit avoir une volonté d'acier pour choisir la réussite scolaire comme moyen de s'en sortir.

Samia a demandé à Sergine de se garer au niveau de la station de métro et suggéré qu'elles parcourent les cent derniers mètres à pied pour ne pas attirer l'attention.

— Il y a des chouffeurs à l'entrée de la cité. On va passer par-derrière pour accéder à la cave où j'ai laissé le chien.

Sergine coupe le moteur et lève les yeux vers l'immeuble de quatre étages, tout en longueur, qui borde la route et ferme la cité. De là-haut effectivement, il est facile de guetter qui entre et sort du quartier. Elle se tourne vers l'adolescente qui s'apprête à quitter le véhicule.

— En quoi est-ce que ça pose problème si on me voit ? lui demande-t-elle.

Samia lâche la poignée et se rencogne dans son siège, comme si elle s'attendait à cette question.

— Je ne peux pas t'aider si tu ne me dis pas ce que je devrais savoir, insiste Sergine.

Samia persiste dans son silence. Sergine consulte sa montre : quatre heures et quart. Elle détaille les traits tirés de la jeune fille qui tombe de sommeil mais lève les yeux vers elle : deux puits sombres si profonds que Sergine en est troublée. Elle soutient quand même son regard :

— Je n'irai pas plus loin tant que tu ne m'auras pas expliqué ce que ce chien fait dans une cave et pourquoi je dois l'ausculter en catimini.

Des larmes contenues depuis un moment éclatent.

— Tu dois me faire confiance. Je suis véto, pas flic ni juge. Alors, si c'est aussi urgent que tu le disais, tu ne devrais pas perdre davantage de temps.

— Il est à mon frère, lâche enfin Samia dans un murmure.

— Pardon ?

— Le chien. Il est à mon grand frère.

— C'est quoi le problème, alors ? Pourquoi il est pas chez toi ?

— On n'a pas le droit aux animaux à la maison.

— Ton frère détient un chien contre l'avis de tes parents, c'est ça que je dois comprendre ? C'est pour ça qu'il le garde dans une cave ?

Samia fait non de la tête.

— Il s'est échappé et je l'ai recueilli. Il le cherche. S'il apprend que je le cache, il me tuera.

Elle a prononcé ces derniers mots d'une voix rauque.

— Je ne comprends pas. Pourquoi tu ne lui rends pas ?

— Parce que c'est lui qui lui a fait ça.

Il fait nuit, elle se trouve au pied de l'un des immeubles les plus mal fréquentés de la ville, elle projette de pénétrer dans une cave pour soigner un chien dont elle ne sait rien... Pourtant, ce n'est pas tant la situation qui impressionne Sergine que cette gamine. Elle paraît si fragile un instant, si forte celui d'après.

— Il y a des lois contre la maltraitance envers les animaux. Je peux prévenir la SPA. Ils le feront adopter par des propriétaires plus responsables s'il est en danger auprès de ton frère.

Samia rejette tout en bloc par un mouvement de la tête :

— Il fera tout pour le récupérer, et après il s'en prendra à moi. C'est son chien, jamais j'aurais dû m'en approcher.

— Mais enfin, je ne le laisserai pas faire. J'irai lui parler s'il le faut...

— Vous ne le connaissez pas, ça se voit.

Sergine comprend à l'air résigné de la jeune fille que toute tentative de la raisonner est inutile. Sa clinique est à deux pas, mais elle n'a pas grandi ici, elle ne fait pas partie de ce monde, elle n'en saisit pas les codes et les lois.

— Bon, commençons par aller voir ce chien, propose enfin la vétérinaire.

Samia, soulagée, s'extrait sans un mot de la voiture. Sergine lui emboîte le pas.

Samia marche en rasant les murs de la barre, se tenant là où le risque qu'elles soient vues est le plus faible. Puis elle se dirige vers un renfoncement et pique droit sur une porte censée être bloquée de l'intérieur, mais dont la serrure est manquante. Sergine toujours sur ses talons, elle emprunte un escalier qui les conduit dans les caves du bâtiment. À plusieurs reprises, elle fait signe à Sergine de faire moins de bruit.

Le noir est presque total. Pas question d'allumer. Samia avance en terrain connu, elle évite facilement les obstacles alors que Sergine trébuche souvent.

Ça sent mauvais, un mélange de souillure et de bière renversée. Le couloir qu'elles ont emprunté est long et sans issue, pour ce que Sergine arrive à distinguer. Le parfait traquenard ! pense-t-elle.

Enfin, elles atteignent une porte en bois doublée de carton. Samia extrait une clef de sa poche et l'ouvre.

— C'est la cave de personne, explique-t-elle en chuchotant. Mon frère ne la connait pas, mais il ne faut pas faire de bruit, parce qu'il a des mouchards partout.

— Des mouchards ?

— Tout se sait dans le quartier, tout le monde espionne tout le monde.

— Bon, d'accord.

Samia pénètre dans le réduit et referme la porte derrière elle pour s'écarter et laisser Sergine faire la même manœuvre. L'espace est si petit qu'une fois à l'intérieur, on peut à peine bouger. Samia se tient debout et plaque Sergine contre le mur pour éviter qu'elle ne marche sur le chien. Sergine allume sa mini Maglite de consultation, et la lumière blanche vient éclairer le poil luisant d'un immense rottweiler noir. L'œil expert de la vétérinaire procède aux premiers constats : langue pantelante, respiration rapide, animal immobile. Elle s'accroupit et palpe l'échine du chien : aucune réaction aux stimuli usuels. Elle pince la peau, soulève les babines, examine les narines et les pupilles de l'animal : le chien présente tous les signes d'épuisement et de déshydratation avancée. Reste à savoir pourquoi. Elle palpe ses flancs et constate un abdomen distendu et dur. Elle balade le faisceau lumineux sur l'arrière-train du chien. Aucune trace de selles.

— C'est probablement une occlusion.

— Une quoi ?

— Quelque chose qui bloque son système digestif.

— C'est grave ?

— Ce qui m'inquiète, c'est son état général. Il est très faible. Je dois tout de suite l'emmener à la clinique.

— Vous ne pouvez pas le soigner sur place ? demande Samia, à nouveau inquiète.

— Non, c'est plus compliqué qu'un simple bobo.

— Et si on vous voit sortir avec le chien ?

— Et après ? Je suis vétérinaire, je peux très bien avoir été appelée pour soigner un chien malade.

La jeune fille est tétanisée. Sergine paraît si sûre d'elle. Mais Samia sait que les choses ne sont pas aussi simples.

— Ils vous connaissent. Ils sauront qu'il est à la clinique, ils viendront le chercher...

— Écoute, nous nous poserons ce genre de question plus tard. Pour l'instant, ce qui compte, c'est de sauver ce chien. Rentre chez toi, maintenant. Je m'occupe de lui, tu n'as plus de souci à te faire.

— Non. Je veux savoir ce qu'il a. Je vous accompagne à la clinique.

Il est tard et Sergine est lasse de discuter. Elle cède à la nouvelle requête de l'adolescente :

— Comme tu voudras. Passe devant et guide-moi.

Samia s'exécute, mais Sergine n'est pas dupe ; elle sait que Samia ne lui a pas tout dit au sujet de ce chien... Et de son frère.

7

Le trajet retour est moins difficile pour Sergine dont les pieds reconnaissent le terrain accidenté et évitent les obstacles rencontrés à l'aller, mais un rottweiler adulte de cette taille ne fait pas loin de cinquante kilos et elle n'est pas fâchée d'arriver à la voiture. Elle dépose l'animal dans le coffre et s'installe au volant sans perdre de temps. Samia balaie la rue du regard avant de monter à son tour. Puis la voiture fait un démarrage brutal pour laisser la cité derrière elle.

Vingt minutes plus tard, le rottweiler est allongé sur la table de la salle de radiologie de la clinique ; il ne montre toujours aucune réaction.

— Dès que j'aurai fini de l'examiner, je le réhydraterai. Il ira vite mieux. Tu le verras à la couleur de ses gencives et à l'élasticité de sa peau.

Samia acquiesce d'un signe de tête, l'air de dire qu'elle comprend.

— Ça t'intéresse, la biologie ? demande Sergine pour briser la glace.

— J'adore ça, on a un prof génial au collège.

Sergine découvre le sourire de Samia. Fugace, presque à regret. Cette douceur mêlée de tristesse sur ce visage surpris de s'être abandonné ne lui est que trop familière. Elle-même la trimballe depuis toujours.

— Tu veux faire quoi plus tard ?

La jeune fille embrasse la clinique d'un regard circulaire.

— Infirmière, j'aimerais bien.

— C'est un beau métier. Attention, recule, viens derrière la vitre avec moi.

Sergine prend un premier cliché et étudie le résultat à l'écran : l'estomac du rottweiler présente une myriade de taches opaques... Des corps étrangers, tous de même taille et forme. La radio de l'animal ressemble à une nuit étoilée, bien que l'explication soit moins poétique : autant de capsules pleines de drogue ! Sergine n'a aucun doute à ce sujet. Elle n'exprime pas le fond de sa pensée, parce qu'elle n'est pas sûre que Samia sache de quoi il retourne ; même si à quatorze ans, quand on a grandi dans ce quartier, on n'est plus candide depuis longtemps.

Pas étonnant qu'il soit complètement bouché, ce chien, se dit-elle.

La vétérinaire connaît la technique des capsules de drogue dissimulées dans le transit intestinal, utilisée depuis longtemps chez l'homme. Généralement, les passeurs sont des pseudo-touristes que l'on met dans un avion entre le Maroc et l'Europe. Elle n'a encore jamais entendu parler d'animaux porteurs, mais pourquoi ne pas se servir de chiens, en effet ? Ils font des convoyeurs discrets, difficilement soupçonnables et qui ne risquent pas de vous trahir.

Si ce rottweiler appartient au frère de Samia, cela signifie qu'il trempe dans un trafic de stupéfiants. Sergine comprend mieux la panique de la jeune fille. La question est de savoir si elle est impliquée ou pas. Était-elle au courant de ce qu'il y avait à l'intérieur de ce chien ? Son attitude n'indique rien de tel ; elle a l'air de ne se préoccuper que de l'animal.

Quoi qu'il en soit, Sergine devra prévenir la police,

mais elle n'en dit rien pour l'instant. Samia est suffisamment nerveuse sans qu'elle en rajoute.

— On peut les enlever ? demande l'adolescente en toute innocence.

— C'est une opération un peu lourde, mais c'est faisable.

— Alors il est sauvé ?

— Oui, il est sauvé. Mais tant qu'on y est, je vais examiner son tube digestif pour voir s'il n'y a pas autre chose plus bas dans l'intestin. Passe-moi l'échographe et va me chercher la tondeuse électrique qui est sur la table de préparation.

Sans hésiter, Samia fait rouler le plateau de l'appareil à ultrasons et se dirige vers la salle de soins. Sergine observe la jeune fille évoluer dans la clinique et constate qu'elle trouve rapidement ses marques.

— Et pourquoi pas vétérinaire ? lui demande-t-elle de loin.

— Quoi ?

— Ça ne t'intéresserait pas de faire des études vétérinaires, pour être docteur comme moi ?

Depuis la salle de soins, Samia ne répond pas. Elle finit par réapparaître, la tondeuse à la main.

— Ça a l'air de te plaire, insiste Sergine.

— Oui mais non, c'est impossible. Même infirmière, je ne sais pas si je pourrai.

— Tu rigoles, j'espère.

Samia baisse la tête, puis elle marmonne :

— Mon père ne voudra jamais.

— Pourquoi ? Qu'est-ce qu'il voudrait que tu fasses ton père ?

Samia se rembrunit.

— Je suis désolée, cela ne me regarde pas. Je ne voulais pas t'embêter avec mes questions.

— Non, c'est pas ça. C'est juste que...

Samia garde le menton baissé, évitant le regard de Sergine.

— C'est juste que quoi ?

La jeune fille relève la tête et explique, comme un aveu :

— Mes parents sont très traditionalistes, surtout mon père. À seize ans, je serai envoyée au bled pour me marier.

Elle a dit ça tout en caressant le rottweiler.

Sergine ne sait comment réagir. Exprimer tout haut son effroi, ou se taire par respect pour une culture qui n'est pas la sienne ? Qu'est-ce que Samia a le plus besoin d'entendre ? Qu'elle doit faire contre mauvaise fortune bon cœur ou qu'elle peut encore tout envoyer balader ?

— Qu'est-ce que tu en penses, toi, de ce mariage ?

Samia hésite, comme une ado qu'elle est, à qui on demande de faire un choix de carrière alors qu'elle n'a aucune idée de ce qu'elle veut faire.

— Rien... Je ne sais pas, finit-elle par avouer en haussant les épaules.

— Tu n'es pas obligée de te marier, tu sais. Il y a des tas de filles comme toi dans la cité qui font ce qu'elles veulent.

— Bien sûr, je sais. C'est juste mes parents, ils sont très religieux.

Sergine fait son possible pour rester calme.

— Il y a des lois, Samia. On ne peut pas forcer quelqu'un à se marier.

— Chez nous aussi il y a des lois. Elles ne sont

peut-être pas écrites comme ici, mais elles sont aussi vraies que les vôtres. C'est comme ça, on n'y peut rien.

— Et le chien ?

— Quoi, le chien ?

— Tu as bien désobéi à ton frère en me le confiant. Comme quoi, les lois que ta famille t'impose, tu sais les contourner parfois.

— C'est pas pareil. Il est innocent, lui.

— Pourquoi ? Tu as fait quelque chose de mal, toi ?

— Un chien ne peut pas se défendre.

— Toi non plus visiblement. Si je peux aider un chien, je peux t'aider, toi.

— On ne peut rien contre ça. Je n'ai pas encore seize ans, de toute façon. On verra d'ici là, *Inch Allah.*

— Ouais, c'est ça, *Inch Allah.* Occupons-nous de ce chien, tu as raison. C'est plus urgent.

Sergine ne s'explique pas son emportement. Ce que font les parents de Samia ne la regarde pas, elle en est consciente. Elle tente de se concentrer sur ce qu'elle a à faire : soigner ce rottweiler.

Elle le tond au niveau du ventre et procède à l'échographie de l'abdomen. Samia ne comprend rien à l'image qu'elle voit sur le moniteur malgré les explications de Sergine : ici l'estomac, là l'intestin, et cette superposition de couches en forme de millefeuilles, c'est une intussusception.

— Une quoi ?

— Intussusception. Les boyaux se télescopent. L'intestin rentre dans lui-même, comme un serpent qui se mordrait la queue. C'est ce qui a bloqué le transit.

— C'est grave ?

— Ça peut provoquer une infection généralisée si

on ne traite pas à temps. Il faut opérer, mais pas tout de suite.

— Pourquoi ?

— Le chien est trop faible. On va attendre qu'il se rétablisse, ici au chenil. Je viendrai voir comment il va demain, mais je pense qu'il aura besoin de se reposer jusqu'à lundi.

— Je pourrai être là pendant l'opération ?

— Tu ne vas pas au collège ?

— Je finis à quatre heures le lundi.

— Passe me voir à la clinique quand tu sortiras de cours et on verra où il en est. Il ne faut pas non plus trop attendre ; si cela s'avère nécessaire, j'interviendrai plus tôt. Tu as un portable pour que je te tienne au courant ?

— Euh... oui, mais il ne faut pas m'appeler. Simplement des textos.

— Pourquoi ?

— Mes parents ne savent pas que j'ai un téléphone. Ils ne sont pas d'accord.

— Encore une règle que tu contournes, glisse Sergine ironiquement. Donne-moi ton numéro et je t'appelle, ainsi tu auras le mien. En attendant, je vais voir si ce chien est pucé.

Sergine saisit le lecteur électronique, mais ne parvient pas à détecter la moindre identification. Pas de collier, pas de tatouage non plus.

— Il n'est pas répertorié, il n'appartient à personne officiellement.

— Qu'est-ce qu'il va devenir ?

— On n'en est pas là. Il faut qu'il vive d'abord. On va le mettre sous perfusion pour le réhydrater.

Sergine rase le poil au niveau de la patte avant du

chien et glisse l'aiguille d'un cathéter sous sa peau. Samia grimace.

— Tu ne crains pas la vue du sang, tout de même ?

— Non. Je suis habituée avec les moutons. Mon père est égorgeur. Je l'ai souvent vu faire au bled.

— Espérons que je ferai moins de dégâts.

Samia sourit une nouvelle fois. Sergine profite de ce moment plus léger pour pousser la jeune fille aux confidences :

— Ils viennent d'où, tes parents ?

— D'Algérie. Ma mère est Kabyle, mon père vient de Meftah, pas très loin d'Alger.

Sergine connecte la poche de liquide physiologique au cathéter, puis saisit le chien et précède Samia dans le corridor qui mène au chenil. Quelques queues s'agitent au moment où le cortège pénètre dans la pièce alignée de cages. Sergine dépose le rottweiler au fond d'un compartiment. Celui-ci ne montre toujours pas de réaction, sourd aux jappements de son voisin, un chihuahua bardé de pansements. Sergine prend le pouls du rottweiler une dernière fois, écoute le battement de son cœur, inspecte à nouveau ses gencives et pince sa peau. Elle lui enlève sa muselière, puis se relève en concluant qu'il reprend déjà du poil de la bête. Samia adresse une dernière caresse au chien et referme la porte grillagée.

— Je dois rentrer, dit-elle.

Sergine consulte sa montre : cinq heures du matin.

— Moi aussi, je suis crevée. Tu veux que je te ramène ?

— Non, il vaut mieux qu'on ne nous voie pas ensemble.

La jeune fille et la vétérinaire se séparent donc sur le parking de la clinique. Le ciel rougeoie déjà.

Une demi-heure plus tard, dans son lit, malgré la fatigue d'une nuit blanche, Sergine s'agite et vire sans parvenir à s'endormir.

Elle connaît à peine Samia et, pourtant, quelque chose en elle la bouleverse, qu'elle ne saurait définir, qui l'empêche de simplement tourner la page de cette journée et de passer à autre chose.

Il y a ce chien et son contenu, et la menace de dealers qui pourraient chercher à remettre la main sur leur bien. Mais ce n'est pas ce qui déstabilise Sergine. Non, c'est autre chose...

8

— Putain, je le crois pas !

Noureddine Ben Arfa donne un grand coup de poing dans la porte de la cave.

Ses lieutenants, Souleymane, Ahmed et Omar contemplent le cadenas brisé et la chaîne à terre qui maintenaient le cagibi fermé. Trois des quatre chiens étaient toujours sur place quand ils sont arrivés, mais le dernier est manquant. Un quart de la came livrée ! L'équivalent de cinquante mille euros, une fois coupée. On le cherche partout. Tous les chouffeurs et les vendeurs ont été mis à contribution pour le retrouver ou pour apprendre qui a fait le coup.

— Il m'a coûté dix mille, ce clébard ! De la blanche quasi pure, bordel !

Personne ne moufte. Noureddine ne passe pas pour un tendre en temps normal ; depuis qu'il a été sorti du lit par la mauvaise nouvelle, on le sent prêt à tuer le messager. Chacun fait le dos rond en évitant de croiser son regard.

D'ailleurs, nul n'aimerait être à la place d'Abdelatif qui était chargé de surveiller l'accès à la cave après que Noureddine et Souleymane y ont enfermé les chiens. Abdelatif a beau soutenir qu'il est impossible que quelqu'un soit entré sans qu'il s'en aperçoive, qu'il n'a pas quitté des yeux la porte d'entrée de la cave, il n'en demeure pas moins que c'est sous son nez qu'un fils de pute a forcé le cadenas du cagibi et chouravé un chien avec l'équivalent de cinquante mille euros dans le bide.

— T'es resté tout le temps devant la porte du cagibi ou t'étais en bas de l'escalier ?

— Dans l'escalier, avoue Abdelatif, penaud.

— Ils sont passés par l'autre côté, hurle Noureddine en lui envoyant une tape sur le haut du crâne.

— C'est pas possible, on peut pas l'ouvrir de dehors, l'autre porte.

— Alors, on s'est fait braquer par des magiciens ! C'est ça que tu veux dire ?

Abdelatif a une autre explication : l'auteur de l'effraction était déjà en bas quand Omar et Noureddine y ont laissé les clébards, ce qui fait qu'il ne l'a pas vu entrer. Mais tenter de se défausser sur son chef en laissant entendre qu'il aurait dû être plus vigilant n'est pas un bon moyen de revenir en grâce... Abdelatif n'a pas le loisir d'exposer sa théorie jusqu'au bout, Noureddine le fait taire en lui envoyant une gifle qui l'assomme presque et le projette à terre. Puis, ponctuant sa menace d'un coup de pied dans le ventre, il lui promet une véritable raclée s'ils ne parviennent pas à remettre la main sur la came.

Abdelatif se relève en se tenant les côtes et s'efforce de ne pas gémir de douleur. Il s'en sort à bon compte. Ce qui l'inquiète, c'est que s'ils ne retrouvent pas le clébard, Noureddine exigera d'être remboursé... Au moins les dix mille euros qu'il a payés à ses fournisseurs. Mais tout finit par se savoir dans la cité. Un chien ne peut pas disparaître sans laisser de traces.

Le chef plante son regard dans les yeux de ses lieutenants.

— Retrouvez le chien ! Mais surtout, retrouvez l'enculé qui a fait ça. Le fils de sa mère, j'vous jure, il va regretter d'être né quand je l'aurai devant moi.

Personne ne doute de sa sincérité.

— À qui tu penses, Noureddine ? se risque Omar, lunettes noires sur le nez, même dans un sous-sol aussi sombre.

— Je sais pas.

— Ça peut pas être un mec à nous, s'empresse de dire Ahmed. La came, personne pourrait l'écouler sans qu'on l'apprenne. Tôt ou tard, on le choperait. Celui qui fait ça, il sait qu'il est mort.

— Sauf si c'est pas ça qu'ils cherchent à faire, réfléchit Noureddine à voix haute.

— Quoi ?

— Revendre tout de suite la came.

— Alors pourquoi ils nous l'auraient piquée ? s'étonne Omar.

Noureddine les contemple et s'interroge : Ahmed, Omar et Souleymane sont ses potes depuis l'enfance, des voyous comme lui, loyaux – même s'il n'en mettrait pas sa main à couper –, des grandes gueules qui connaissent le quartier et savent se faire respecter. Ses lieutenants sont les seuls sur qui il puisse compter pour tenir le business et faire le coup de poing lorsque c'est nécessaire. Pourtant, ils sont incapables d'inventer leur propre destin. Aucun n'a l'âme d'un chef, comme lui. Aucun n'est apte à anticiper, à se figurer ce qu'il peut y avoir derrière les apparences... Même pas Souleymane, qui est pourtant le plus malin des quatre et qui, avec ses lunettes fines à monture bleu ciel, a des airs de premier de la classe. Ça le rassure presque. Comment pourraient-ils comploter contre lui avec si peu d'imagination ?

— Pour prouver qu'ils peuvent nous atteindre sur notre territoire, répond-t-il enfin.

— Qui ça *ils* ? demande Ahmed sous sa casquette américaine vissée en permanence à son crâne rasé, telle une caricature de rappeur des cités.

— Réfléchis. Qui aurait intérêt à ce que les clients pensent qu'on est affaiblis ?

— Les mecs du Mirail ? suggère Souleymane. J'y crois pas trop. On les aurait repérés.

— Pas forcément du Mirail. Ça pourrait très bien être quelqu'un du quartier.

Plus il y pense, plus cette hypothèse devient plausible à ses yeux : des concurrents veulent le déstabiliser. Mais surtout, ils veulent que ça se sache, afin que la réputation du clan Ben Arfa soit écornée. Qu'on commence à douter de l'invulnérabilité et de l'impunité de Noureddine.

— Je veux que la cité soit surveillée 24 sur 24.

— On n'a pas assez de monde pour ça, fait remarquer Souleymane. Les chouffeurs ont encore école, ils peuvent pas rester dehors toute la nuit...

— Paye-les ! le coupe Noureddine. Je veux tout le monde au taf, tant qu'on n'a pas localisé le clébard.

Le chef de la bande demeure pensif quelques secondes. Il conclut sa réflexion par un glaviot lâché à deux centimètres de ses Nike Air immaculées.

— Et trouvez des nourrices pour ces trois-là tant qu'ils ont pas chié toute la poudre, ajoute-t-il en désignant les chiens avant de s'éloigner vers la cage d'escalier.

Souleymane, Ahmed et Omar se tournent vers Abdelatif. Celui-ci hausse les épaules : aucune autre porte que celle du cagibi n'a été fracturée ! Qui pouvait savoir que les chiens étaient enfermés là ?

— Ta merde c'est notre merde, à cause de toi.

Omar scelle la sentence qu'il vient de prononcer par un crachat qui rejoint celui de Noureddine.

— Te fais pas piquer les autres au moins.

Abdelatif grommelle quelque chose alors que ses complices s'éloignent, le laissant à la surveillance du cagibi fracturé.

— Et change ce cadenas, ajoute Souleymane par-dessus son épaule.

— J'encule ta mère, dit Abdelatif à haute et intelligible voix, cette fois.

9

Sergine est réveillée en sursaut par une alarme intérieure. Derrière ses paupières encore endormies viennent de défiler les événements de la veille. Son radioréveil indique deux heures de l'après-midi. Elle est en nage.

Elle se redresse dans son canapé-lit, regarde les meubles et les objets autour d'elle. Sa maisonnette n'est pas plus grande qu'un appartement d'étudiant. Elle ne comporte que deux pièces, mais Sergine n'utilise que le salon. Elle y mange, elle y dort... L'unique chambre, petit à petit, s'est transformée en débarras et en refuge à chats. Ses amis de passage l'utilisaient autrefois, mais elle ne reçoit plus depuis si longtemps qu'il n'est pas certain que les chats se laissent déloger maintenant.

Toutes ces choses familières, ses livres, ses bibelots, devraient la rassurer. Pourtant, l'angoisse ne cède pas. Au contraire, plus elle y pense, plus elle la gagne. Dans quel bourbier s'est-elle fourrée ? Elle a recueilli un chien rempli de drogue appartenant à un caïd opérant dans un des quartiers de la ville où la criminalité est la plus élevée. Elle se remémore ce que l'on dit à propos de la délinquance dans les cités : le mélange explosif entre drogue et chômage, le recul des institutions, le renoncement des parents, les armes qui circulent et qui parlent parfois, de plus en plus souvent... Au lieu de laisser ce chien où il était comme le dictait la prudence, elle l'a ramené à la clinique, l'a mis sous perfusion et l'a installé dans le chenil. Pendant ce temps, à n'en pas douter, son propriétaire le cherche partout en promettant un sale quart d'heure à celui – ou celle – qui aura osé dérober son bien.

Sergine revoit le visage affolé de Samia, la peur panique de la jeune fille à l'idée d'être surprise par son frère lorsqu'elle est venue frapper au volet de la clinique.

Quelqu'un devrait pouvoir la renseigner sur les trafics de stupéfiants impliquant des chiens ! Elle attrape son téléphone au fond de la poche de son jean, en boule au milieu de la pièce. Thierry est un ancien copain de promo. Si sa mémoire est bonne, il a intégré la Direction départementale des services vétérinaires du Cantal en sortant de l'école vétérinaire, avant d'être nommé aux Douanes à l'aéroport de Blagnac. C'est lui qui est en charge de la lutte contre l'importation d'espèces exotiques interdites sur le territoire français. Il a dû entendre parler des chiens passeurs de drogue. La dernière fois qu'ils se sont rencontrés, c'était au gala de l'école vétérinaire de Toulouse. Thierry et elle ont échangé des nouvelles des uns et des autres, fait le décompte des divorces et des premières disparitions. Thierry a essayé de la mettre dans son lit au nom du bon vieux temps... Rien de bien méchant, rien de surprenant non plus... Elle l'a envoyé promener comme quinze ans auparavant et ils en ont ri, le lendemain, quand il l'a appelée pour s'excuser. C'est un garçon intelligent : si elle lui téléphone maintenant, il y a peu de chance pour qu'il commette la même erreur. Elle se dit que ça vaut le coup d'explorer cette piste. De toute façon, elle ne sait pas par quel bout commencer, elle n'a rien à perdre à lui demander son avis.

Elle n'a pas gardé son numéro de portable, mais elle parvient à mettre la main sur ses coordonnées professionnelles dans l'annuaire Roy des vétérinaires qu'elle consulte en ligne sur son smartphone. Elle tente sa chance, mais après la deuxième sonnerie, la voix de Thierry annonce sur un ton très sérieux qu'il ne peut pas répondre à cet appel pour l'instant, mais que si on veut bien laisser son nom et son numéro de téléphone, il ne manquera pas de rappeler dès que possible.

— Thierry, bonjour, c'est Sergine Hollard. J'espère que tu vas bien depuis la dernière fois. Je sais que mon appel va te paraître étrange, mais j'ai un petit service à te demander. Rien de grave, je te rassure. Voilà, pour des raisons un peu longues à expliquer par répondeur interposé, je voudrais savoir si tu as entendu parler de chiens passeurs de drogue... Des chiens à qui on ferait ingérer des capsules en plastique contenant des stupéfiants. Je ne sais pas si c'est une pratique que vous surveillez aux Douanes en ce moment, ou si tu as déjà eu des cas de chiens montrant des signes d'occlusion intestinale à l'aéroport... Bref, si tu as quoi que ce soit, merci de rappeler au numéro qui doit s'afficher. Sinon, à part ça, tout va bien ici à la clinique des Izards, j'espère que de ton côté aussi. À plus tard, merci Thierry.

Dès qu'elle a raccroché, Sergine est rappelée à l'ordre par ses chats qui miaulent d'impatience afin qu'on leur donne leur ration de croquettes. Après s'être ébrouée, elle bondit hors de son canapé-lit pour remplir leur bol et se doucher, espérant que l'eau froide aura raison de ses tensions.

Le jet revigorant ne fait rien céder et, quand elle sort enfin de la douche, elle a toujours une envie irrépressible d'enfoncer la porte de ce Ben Arfa et de lui casser la gueule.

Elle se raisonne et regagne le salon où elle se drape dans un peignoir d'été en coton léger. Puis elle passe dans la cuisine pour se préparer de quoi grignoter. L'instant d'après, un paquet de muffins dans une main et un pot de Nutella dans l'autre, elle se laisse tomber dans le canapé-lit. Deux de ses chats bondissent sur elle dès qu'ils ont fini de se restaurer.

Sergine tend le bras pour attraper le roman qu'elle a entamé récemment. Il y a quelques jours encore, Philippe se serait allongé à ses côtés et aurait défait la ceinture de son peignoir pour glisser une main sous le tissu... Aujourd'hui, elle doit se contenter de lire seule au lit.

Après quelques pages, elle n'arrive pas à trouver l'apaisement recherché. Les larges yeux noirs de Samia ne la quittent pas. Ils la fixent, en colère et tristes à la fois.

Quatorze ans, c'est l'âge que Sergine avait quand son père a fui en Argentine pour suivre une femme plus jeune que lui de vingt ans, mettant des milliers de kilomètres entre eux. Au même moment, sa mère s'enfonçait dans d'autres abysses, ceux de l'alcool et la dépression. D'une telle solitude Sergine a fait une force. Elle avait deux ans d'avance à l'école, elle était fille unique. Elle s'est dépêchée de passer son baccalauréat et d'entrer en prépa. Elle s'est mise en mode survie, se réfugiant dans les romans et s'abrutissant de travail. Elle a réussi à intégrer l'école vétérinaire de Toulouse. À partir de là, elle n'est plus rentrée chez elle. Sa mère est décédée pendant sa troisième année d'études, au moment où son père devenait père pour la deuxième fois, là-bas, en Amérique du Sud. C'est la dernière fois que Sergine a entendu parler de lui. Elle ne connaît pas son demi-frère.

C'est aussi à quatorze ans qu'elle a commencé à grandir démesurément, comme si tout son système hormonal avait décidé de lui offrir une protection. À tel point que les médecins ont conçu un traitement pour stopper cette croissance insensée. En cachette, elle recrachait les médicaments qu'on lui faisait prendre pour endiguer la poussée. Elle était décidée à laisser une muraille se construire autour de sa fracture. Son père les a abandonnées, et sa mère en est morte. Sergine a grandi jusqu'à mesurer 1,85 m et peser 80 kg... Il fallait bien un corps aussi immense pour dissimuler une telle faille.

Samia fait remonter trop de choses, trop de douleurs. Sergine a besoin d'expulser tout ça. Elle se connaît, ça ne passera pas avec des mots, mais par la sueur et l'épuisement. Ça sortira par les pores.

Elle referme le bouquin, repousse chats et pot de Nutella, et s'assied sur le bord du clic-clac pour enfiler une culotte, un short et une paire de chaussures de course.

10

L'émir affirme parler au nom d'Abou Bakr al-Baghdadi. Il dit que son frère aîné et lui sont connus du guide. Il dit aussi qu'il est au courant de leur projet.

Il l'a approuvé et il en attend beaucoup.

Bien sûr, c'est un grand honneur, Hamid en est conscient.

— De nombreuses choses ont changé en dix ans, leur explique l'émir pour la énième fois. L'heure n'est plus aux grandes campagnes d'attentats. Les États se sont munis d'appareils de surveillance et de moyens de contrôle de la population qui rendent les actions en provenance de l'extérieur difficiles. Le fer doit être porté sur le sol français depuis le sol français. Nos frères en Syrie peuvent aider et soutenir les opérations telles que la vôtre, mais elles doivent être montées sur place, par des éléments locaux indépendants et non identifiés.

L'émir répète aussi que, puisque les administrations et les transports en commun sont surprotégés, il faut s'en prendre à des cibles plus vulnérables. La terreur ne doit pas venir de l'autre, elle sera plus grande encore si le danger peut surgir à tout moment de l'intérieur.

— Il faut montrer aux Français que leur pays n'est pas ce qu'ils croient, uni et un, mais qu'il nourrit en son sein le germe de sa propre chute. Il y a dans ses rangs des individus qui se dissimulent et qui condamnent sa culture, ses lois, ses valeurs...

L'émir a une voix et une façon de parler qui envoûtent et font froid dans le dos en même temps.

— La reconnaissance du ventre, c'est terminé ! continue l'émir, coupant court à ses rêveries. C'était bon pour les immigrés de première génération. Maintenant, il est l'heure de payer, et les premiers à devoir l'entendre sont les musulmans de France eux-mêmes, cette masse servile et amnésique qui vit dans le péché et entretient une conception coupable de l'Islam.

Comme à chaque fois, l'émir se lance alors dans un prêche dont Hamid ne saisit pas tout : « Leur inertie doit se transformer en force, leur nombre en vivier, leur poids démographique en élément de déstabilisation. Parce qu'ils ont été décérébrés par des décennies de laïcité et de manipulation occidentale, ils n'y viendront pas seuls. Ils doivent être convaincus par la force et la crainte. »

Il comprend ces deux derniers mots : force et crainte. C'est à cela que le sacrifice de Nejib et lui doit servir. Un attentat, un seul, peut changer la face du monde.

— On l'a vu avec les attaques contre le World Trade Center en 2001. Dix-neuf de nos frères y ont perdu la vie, mais leurs noms résonnent à jamais comme le glas d'un empire que l'on croyait inviolable. Les Tunisiens, Algériens et Marocains qui vivent en France ont perdu leurs repères, ils n'ont plus de racines... Il va falloir leur en redonner. Leur rappeler qui ils sont. Ils ont oublié leurs coutumes, ils ont laissé leurs femmes prendre la parole et leurs enfants leur manquer de respect. Leurs filles font des études et leurs fils vendent de la drogue, ils errent dans une société qui n'est pas la leur, qui ne les a jamais acceptés, sans autre but que de profiter de ses miettes en séduisant ceux-là mêmes qui les méprisent. Ils doivent relever la tête, car l'homme nouveau, celui qui dominera la planète au XXIe siècle, sera musulman. Tout le démontre.

Hamid ne sait trop quoi penser. Il admet que l'émir est convaincant, mais il ne voit pas en quoi leur mort va changer quoi que ce soit. Il pense qu'il y aurait d'autres moyens de faire entendre leur voix.

— Tu penses trop, dirait son frère une fois de plus.

11

Sergine commence habituellement son footing par les Ponts-Jumeaux. Elle rejoint ensuite le canal latéral pour le suivre jusqu'à Sesquières. Elle clôt une boucle d'une heure à travers les anciennes terres maraîchères en revenant par le parc de la Maourine – sorte de poumon vert au nord de Toulouse – et le faubourg Bonnefoy qui a gardé ses aspects de quartier populaire, derrière la gare.

Aujourd'hui, elle décide d'aller vers l'est par le canal du Midi, en direction de Rangueil. Elle part rarement dans ce sens, parce que la circulation se densifie au fur et à mesure qu'on s'approche du centre-ville, et l'air devient vite irrespirable quand on court.

Elle sait qu'elle est en train de se diriger vers Saouzelong où se trouve l'immeuble de Philippe. Quelque chose l'y pousse, une envie de bagarre, un besoin de se défouler sur quelqu'un d'autre que sur le frère de Samia. Elle repense au prétexte que Philippe lui a donné : « Je te quitte maintenant pour t'éviter de souffrir plus tard. »

— Mon cul ! crie-t-elle entre deux respirations.

Il y a forcément une femme, pense-t-elle. Elle se sent prête à exploser. Elle peut accepter l'idée qu'il la quitte, mais pas qu'il la prenne pour une conne. Il ne s'en sortira pas aussi facilement ! Elle allonge le pas.

Philippe habite au troisième étage de la seule barre de Saouzelong, un quartier autrefois ouvrier qui hésite aujourd'hui entre village dans la ville et nouvelle zone à problème. D'un côté, les vieux Espagnols républicains qui se retrouvent sur le boulodrome, l'ambiance populaire bon enfant ; de l'autre, des jeunes désœuvrés prêts à tout pour ressembler à de vrais durs. Pour l'instant, l'équilibre est en faveur du folklore local, mais il est fragile.

Sergine s'arrête sur le trottoir en face de l'immeuble de Philippe, lève les yeux vers son balcon et constate que la porte-fenêtre du salon est ouverte. Il est donc là.

Elle ne fait pas du surplace comme les joggers qui attendent à un feu rouge et ne veulent pas casser leur rythme. Elle a stoppé net et regarde en l'air, les bras ballants, le tee-shirt trempé de sueur et les cheveux collés contre son front. Les gens qui attendent le bus à l'arrêt tout proche la détaillent d'un air intrigué. Elle ne les remarque même pas. Tout ce qui l'intéresse, ce sont les explications qu'elle n'a pas eues. Elle exige autre chose que les arguments fallacieux qu'il lui a servis : « Je te quitte pour t'éviter de souffrir plus tard. » Qu'est-ce que c'est con, quand on y pense ! Il n'a même pas eu le courage de le lui annoncer de vive voix, il a fallu qu'il le fasse au téléphone. Quel péteux !

De là où elle se trouve, il lui est impossible d'apercevoir Philippe derrière ses fenêtres ; l'angle qu'offre la rue est trop fermé.

Sergine ne sait trop comment l'aborder. Va-t-elle devoir sonner ? De quoi aura-t-elle l'air, en tenue de jogging, le visage rougi par l'effort, l'odeur de sueur accrochée à ses vêtements ? Il va la faire entrer pour ne pas être désobligeant, parce que Philippe est poli et gentil, mais il sera embarrassé. Qu'est-ce qu'on peut dire dans ces moments-là ? Elle essaiera de rester calme, comme une adulte responsable souhaitant discuter de façon posée avec un autre adulte responsable, alors que tout son corps tremblera intérieurement pour lui éviter de fondre en larmes, supplier ou, au contraire, pour se jeter sur lui en l'insultant et lui envoyer son poing dans la figure comme elle l'a souvent pratiqué sous la mêlée quand elle jouait en première ligne. Quoi qu'il en soit, elle serait ridicule. Elle se détesterait si elle s'abaissait à ça. Mais alors qu'est-elle venue faire ? Qu'espérait-elle au juste ? Après tout, parler avec Philippe n'était pas une si bonne idée ; c'est fini, il ne l'aime plus, il ne l'a peut-être jamais aimée, il ne veut plus la voir... À quoi bon disserter ?

Elle s'apprête à rebrousser chemin au moment où Philippe apparaît sur le balcon. Il porte la djellaba crème qu'il met en été quand il est chez lui. Des images érotiques reviennent à Sergine ; elle le trouvait si sexy dans ce tissu léger.

Lui ne la voit pas. Il se tient debout contre la jardinière qui sert de garde-fou et fixe l'horizon. Sergine devine sa barbe de cinq jours et son cheveu hirsute, comme d'habitude. Il a l'air détendu, pas celui de quelqu'un qui vient de se séparer de la femme de sa vie. Pourvu que ne surgisse pas derrière lui, dans l'embrasure de la porte-fenêtre, une femme dont les bras viendraient se nouer autour de la taille de Philippe ! Elle imagine le corps d'une rivale, plus menu, plus beau, plus fin que le sien, se lovant contre celui de son amant. Une telle apparition lui serait fatale, la rendrait encore plus moche sur ce trottoir, dégoulinante non plus de sueur, mais de larmes pour le coup.

Alors soudain, elle s'élance en lançant un « Putain » qui fait se retourner les gens à l'arrêt du bus, et propulse son grand corps sur la chaussée. Sans regarder ni à droite ni à gauche, elle traverse la rue et s'engouffre dans l'immeuble. Quatre à quatre, elle avale les marches des étages. Elle sait que Philippe ne verrouille jamais sa porte ; à peine arrivée sur le palier, sans se donner la peine de sonner, elle fait irruption dans le vestibule. Philippe est en train de revenir à l'intérieur. Il y a de la musique orientale que Sergine n'a jamais entendue chez lui, et une bonne odeur de café flotte dans l'appartement.

Philippe est stupéfait de la découvrir dans son salon. Sergine se sent gourde, incongrue. Mais Philippe n'a pas l'air de se formaliser de sa présence. Il sourit comme un ami heureux de tomber par hasard sur une vieille connaissance.

— Sergine ! Qu'est-ce que tu fais là ?

Elle rassemble ses esprits : trouver une explication, vite. *Je passais par hasard.* Qui avalerait ça ?

— Je t'ai vu sur le balcon, j'ai...

Philippe la regarde tendrement. Elle a du mal à décoder son attitude. Il y a quelque chose d'étrange dans son comportement, de changé.

— Je voulais te parler.

Philippe approuve.

— Autrement qu'au téléphone, ajoute Sergine, irritée.

Elle aurait voulu mieux dissimuler son agacement, mais elle n'y parvient pas. Lui, au contraire, demeure imperturbable, comme s'il avait perçu la colère de Sergine, mais ne voulait pas y répondre par la sienne. Comme s'il avait dépassé cela.

Profitant de ce silence, une silhouette nue émerge de la chambre. Elle avance vers eux sans bruit et sans chercher à cacher son corps fin, et très jeune. Sergine ouvre grand la bouche. Philippe pourrait dire « Ce n'est pas ce que tu crois », il aurait presque raison : elle n'aurait jamais imaginé cela ! L'homme traverse la pièce sans pudeur pour venir enlacer Philippe dans un geste identique à la vision qu'elle a eue plus tôt, pose son menton sur l'épaule de son amant et plante son regard bleu dans celui de Sergine. Il n'y a pas de défi dans ses yeux, rien de vindicatif ; ils disent simplement « Je suis là, c'est ainsi ». Philippe sourit maladroitement tout en caressant la tête du jeune homme. Malgré la douleur provoquée par ce qu'elle découvre, Sergine ne peut s'empêcher de les trouver beaux : l'un poivre et sel dans un corps puissant qu'elle a toujours aimé sentir en elle ; l'autre, cheveux blonds avec un air sauvageon, dont les muscles fins saillent sous une peau diaphane et un ventre plat.

— Je suis désolé.

C'est tout ce que Philippe trouve à dire. Mais que pourrait-il dire de plus ?

Des larmes apparaissent sur les joues de Sergine. Maîtresse ou amant, qu'est-ce que ça change ? Elle n'a rien vu venir. Il ne lui a jamais rien dit. Après deux ans, c'est là toute la confiance qu'il lui accorde. Un mélange de colère et d'humiliation la submerge.

Dans un dernier sursaut de rage, comme un réflexe, elle saisit un verre vide posé sur la table basse et le lance à la figure de Philippe. Celui-ci l'esquive facilement. Le verre rebondit contre le canapé et roule sur la moquette sans se briser. Elle aura tout raté, jusqu'à sa sortie. Avant que Philippe n'ait le temps de protester, elle est dans la cage d'escalier et dévale les marches aussi vite qu'elle les avait gravies.

12

L'émir annonce que c'est imminent. Un de leurs indicateurs a entendu parler d'un gros arrivage. Bien entendu, le destinataire du chargement est connu. Tout le monde sait que Noureddine Ben Arfa est le caïd désormais, et le fournisseur exclusif des revendeurs qui gravitent autour de la cité des Faons.

L'émir et Nejib ont fait de lui une cible, car, de simple dealer, il est devenu importateur et semi-grossiste. En amont, il supervise lui-même les transports depuis le Maroc. En aval, et c'est là que le bât blesse, il ne se contente plus de refourguer sa came aux Français aisés du centre-ville qui, depuis le percement du métro, viennent s'approvisionner dans les quartiers nord. Au cours des derniers mois, il a élargi sa clientèle aux jeunes de la cité, n'hésitant pas à approcher les gosses du collège. Il inonde les Izards de sa marchandise coupée à bas prix qui rend les consommateurs agressifs et imprévisibles. En peu de temps, l'ambiance du quartier s'est dégradée. Or, un jeune accro au shit ou à l'héro est un client perdu pour le djihad. Difficile de le convaincre de devenir autre chose qu'un candidat au paradis artificiel.

Mais le véritable grief de l'émir à l'encontre de Noureddine Ben Arfa est d'avoir refusé de faire allégeance à Daech quand il lui a proposé de reverser une partie de ses gains en échange de sa bénédiction. Sa réponse a été celle d'un mécréant et d'un parvenu aveuglé par le pouvoir qu'il croit avoir conquis, inconscient de son aspect éphémère.

Ce jour-là, sûr de son impunité et imbu de sa puissance illusoire, Noureddine a signé une véritable déclaration de guerre à l'émir, représentant officiel de Daech à Toulouse. Son anéantissement servira d'exemple ; il sera la cible de leur première opération spectaculaire.

Nejib et Hamid Omane seront le bras armé des frères.

Le renseignement communiqué à l'émir est inespéré : Noureddine Ben Arfa a égaré une partie de son chargement et leur indicateur sait où elle se trouve. Ce n'est pas exactement le timing que l'émir avait envisagé, mais l'occasion fait le larron. Noureddine Ben Arfa est loin d'imaginer le danger que les frères Omane peuvent représenter. Ils sont trop isolés, pense-t-il. Il est au courant que Nejib a suivi un entraînement en Syrie, mais il ignore tout du réseau qu'il s'est constitué, des armes qu'il a acquises, et de l'encadrement dont il bénéficie.

L'émir se dit qu'ils doivent agir tout de suite, dès ce soir, pour prendre Noureddine de court.

Dans un deuxième temps, ils appliqueront le plan tel qu'ils l'avaient élaboré et s'en prendront aux revendeurs les plus jeunes de Ben Arfa, les plus isolés et les plus impressionnables ; puis à leurs caches et aux stocks de drogue et d'armes qu'ils y dissimulent. Le règne de Noureddine Ben Arfa est à son crépuscule.

Emporté par son enthousiasme, l'émir annonce que le quartier des Izards sera un laboratoire pour un nouveau djihad sur le sol européen, la vitrine des bienfaits de l'islam radical..., Toulouse la tête de pont de Daech sur la rive nord de la Méditerranée.

13

Courir, suer jusqu'à ce qu'il n'y ait plus d'eau dans son corps, plus de larmes à offrir. Courir jusqu'à sentir le cœur battre dans ses tempes, sa tête ivre tourner. Courir comme on se saoule, au point de tomber, de se faire vomir. Dans la douleur, faire sortir Philippe de sa chair, se fatiguer jusqu'à n'avoir plus assez de souffle pour prononcer son prénom ; tout juste assez pour continuer à vivre.

Après plus de deux heures de course, Sergine n'en peut plus et s'étale de tout son long sur l'ancien chemin de halage du canal latéral, aujourd'hui goudronné. C'est la fin de la journée et il n'y a plus grand monde à cette heure, aussi loin des Ponts-Jumeaux... On n'entend plus que le bruit de la rocade et seule la masse des platanes accompagnent les joggeurs tant qu'ils courent, ou les écrasent quand ils s'arrêtent. Le canal latéral n'a rien de commun avec son homologue du Midi. Les touristes ne poussent pas jusqu'ici, les péniches pas davantage. C'est la zone : une succession d'entrepôts, quelques barges rouillées ou noircies par le travail, des herbes aussi folles que hautes ; les haies ne sont pas taillées, les abords pas rendus présentables pour flatter les habitants du centre-ville lors de leur promenade dominicale. Il n'y a rien le long du canal latéral, que le périphérique qui a poussé autour des jardins laissés à l'abandon. Les seuls à déambuler sur ses berges sont les SDF qui ont trouvé refuge loin des quartiers résidentiels.

Sergine reste allongée un long moment. Elle a atteint son but : elle est vidée. Philippe est toujours là, mais elle n'a plus assez de force pour pleurer. Le temps fera le reste... Le temps, et l'alcool dont elle va faire une cure pendant quelques jours pour finir de guérir.

En se relevant, elle constate qu'elle s'est blessée aux genoux et au visage : une éraflure au front et une autre sur la joue droite, qui lancent comme des brûlures, qu'elle aime sentir là. Elles lui feront deux cicatrices de plus pour commémorer cette cuisante défaite. Sergine est ainsi faite, elle a besoin d'être en guerre tout le temps. Ça la tient, ça la porte.

Elle se regarde et elle voit ce grand corps que tout le monde trouve impressionnant, fascinant presque, mais dont personne ne veut. Qui voudrait d'une montagne ? Si belle soit-elle, elle n'en demeure pas moins inquiétante. Sergine fait peur aux hommes. Ils aiment s'aventurer sur ses flancs, bivouaquer une nuit ou deux, mais redescendent tôt ou tard. Seul Philippe s'était accroché ; c'était la première fois qu'un homme restait plus de six mois avec elle. Elle pensait avoir trouvé en lui la pièce du puzzle qui s'ajustait malgré les angles saillants. Philippe semblait l'avoir adoptée telle qu'elle était. De son côté, elle commençait à se laisser apprivoiser ; et à aimer ça.

Son portable se met à vibrer et à lancer la sonnerie stridente spécifique aux appels transférés de la clinique. Elle décroche en espérant que l'urgence n'en sera pas vraiment une, car elle est encore à quinze minutes de la clinique – si tant est qu'elle trouve la force de courir – et pas très présentable.

— Clinique vétérinaire des Izards.

— Docteur Hollard ?

— Elle-même.

— C'est madame Jacquet, vous savez, la propriétaire de Lili.

— Oui, bien sûr. Qu'est-ce qui vous arrive, madame Jacquet ?

— Ce n'est peut-être pas grand-chose, mais je voulais avoir votre avis tout de même.

— Je vous écoute.

— Je suis désolée de vous déranger un dimanche, surtout qu'il est tard mais...

— Je vous en prie madame Jacquet, racontez-moi.

Tout en écoutant la vieille dame, Sergine balaie les alentours du regard. Il n'y a plus âme qui vive, ni en amont ni en aval. Elle n'entend que sa voix sur le canal, qui se détache du murmure de l'autoroute.

— C'est Lili. Elle n'est pas en forme depuis quelque temps. J'ai remarqué qu'elle mangeait moins et qu'elle était moins active que d'habitude.

— Elle souffre peut-être de la chaleur.

— Justement, je voulais savoir si un chat pouvait avoir de la fièvre.

— Bien sûr.

— Et quelle est la température normale d'un chat ?

— Ça varie entre trente-huit et trente-neuf. Pourquoi ?

— Trente-huit et trente-neuf ? Ah, je vois.

— Vous avez pris la température de Lili ?

— Oui. C'est-à-dire, je m'inquiétais, alors je la lui ai prise, comme ça, à tout hasard.

— Combien avait-elle ?

— 38,8.

— C'est parfaitement normal, tranquillisez-vous. Cela dit, si vous avez le moindre doute, amenez-la-moi lundi et nous procéderons à un examen plus complet. Vous savez, c'est l'été, il fait chaud. Les chats sont comme nous, ils mangent moins et ont une activité réduite.

— Bon. Je me serai affolée trop vite. Je suis désolée de vous avoir dérangée pour rien.

— Ce n'est vraiment pas grave, dit Sergine hypocritement, trop contente de se débarrasser de madame Jacquet.

— C'est à Lili qu'il faut dire ça. Vous auriez vu sa tête quand je lui ai donné le Doliprane. Je l'avais mis dans du yaourt pour que ça passe plus facilement, mais elle est maligne, elle l'a senti.

— Vous lui avez donné du Doliprane ?

— Oui. Oh, un tout petit peu, étant donné son poids.

— C'était du Doliprane ? Pas de l'aspirine ?

— Ce n'est pas pareil ?

— Non. Le Doliprane, c'est du paracétamol. L'aspirine, c'est autre chose.

— Euh... Je ne sais pas trop. Je lui ai donné ce que je prends, moi, quand j'ai de la fièvre.

— Allez voir. Dites-moi exactement ce que vous lui avez donné.

— C'est si important ?

— Très. Dépêchez-vous, madame Jacquet.

Un long moment passe. Il fait presque nuit et Sergine commence à frissonner... Probablement le contrecoup de toutes ces émotions et de cette course aussi vaine que folle. Elle se rend compte que sa silhouette est la seule ombre visible. Instinctivement, elle recule de quelques pas pour se fondre dans l'obscurité des arbres. Il y a une base nautique un peu plus haut, mais les derniers bateaux sont rentrés depuis longtemps et le coin n'est pas très fréquentable, passé une certaine heure. Lorsque madame Jacquet revient en ligne, Sergine parle plus bas :

— Docteur Hollard ?

— Je suis là. Alors ?

— C'est bien du Doliprane que je lui ai donné.

— C'était quand ?

— Je ne sais pas... Il y a une demi-heure à peu près. Pourquoi ?

— Bon. Écoutez-moi attentivement, madame Jacquet. Vous avez une voiture ?

— Oui, mais qu...

— Je ne suis pas chez moi en ce moment, je suis sur les berges du canal latéral. Vous allez mettre Lili dans votre voiture et foncer me récupérer à l'écluse de la Glacière. Vous voyez où elle se trouve ?

— Bien sûr mais...

— Le paracétamol empêche l'oxygène de se fixer dans le sang, c'est un poison pour les chats. Si je n'interviens pas immédiatement, Lili va mourir.

— Ce n'est pas possible ! Je ne savais pas moi... Oh mon Dieu...

— Dépêchez-vous. On se retrouve à l'écluse.

14

Lili meurt dans les bras impuissants de sa propriétaire. L'administration d'un vomitif, l'injection d'un antidote, l'assistance respiratoire, rien n'y a fait. Sergine a dû mettre fin aux souffrances de l'animal. L'asphyxie n'est pas la mort la plus paisible qui soit.

Madame Jacquet règle sa facture comme on paye une séance de psychanalyse, en espérant inconsciemment que ça rachètera son erreur criminelle. Elle fait même un don à la cagnotte de la SPA en guise d'autoflagellation.

La vieille dame sanglote encore quand Sergine la raccompagne sur le parking. Dans la confusion, l'une et l'autre oublient que la vétérinaire est sans véhicule, et madame Jacquet roule déjà lorsque Sergine réalise qu'elle va devoir rentrer chez elle à pied. Il fait nuit noire, elle est au bord de l'hypoglycémie, il n'y a plus de bus à cette heure, et le faubourg Bonnefoy où elle vit n'est pas la porte à côté.

Elle est gagnée par une extrême lassitude. Après une expédition nocturne dans les caves des Izards pour ramasser un chien bourré de drogue, la découverte de l'homosexualité de l'homme qu'elle aimait, un jogging qui aurait épuisé un cheval et pour finir le sauvetage raté de l'animal préféré d'une veuve qu'elle a dû ramasser à la petite cuillère, elle se dit qu'elle aurait droit à un peu de répit.

— Quel week-end de merde ! lance-t-elle à la nuit.

Dans le jardin de la résidence qui jouxte la clinique, l'arrosage automatique vient de se déclencher. C'est une nouvelle soirée chaude. Dans la cité, de l'autre côté de la route de Launaguet, les motos non immatriculées se sont remises à bourdonner.

Elle revient vers le bâtiment. La lumière blanche des néons du couloir filtre par la porte de service entrouverte. Sergine jette un coup d'œil sur la rue : personne en vue. Le parking aussi est vide. Elle parcourt les derniers mètres qui la séparent de l'entrée du personnel. Il lui reste à mettre Lili au congélateur, entrer son décès dans la base de données nationale, et puis encore aller au chevet du rottweiler, changer sa perfusion, voir comment il va... Elle ne sera pas chez elle avant au moins une heure et demie.

Au moment où elle pénètre dans la clinique, elle tombe en arrêt devant le rottweiler justement, normalement sous clef dans le chenil. Il se tient dans le couloir, il a l'air un peu flageolant mais il est sur ses pattes et la fixe. Une seule explication : Samia aura mal verrouillé sa cage. Mais comment a-t-il pu sortir du chenil, lui-même clos ? Sergine est persuadée qu'il était fermé quand elle est passée devant tout à l'heure. Le chien fait un pas et Sergine distingue une laisse. Au bout de la laisse, une main.

— Que... ?

L'homme qui était caché dans un recoin de la lingerie apparaît dans le couloir. C'est un Maghrébin d'une vingtaine d'années. Le frère de Samia ! L'adolescente avait raison ; il a appris que son chien était ici et il est venu le récupérer. La vétérinaire est surprise de découvrir qu'il est habillé, non pas comme tous ceux de son âge aujourd'hui, avec une capuche plongeant son regard dans le noir, mais en djellaba. Il porte une barbe. Et sur son front, une tache brune. Un dealer intégriste !?

Sergine fait travailler ses méninges à toute vitesse. Il n'a pas pu entrer pendant qu'elle était sur le parking, elle l'aurait vu. Qui plus est, il n'aurait pas eu le temps de trouver le chien, lui enlever sa perfusion, lui mettre un collier et une laisse. Il a dû s'introduire dans la clinique pendant qu'elle était occupée à essayer de sauver Lili. Elle aura oublié de tirer le verrou derrière elle dans la précipitation !

Une des règles de base quand on est de garde, surtout en ville – c'est encore plus vrai dans ce quartier –, est de s'enfermer à double tour en permanence. Les cliniques vétérinaires, comme les pharmacies, attirent les junkies qui savent que leurs armoires à médicaments contiennent des anesthésiants. En les dosant correctement, il y a de quoi passer de bons moments. Lorsqu'elle était étudiante, la pharmacie des cliniques de l'école vétérinaire servait de fournisseur aux élèves de garde qui confondaient théorie et pratique, jusqu'à ce que la direction enregistre une consommation d'anesthésiants équivalente à un bloc opératoire d'hôpital de campagne et mette le holà. Aujourd'hui, la loi exige que ces produits soient gardés sous clef, mais les cabinets vétérinaires sont régulièrement la cible des braqueurs en manque.

La question n'est pas de savoir comment le type est entré, mais ce qu'il veut de plus que son chien. Sergine est un instant tentée par l'affrontement, mais elle sait que ce n'est pas l'option la plus prudente. Fuir et prévenir la police, plutôt ! Elle commence à reculer, lorsqu'elle entend la porte claquer derrière elle. Un deuxième jeune lui barre la route. Un Maghrébin lui aussi, en djellaba, comme le premier.

S'ils sont entrés à onze heures du soir sans y être invités et s'ils ont attendu que la vétérinaire soit seule pour la coincer dans ce couloir, ce n'est pas pour avoir une conversation mondaine. D'un autre côté, Sergine se rassure en se disant que, s'ils sont restés à visage découvert, c'est qu'ils n'ont pas de mauvaises intentions. Elle les identifierait facilement et ils seraient inculpés illico presto s'ils s'en prenaient à elle physiquement. Agresser une vétérinaire dans sa clinique, ça n'est pas anodin. Les juges n'aiment pas qu'on s'en prenne aux professions libérales, surtout s'il s'agit du corps médical. Elle s'inquiète davantage pour Samia. Que lui ont-ils fait ? Elle ne doit parler d'elle sous aucun prétexte ! Pas même mentionner son prénom. Ils ne sont là que pour le chien, se dit Sergine. Elle regarde leurs mains. Sont-ils armés ? Et sous leurs vêtements, que dissimulent-ils ?

— Tu devrais pas laisser les portes ouvertes comme ça. Le quartier est plein de *cailleras*. Tu le sais, ça ?

Sergine se raidit. La voix du jeune homme est d'un calme qui fait froid dans le dos. Ce type sait ce qu'il fait.

— Tranquille, la toubib. On est juste venus récupérer notre chien. C'est très gentil de t'en être occupée.

— Il a une occlusion intestinale. Il faut l'opérer rapidement.

— Comment il est arrivé ici, ce clébard ?

— Je l'ai trouvé dans la cité des Faons.

— Trouvé ? Où ça dans la cité ?

— Sur un trottoir. J'étais en voiture, je me suis arrêtée et je l'ai ramassé. Vu qu'il n'avait pas de tatouage, je n'ai pas pu contacter les propriétaires.

— C'est nous, les propriétaires.

C'est le deuxième type, dans son dos, qui vient de parler. Il a l'air plus jeune et, même s'il essaie de jouer les durs, on sent que ce n'est pas lui le boss.

— Il a besoin de soins.

— On va s'occuper de lui, t'inquiète, renchérit le premier en faisant un pas en direction de Sergine.

Il lève le poing vers elle, et Sergine voit apparaître un objet métallique dans sa main.

— Et si tu ne te tais pas, on s'occupera aussi de toi.

C'est la première fois qu'elle voit un pistolet. C'est fou comme c'est petit. Pour un peu, elle croirait qu'il s'agit d'un jouet. Le jeune homme fait preuve d'une arrogance et d'un aplomb impressionnants. Il est si près que Sergine distingue tous les détails de son visage : sous sa barbe déjà très fournie pour son âge apparaissent des dents blanches et des fossettes prononcées. Le jeune homme a des yeux très noirs et des cheveux de la même couleur, coupés très court à la tondeuse. Sergine a même le temps de remarquer que le lobe de son oreille gauche est manquant. Son œil de chirurgienne lui dit qu'il ne s'agit pas d'un trait congénital, mais que c'est le résultat d'une section plus ou moins nette.

Sergine a connu des situations tendues dans sa vie professionnelle, et même des agressions. Elle repense à ce junkie en plein délire, alors qu'elle faisait un remplacement à ses débuts. Le type était tellement perdu qu'il s'était trompé de porte en voulant sortir après s'être fait remettre tout ce que la clinique détenait comme Kétamine : au lieu de prendre la porte de service, il avait poussé celle de la salle du bloc opératoire pour les gros animaux. Il avait suffi de fermer à clef derrière lui et d'appeler les gendarmes. Elle a souvent eu maille à partir avec des propriétaires récalcitrants quand vient le moment de payer une note un peu salée, mais son mètre quatre-vingt-cinq a toujours fait la différence.

Là, c'est différent. Le rythme cardiaque du jeune homme ne doit pas excéder soixante pulsations par minute tellement il est maître de lui ; il n'arrivera rien qui ne soit prévu ou sous contrôle. Sergine sait ce qu'elle a à faire : se taire, espérer qu'ils ne casseront rien dans la clinique, et les laisser repartir avec l'accord tacite qu'elle ne dira rien à personne. D'ailleurs, le type l'a lu dans ses yeux. Il a compris qu'il n'avait rien à craindre d'elle. Elle espère que ce qu'on dit à propos des voyous du quartier est vrai. Il paraît qu'une fois qu'ils ont obtenu ce qu'ils veulent, pourvu qu'on leur laisse mener leurs affaires comme ils l'entendent, ils retournent dans leurs coursives et leurs caves.

Pour l'instant, rien ne dit qu'ils savent que Samia est dans le coup ; mais Sergine entend encore la jeune fille dire « Tout se sait dans le quartier, tout le monde espionne tout le monde ». Elle espère seulement qu'ils la laisseront tranquille, maintenant qu'ils ont le chien.

En effet, ses deux agresseurs quittent la clinique sans rien ajouter, aussi discrètement qu'ils y sont entrés, emportant le rottweiler qui les suit péniblement, momentanément requinqué par la perfusion. Mais avec ce qu'il a, Sergine ne donne pas cher de lui. D'ailleurs, elle ne se fait guère d'illusion : les deux dealers vont le trucider pour réduire l'intussusception à leur manière et récupérer leur marchandise.

Ils ne se donnent pas la peine de fermer la porte derrière eux, ni de courir. Ils traversent d'un pas tranquille le parking, certains de leur impunité, et disparaissent après avoir traversé la route de Launaguet.

Sergine devrait être soulagée de s'en sortir à si peu de frais, et pourtant, alors qu'elle est maintenant hors de danger, elle est prise de tremblements nerveux. Le frère de Samia et son acolyte sont partis, mais d'autres pourraient venir. Pour la première fois en huit ans, le quartier lui apparaît comme une présence hostile, une entité dont la clinique ne fait pas partie, à laquelle elle-même n'appartient pas. Elle prend conscience que la peur, ce sentiment qu'elle a toujours trouvé irrationnel chez les autres, est devenue terriblement réelle ce soir.

Il lui faut réagir, et envoyer au plus vite un texto à Samia pour la prévenir que son frère est au courant, qu'il est venu chercher le chien, mais surtout pour lui dire de ne rien avouer. « Je n'ai pas parlé de toi. Ne dis pas que c'est toi qui m'as amené le chien ! » En attendant sa réponse, elle entreprend de ranger le matériel utilisé pour Lili. Puis elle glisse le cadavre dans un sac plastique qu'elle met dans l'immense congélateur. L'animal rejoint ses congénères morts cette semaine, et qui attendent le passage du fourgon de la compagnie d'incinération.

Un quart d'heure plus tard, Samia n'a toujours pas réagi. Vu l'heure, elle est vraisemblablement déjà couchée. Sergine se dit qu'elle devrait en faire autant.

Afin d'éviter de nouvelles mauvaises rencontres, elle appelle un taxi qui vient la prendre à l'arrière de la clinique. Pendant le trajet, elle vérifie plusieurs fois qu'elle n'est pas suivie.

Quelques minutes plus tard, le taxi la dépose devant chez elle, rue d'Armagnac. Sa maison est une bicoque recouverte de lierre et protégée de la rue par un muret surmonté d'une grille en fer forgé. La propriété comprend un jardinet à peine assez grand pour abriter deux poubelles et un vélo. Sergine fait attendre le chauffeur, le temps d'aller chercher son porte-monnaie. Au moment de payer, elle lui demande de ne pas redémarrer avant qu'elle ne soit rentrée et qu'elle n'ait refermé la porte à clef.

Ses mains tremblent encore lorsqu'elle verrouille la porte. Il est près de minuit. Malgré la fatigue, elle sait qu'elle va ressasser les événements de la journée un long moment avant de réussir à s'endormir ; aussi opte-t-elle pour deux Xanax direct. Après une douche rapide, elle s'écroule sur le canapé et allume la télévision pour chasser les images des dernières heures par d'autres images, en espérant qu'elles auront l'effet soporifique habituel. Il fait si chaud qu'elle voudrait s'allonger nue sur le drap, mais l'idée de se retrouver sans rien sur elle lui est insupportable ce soir. Demain, avant d'aller travailler, elle ira traîner au marché sur les boulevards, regarder les étalages de melons et de pêches, oublier le quartier des Izards, entendre des commerçants râler contre la sécheresse, les taxes, l'Europe et les clients qui tâtent les légumes sans les acheter.

Alors que tout son corps se détend enfin, son esprit se met à bouillonner. Elle se repasse le film de la bagarre qui n'a pas eu lieu, elle revoit les moments où elle aurait pu intervenir. Elle sait qu'elle a eu raison de ne rien faire. Mais plus elle y pense, plus elle se dit qu'elle ne peut pas laisser le frère de Samia s'en sortir à si bon compte. Le véritable problème de la jeune fille n'est pas tant le traditionalisme de ses parents que le climat d'insécurité dans lequel il la contraint de vivre. Elle est en danger au sein de sa propre famille. Tôt ou tard, son frère s'en prendra à elle. Il l'impliquera dans ses magouilles, ou lui fera tellement peur, comme à elle ce soir, qu'elle finira par se convaincre que son seul salut est dans le mariage qu'on lui propose.

Sergine tourne et vire dans son lit sous l'assaut de ces pensées désordonnées sans trop savoir qu'en faire, jusqu'à ce que les cachets qu'elle a pris produisent leur effet et mettent enfin un terme à cette journée.

15

— Tu dois l'ouvrir, c'est tout.

Hamid contemple le couteau de cuisine que tient son frère, le même que celui que leur mère utilise pour découper les morceaux d'agneau quand elle fait un tajine. Son frère aîné le lui tend et s'impatiente. Hamid s'en saisit, mais il a un haut-le-cœur.

— Pourquoi moi ?

— Parce que l'émir a dit que c'était à toi de le faire, voilà pourquoi.

Le regard de Hamid va vers la camionnette garée dans un angle mort du parking, puis revient sur celui du chien qui le fixe, abattu, langue pantelante. Il est allongé et respire difficilement.

— Il va crever de toute façon, alors vas-y, achève-le.

— Tu peux pas lui foutre une balle dans la tête ?

— T'es fou ou quoi. Ça s'entendrait dans tout le quartier. Allez, dépêche-toi, l'émir te regarde, tu passes pour une gonzesse, là.

— Mais je peux pas faire ça comme ça ! C'est dégueulasse.

— Putain, t'es relou, ma parole. Tu sers à rien !

Nejib arrache le couteau de la main de son frère cadet et, sans la moindre hésitation, le plante dans le ventre du chien qui se met à glapir de douleur. Hamid aurait voulu l'en empêcher, mais il n'a pas eu le temps de réagir. Ce qui sort de la gorge du chien n'est pas un hurlement, c'est un gémissement. Le rottweiler le pousse sans quitter Hamid des yeux, comme s'il l'appelait à l'aide. Celui-ci doit reculer pour éviter que ses pieds ne soient gagnés par la flaque de sang qui se répand rapidement sur le trottoir.

L'animal est toujours vivant lorsque Nejib commence à fouiller ses viscères. L'incision part du sexe et remonte jusqu'à la cage thoracique contre laquelle la lame a buté, stoppant son geste.

— Éclaire-moi, bordel.

Le renfoncement dans lequel ils se trouvent, derrière le groupe scolaire Ernest-Renan, est plongé dans l'obscurité. Les dealers ne viennent pas jusqu'ici, l'endroit est trop loin des cités où ils peuvent se réfugier en cas de descente de police, et où ils gardent leurs stocks. Hamid sort son téléphone portable et en pointe le LED vers le sol où agonise le rottweiler. Ce qu'il voit est rouge et glaireux, ça luit et ça dégouline sous une pellicule épaisse et translucide à la fois. Rien à voir avec les moutons sacrifiés à l'Aïd el-Fitr, qui sont morts quand on les dépèce.

Les mains de son frère tirent sur les entrailles encore mouvantes, en tâtent méticuleusement les parois pour éviter d'endommager les capsules de poudre. Hamid doit s'approcher pour guider les gestes de Nejib, mais l'odeur est irrespirable. On dirait que tout est pourri à l'intérieur de ce chien. Pourtant, son frère ne semble pas affecté par la puanteur. Hamid ne lui demande pas comment il fait pour la supporter, parce qu'il sait déjà ce qu'il lui répondrait : « J'ai fait bien pire en Syrie. » Il connaît aussi le ton méprisant qu'il emploierait pour lui signifier qu'il n'y était pas, lui, et qu'il ne sera jamais ce genre d'homme.

La belle affaire, pense Hamid. Qu'est-ce que ça change si on crève tous les deux comme ce chien dans quelques jours ?

16

Sergine affiche sa tête des mauvais jours, ce qui n'a rien d'exceptionnel aux yeux de ses associés et du personnel de la clinique, habitués à son humeur massacrante le matin, surtout en début de semaine. Elle ne leur fait pas part de l'agression dont elle a été victime la veille et ne mentionne pas davantage le rottweiler ou Samia.

Sa promenade le long des boulevards au milieu des commerçants qui déchargeaient leurs camions et montaient leurs étals en échangeant des plaisanteries et des coups de gueule n'a en rien adouci son humeur.

Il est huit heures. C'est le moment du briefing avant la première consultation. Tout le monde est là : Andrée la réceptionniste et secrétaire, Brigitte et Sylvie les deux ASV – sortes d'infirmières vétérinaires –, Charlotte la nutritionniste arrivée récemment, et Solène la physiothérapeute dont on espère que la piscine de rééducation attirera une nouvelle clientèle plus âgée, plus fortunée... Sans oublier Rémi, un étudiant de l'école vétérinaire de Toulouse en stage, et une ASV en formation dont Sergine a oublié le prénom... Et bien sûr, les deux associés de Sergine, les docteurs Pierre Destouches et Mourad Akkouche. Pierre est le plus ancien des vétérinaires de la clinique des Izards, Mourad le plus jeune. Ce dernier a grandi dans le quartier, sa mère y habite toujours, et lui-même n'en a déménagé que récemment pour se marier et s'installer à Croix-Daurade, à deux pas. Sergine et Pierre ont pour habitude de le taquiner en affirmant qu'il est la caution beur de la clinique pour toucher un public plus métissé.

Pour l'instant, le regard de Sergine passe d'un visage à l'autre, ne faisant que survoler l'assemblée, se concentrant difficilement sur autre chose que le couloir d'où les deux voyous ont fait irruption la nuit dernière et qu'elle devine par la porte entrouverte. D'ailleurs, elle chasse cette image en repoussant d'un coup de pied sec la porte qui vient claquer, faisant sursauter tout le monde. Personne ne s'aventure à lui demander ce qui lui prend. Avec son air rogue, on n'a pas envie de l'importuner dans un moment pareil.

Le docteur Pierre Destouches dresse un bilan des

cas vus la semaine précédente. Il rappelle à Andrée qu'il faut respecter autant que possible les desiderata des clients : s'ils demandent à être reçus par le docteur Hollard, on les envoie sur le docteur Hollard. S'ils réclament le docteur Akkouche, ils auront le docteur Akkouche... Cela évite par la suite des psychodrames désagréables pour tout le monde. Andrée hoche la tête, l'air de dire qu'elle connaît la consigne, mais que ce n'est pas toujours possible. Quand les rendez-vous des uns ou des autres sont déjà complets, si les gens sont pressés, elle les case avec celui qui reste. Ce qu'Andrée ne peut pas dire et le docteur Destouches ne peut pas entendre, c'est que certains Français de souche préfèrent parler à un autre vétérinaire que le docteur Akkouche. Celui-ci ne s'en offusque pas, il sait pertinemment qu'à l'inverse, les Français issus de l'immigration ont les mêmes préjugés et s'adressent plus volontiers à lui en arabe en pensant qu'il les comprendra mieux. Bien que le quartier soit très mixte, cela reste l'exception, car les Maghrébins constituent une part infime de la clientèle. Quatre-vingt-dix pour cent des habitants du quartier vivent grâce à l'aide sociale et, quand on habite en HLM, on a rarement les moyens de posséder des animaux domestiques, encore moins d'aller chez le vétérinaire. Il faut aussi composer avec les propriétaires pour qui le nom du docteur importe peu, mais qui préfèrent avoir affaire à un homme plutôt qu'à une femme. Et inversement. « C'est une profession libérale, pas un service public ! Le client est roi et il a le droit d'être con », a l'air de penser Andrée.

Le docteur Destouches demande ensuite à Brigitte Souchard, l'ASV en charge des stocks de médicaments, de faire un rapide topo sur les nouveautés qui lui ont été présentées avant le week-end par les commerciaux qu'elle a reçus. Brigitte, trente ans de carrière, une solide connaissance des clients et des animaux, se redresse et prend son bloc-notes :

— C'était Mérial, vendredi dernier. Ils sont venus à deux. Le commercial habituel était accompagné de quelqu'un de la maison mère. Apparemment, ils mettent le paquet sur un nouveau traitement anticancéreux contre le mélanome du chien : le Mélavir. Ça vient de sortir. Jusqu'à maintenant, à part la chimio, on n'avait rien contre ce type de cancer dont l'incidence est de dix-huit pour cent chez le chien, notamment chez les races pigmentées...

Sergine regarde l'horloge. Elle espère qu'en ce moment Samia va bien, et qu'elle est en route pour le collège.

Tout l'irrite : le brouhaha ambiant, le bruit des tasses de café qui s'entrechoquent dans l'évier, les remarques des uns et des autres qui la sortent de ses réflexions. La perspective de devoir attendre jusqu'à ce soir pour avoir des nouvelles de la jeune fille lui est insupportable.

Elle s'efforce de s'extraire du monologue fleuve de Brigitte pour poser les choses rationnellement dans sa tête : si elle a perdu une bataille hier soir, la guerre n'en est pas pour autant terminée. La seule façon de soustraire Samia à la violence de son frère est d'envoyer ce dernier derrière les barreaux. Sergine doit trouver un moyen d'attirer l'attention de la police sur le dealer, sans que sa sœur soit inquiétée.

Pour la énième fois, elle passe en revue son carnet d'adresses : il compte bien un gendarme et un flic du commissariat de quartier de Saint-Cyprien, mais personne d'assez haut gradé ou avec suffisamment d'entregent pour l'aider. Et Thierry Planche ne l'a toujours pas rappelée. Pendant ce temps, Brigitte continue son topo :

— Ça agit un peu comme un vaccin... C'est un vaccin en fait. On injecte un virus désactivé qui stimule le système immunitaire du patient qui, à son tour, crée des anticorps contre les cellules cancéreuses. C'est en une seule injection par intraveineuse, c'est pas cher et c'est efficace dans soixante pour cent des cas quand c'est pris à temps.

En aparté, Sylvie Lacassagne – la plus jeune des deux ASV – explique aux deux stagiaires ce qu'est un mélanome. La future ASV écoute avec attention, alors que l'étudiant en première année d'études vétérinaires la regarde de haut, l'air de dire « Elle me prend pour un ignare ou quoi ? ». Sergine le voit faire et bout intérieurement : une semaine en clinique à nettoyer les litières lui rabattra le caquet !

Brigitte n'en finit pas et Sergine n'y tient plus. Il lui tarde de commencer cette journée pour la terminer aussi vite que possible, et pouvoir enfin se consacrer à son enquête sur le frère de Samia. Elle jette un coup d'œil désabusé sur le dossier d'autorisation de mise sur le marché du Mélavir, le repose négligemment, décolle sa grande carcasse du meuble contre lequel elle était appuyée, et lance à la cantonade, afin de hâter le mouvement :

— Des commentaires, des questions ? Non ? Bon, qu'est-ce qu'on a ce matin ?

C'est le signal de départ. Brigitte remballe sa documentation et tout le monde se met en branle pour recevoir les premiers clients.

L'ASV stagiaire colle aux basques de Sylvie,

l'étudiant vétérinaire à celles du docteur Pierre Destouches. Sergine lui jette un regard circonspect. Un étudiant de première année est censé observer, poser des questions, éventuellement faire quelques actes de base... Celui-ci a opté pour le carnet de moleskine et le stylo. Il ressemble davantage à un apprenti journaliste qu'à un élève vétérinaire. Sergine songe à Samia, si naturelle, si authentique, qui n'aura pas le dixième de la chance accordée à ce parvenu qui pondra un rapport de stage indigeste dans lequel seront détaillées les surfaces exactes de chaque pièce de la clinique, ainsi que les pourcentages de chiens *versus* chats parmi la clientèle de la clinique. Ce ne sera pas le premier. C'est tout juste si le stagiaire précédent ne mentionnait pas dans son rapport le volume de linge envoyé à la blanchisserie chaque semaine.

Le lundi, c'est au tour de Mourad d'être au bloc opératoire. Il se dirige vers l'immense tableau sur lequel sont inscrites toutes les interventions chirurgicales de la matinée. Les deux ASV aidées de la stagiaire sont déjà à pied d'œuvre, en train de préparer un caniche pour son anesthésie. Sergine et Pierre sont aux consultations. Chacun se dirige vers la salle d'examen qui lui est affectée et s'identifie sur l'intranet de la clinique pour aller sur son planning personnel. Sergine découvre les réjouissances du jour : des primo-vaccinations, des boiteries, du teckel, du berger allemand, un chat hystérique et même un boa constricteur qui ne bouge plus – septicémie, à tous les coups. De toute façon, Sergine n'y connaît rien en reptiles, il faudra que ce soit ça. La litanie continue ainsi jusqu'à l'heure du déjeuner et se termine par un lapin qui penche la tête et se la frotte contre la cage jusqu'à s'en arracher le poil. Sergine prédit une otite, le point faible de ces bestioles. La routine en somme ! Il y a des jours où c'est exactement ce dont on a besoin, et d'autres où l'on est minée par les lamentations de clients en manque d'attention qui vous croient plus patiente qu'un pharmacien parce que vous aimez les animaux.

Aujourd'hui, Sergine est à court d'empathie et de patience. Aussi expire-t-elle profondément avant d'ouvrir la porte de la salle de consultation donnant sur la salle d'attente et d'appeler :

— M. Gratacos et le jeune Poppie ?

17

Sergine n'en est qu'à sa troisième consultation, lorsqu'elle est dérangée dans ses pensées par la voix nasillarde d'Andrée dans l'interphone.

— Un docteur est demandé à l'accueil dès que l'un de vous sera disponible.

La teneur du message, adressé à personne en particulier, n'est pas commune ; d'autant qu'Andrée utilise rarement l'interphone pour ses communications. D'habitude, elle se déplace, quitte à déranger une consultation. Étant donné ce qui s'est passé la veille, Sergine préfère voir ce dont il retourne elle-même, avant qu'un de ses collègues ne se libère. Elle expédie son patient en cours et passe à la réception par le bureau des docteurs. À travers l'ouverture aménagée dans la paroi entre les parties privée et publique de la clinique, Sergine signale sa présence à

Andrée, occupée avec un client. Celle-ci s'interrompt pour glisser le plus discrètement possible :

— C'est la police. Ils veulent voir l'un d'entre vous. Ils sont sur le parking de derrière.

Le mot police a l'effet d'un électrochoc. Un millier de choses traversent l'esprit de Sergine : drogue, chien, pistolet, le frère de Samia... Samia ! Pourvu qu'il ne lui soit rien arrivé ! Sergine essaie de se raisonner : pourquoi les flics viendraient-ils à la clinique, si cela concernait la jeune fille ?

Elle demande à Andrée d'excuser son retard auprès du client suivant. Ce à quoi la réceptionniste, se voulant rassurante, rétorque :

— Ils ont promis qu'ils n'en auraient pas pour longtemps. Je leur ai proposé de repasser, mais ils ont préféré attendre. Il paraît que c'est urgent.

Loin d'apaiser Sergine, ces paroles ne font qu'ajouter à son trouble. Andrée ignore que, s'il y a urgence au point que la police se déplace jusqu'ici, cela peut signifier que les événements auxquels Sergine a été mêlée malgré elle ont pris une tournure dramatique.

Sergine se rend donc à l'arrière de la clinique, à l'endroit même où les deux voyous se sont évanouis la nuit précédente. Là, adossée à une voiture de police, se tient une femme en uniforme. Sergine remarque tout de suite que c'est la Police nationale ; elle aurait préféré avoir affaire aux municipaux, cela aurait été moins grave. La trentaine passée, plutôt mignonne, blonde aux cheveux mi-longs, les épaules barrées d'un galon doré que Sergine a appris à reconnaître comme des insignes de gradé, la femme se redresse dès qu'elle aperçoit Sergine et vient à sa rencontre.

— Bonjour docteur, dit-elle en souriant et en lui

tendant la main. Brigadier-chef Decrest, du commissariat nord.

Deux hommes, également en uniforme mais beaucoup plus jeunes que la femme, sortent du véhicule, déploient leurs carcasses et la saluent en se contentant de hocher la tête.

— Bonjour, répond Sergine sur un ton mal assuré.

— Désolée de vous déranger.

— Je vous en prie... Que puis-je pour vous ?

Sergine se rend compte que ses derniers mots sonnent faux. Elle a l'impression qu'une enseigne clignote sur son front et annonce : « Pas plus tard qu'hier soir, j'avais sous ma garde, dans ma clinique, un chien truffé d'héroïne ou de cocaïne et je n'ai pas prévenu les autorités. » Si ce brigadier-chef a une once de psychologie, elle aura déjà compris que son interlocutrice n'a pas la conscience tranquille. Sergine espère seulement qu'elle mettra cela sur le compte du malaise provoqué par l'uniforme chez tout un chacun.

— Nous avons besoin de votre expertise.

— Mon expertise ?

— Oui. On nous a signalé la présence d'un cadavre de chien pas très loin d'ici, sur le terrain synthétique de football, derrière l'école Ernest-Renan.

Sergine voit très bien l'endroit dont elle parle. C'est le lieu de rendez-vous de tous les gamins du quartier. Le seul où ils peuvent s'amuser sans risquer de tomber sur des dealers ou des *runs* de scooters. Une espèce de havre dans la cité. Jusqu'à maintenant en tout cas.

— Nous l'avons ramassé. Nous avons un labo pour traiter ces affaires, nous allons le leur envoyer. Mais j'aurais aimé avoir votre sentiment, vous qui exercez dans le quartier.

L'un des deux hommes qui accompagnent le brigadier-chef fait le tour du véhicule et en ouvre le coffre. Il déplie une bâche d'où émerge la dépouille du rottweiler. Bien qu'elle se soit attendue à lui, Sergine en a le souffle coupé.

La policière, qui semble n'avoir rien remarqué, poursuit :

— Pour commencer, je voulais savoir si vous aviez déjà vu ce chien en consultation.

Sergine se penche sur ce qu'il reste l'animal. Son abdomen a été ouvert de haut en bas par une lame épaisse, un couteau vraisemblablement. Puis il a été intégralement éviscéré. Celui qui a fait ça n'était pas coutumier de la chose, il a dû s'y prendre à plusieurs reprises, car les incisions sont grossières. Au vu des traces de saignement, Sergine déduit que l'animal n'était pas mort lorsque l'auteur de ce massacre a procédé à la laparotomie. Même pas un travail de boucher ! car les bouchers ont le geste sûr et du respect pour les animaux qu'ils abattent...

Une immense tristesse envahit Sergine. Elle n'a pas pour habitude de se laisser aller à la sensiblerie, ce chien n'est ni le premier ni le dernier d'une longue liste d'animaux maltraités, mais elle pense surtout à Samia et à sa réaction lorsqu'elle apprendra ce que son frère a fait au chien. Elle se redresse, se tourne vers les grandes barres du quartier des Izards que l'on aperçoit depuis la clinique, qui font un ensemble indistinct et inquiétant quand on n'y vit pas, mais dont les gens d'ici connaissent chaque nom et la couleur défraîchie de chaque mur. Les balcons dressent leurs paraboles tournées vers le Maghreb, donnant des airs de tournesols déséquilibrés à ces HLM qui cherchent le Midi.

Sergine contemple le cadavre du chien, puis se tourne à nouveau vers la cité. Comment peut-on avoir autant de violence au fond de soi, et de mépris pour la vie ? Elle soupire. Ce quartier est malade, songe-t-elle.

— Non, je ne connais pas ce chien. Mais il a dû souffrir avant de succomber, lâche-t-elle enfin.

— Nous n'avons pas vu de tatouage, mais il a peut-être une puce électronique. Vous pouvez vérifier ?

Sergine hoche la tête.

— Je reviens avec l'appareil, ne bougez pas.

Dans un semi-brouillard, elle se rend dans la salle commune dédiée à la préparation des anesthésies et aux soins dits *sales* qu'on ne veut pas prodiguer en présence des propriétaires, sorte de hall central qui distribue les différents services et où se croisent tous les flux à l'intérieur de la clinique. Là, elle tombe sur les ASV qui l'attendaient pour l'interroger.

— Alors ? demande Brigitte. Qu'est-ce qu'ils voulaient ?

— Qu'est-ce qu'*elle* veut. C'est une femme. Elle a besoin que j'identifie un chien mort.

Brigitte et Sylvie voudraient lui poser davantage de questions, mais la vétérinaire se saisit déjà du lecteur électronique et retourne d'un pas lourd auprès des policiers. Elle connaît le résultat de la lecture : *ID negative* indiquera l'appareil dans un instant. Pourtant, elle donne le change, fait semblant de chercher la puce électronique d'un côté du cou de l'animal, de l'autre, puis sous le garrot...

— Rien. Ce chien n'a pas de propriétaire, officiellement.

La policière ne réagit pas. Songeuse, elle demeure penchée sur le coffre de la voiture. Sergine remarque un maquillage léger et des boucles à ses oreilles, discrètes mais très élégantes. Le brigadier-chef Decrest est mignonne et soignée, mais à y regarder de plus près, elle trimballe une sorte de lassitude. Le métier de flic dans ce quartier ne doit pas être une sinécure.

Sergine constate également que des volets se sont entrouverts sur les façades des immeubles qui bordent la route de Launagais. Une voiture de police ne passe pas inaperçue par ici, et on se demande ce qui se trame à la clinique vétérinaire. Cela met Sergine mal à l'aise. L'inquiétude ressentie la veille la gagne de nouveau.

— Vous avez déjà vu une telle... chose ? demande la policière tout en rabattant la bâche de plastique.

— En dissection oui. Mais c'était pendant ma formation, à l'école vétérinaire. Pas depuis.

La réflexion de Sergine semble laisser le brigadier-chef Decrest perplexe.

— Pourquoi est-ce qu'ils ont fait ça à cette pauvre bête ? demande-t-elle comme si elle réfléchissait à voix haute.

Un instant Sergine hésite à tout lui avouer ; elle devrait peut-être saisir l'occasion pour se confier à cette femme flic, mais son dilemme reste inchangé : pour dénoncer le frère de Samia, elle doit révéler le rôle que la gamine a joué dans cette affaire. Cela reviendrait à la condamner à des représailles.

Elle contemple le ventre béant du chien, les intestins et l'estomac qu'elle avait observés à l'échographie, sortis de leur cavité abdominale, fendus en deux, fouillés et vidés de leur contenu, toute occlusion ou intussusception définitivement réduite. On devine encore les traces de la tondeuse aux endroits où Sergine avait rasé le poil pour poser la perfusion et appliquer la sonde... Au premier coup d'œil, un médecin légiste comprendra que l'animal a été soigné par un vétérinaire, et la clinique des Izards sera en première position sur la liste des suspects.

— C'est peut-être un rite satanique, propose-t-elle pour rompre le silence qui s'est installé. Je sais que certaines sociétés vaudou utilisent des animaux pour communiquer avec les morts. Ils lisent dans leurs entrailles.

— Mmm, fait le brigadier-chef, pas convaincue. On n'a pas trop ce genre de farfelus, par ici.

— Ou alors ce sont des gosses qui ont voulu s'amuser.

— Drôle de façon de passer son temps.

— Vous savez, de nos jours...

— C'est vrai. Mais là, on atteint des sommets. À moins qu'ils ne cherchent à reproduire une scène de film. Vous avez déjà entendu parler d'animaux éventrés au cours de tournages amateurs ?

— Non, je ne vois pas. J'ai peur de ne pas être très utile.

La policière demeure pensive, visiblement déçue par le peu d'informations qu'elle a réussi à glaner.

— Bon. Merci tout de même, finit-elle par dire. Encore désolée de vous avoir dérangée pendant vos consultations. J'espère que le labo nous en apprendra davantage.

— Vous me tiendrez au courant ?

La question a l'air d'étonner le brigadier-chef Decrest.

— D'accord, répond-elle. De votre côté, si vous entendez parler de quoi que ce soit, n'hésitez pas à m'appeler. Voici ma carte, mon portable professionnel est indiqué dessus.

— Entendu.

La policière fixe la vétérinaire de son regard bleu acier. Pendant quelques secondes, Sergine ne saurait dire ce que le brigadier-chef Decrest cherche au fond de ses yeux. Elle parvient tant bien que mal à faire bonne figure ; elle lui sourit et, cette fois, c'est elle qui lui tend la main en lui souhaitant une bonne journée.

À peine la voiture de police a-t-elle disparu que Sergine prend appui contre le grillage du parking pour expirer plusieurs fois et endiguer la bouffée de stress qui monte en elle. Entre le frère de Samia et la police, elle a l'impression qu'un étau a commencé de se refermer sur elle.

Elle lève les yeux vers les immeubles d'en face ; les volets sont clos de nouveau. Les mots de Samia reviennent aux oreilles de Sergine, comme une menace lancinante : « Tout se sait dans le quartier. Tout le monde espionne tout le monde. »

Poussée par la chaleur qui commence à se faire accablante malgré l'heure matinale et se souvenant qu'un teckel anorexique l'attend, Sergine retourne à l'intérieur de la clinique.

Dans la salle de préparation, elle est accueillie par les ASV et le docteur Destouches. Lui aussi entre deux consultations ; il a été informé de la présence de la police.

— Qu'est-ce qui se passe ? demande-t-il.

Tous les regards sont tournés vers Sergine. Celle-ci est blême.

— Rien, ils ont trouvé le cadavre d'un chien sur un terrain de jeu derrière la salle Ernest-Renan, ils voulaient savoir si on le connaissait.

— Et ?

— Non.
— Il était pucé ?
— Non plus.

Peu désireuse d'encourager les questions, Sergine ne s'attarde pas et regagne sa salle de consultation. Le docteur Destouches l'imite. Frustrées qu'il ne s'agisse pas d'un épisode plus excitant, Brigitte et Sylvie reprennent leurs activités à leur tour.

Au cours de la matinée, l'image du rottweiler gisant dans son emballage plastique hante Sergine. Surtout, elle pense à Samia. Comment lui annoncer la nouvelle ? Elle n'imagine pas d'envoyer un SMS froid et laconique « Le chien est mort », encore moins de détailler les circonstances dans lesquelles il a été trouvé. Lâchement, elle prend la décision de ne rien faire.

18

— Tu l'as vu comme moi. Il a pris la came, il ne l'a pas jetée.
— Qu'est-ce que ça peut faire ?
— Je croyais que c'était *haram*[1], la drogue.
— C'EST *haram*.
— Pourquoi il la jette pas, alors ?
— L'émir sait ce qu'il fait.
— Qu'est-ce qu'il va en foutre ?
— T'as pas confiance en lui, ou quoi ?
— C'est pas ça. C'est juste que je trouve bizarre

1. Interdit par le Coran.

qu'il nous demande d'ouvrir le chien pour la récupérer... Avoue que c'est pas normal. On aurait pu se débarrasser du chien direct. Mais on extrait toutes les capsules et au lieu de les balancer, il les planque je sais pas où.

— Peut-être qu'il va les revendre. Ça fera du fric. Y en avait pour un paquet dans ce clébard, tu te rends pas compte. Ça coûte cher de monter une opération. Ça permettra d'en financer une autre, qu'est-ce que j'en sais, moi !

— Mais on est censés...

— Ce qui compte, c'est que Noureddine comprenne que la cité ne lui appartient plus. Il ne peut pas continuer à vendre sa merde aux gamins du quartier, à des frères musulmans !

— Ça d'accord, mais...

— Tu fais chier maintenant avec tes questions. T'as qu'à lui demander, à l'émir. Tu crois pas que tu devrais avoir d'autres préoccupations ?

Nejib a raison, ce que l'émir a fait de la came de Noureddine devrait être le cadet de ses soucis à l'heure qu'il est. Il y a plus grave. Il y a leur mission. Mais il n'arrive pas à se concentrer dessus. Pourtant, ce n'est plus qu'une question de jours. Bientôt, Noureddine saura que ce sont eux qui lui ont dérobé sa marchandise. En s'attaquant à son business, ils ont ouvert les hostilités ; connaissant Noureddine, il n'en restera pas là. Il ne va pas se laisser piquer sa came sans rien faire.

— C'est pour ça qu'il faut frapper à nouveau, un coup plus grand encore, a expliqué l'émir ce matin.

Hamid n'a pas osé demander ce qu'il voulait dire par là. S'en prendre non plus à la came, mais à Noureddine lui-même ? Déjà, il n'avait pas été convaincu par le bien-fondé de la descente à la clinique vétérinaire. En ravissant le chien à Noureddine, il avait eu l'impression qu'ils se dispersaient. Il n'avait pas fait part de ses réserves à son frère. Encore moins à l'émir.

Au départ, leur action devait consister à viser les Français, et encore, pas n'importe lesquels ! Les flics. L'État. Il y a quelques jours, Hamid était motivé, il voyait un sens à tout cela. Maintenant, il ne sait plus trop. Nejib fait preuve d'une rigueur et d'une détermination inébranlables. Mais l'émir donne à Hamid un sentiment d'improvisation. On dirait qu'en fonction des opportunités qui se présentent, il fait évoluer l'objectif originel pour lequel il les a formés et préparés. Hamid se demande même si l'émir ne pense pas davantage à faire la promotion de son réseau pour recruter de futurs combattants qu'à l'opération elle-même. Comme s'il voulait occuper le terrain des Izards ! Quitte à récupérer le business de Noureddine ; quitte à vendre de la came pour financer le djihad, alors que l'idée était au contraire de proposer une alternative halal aux divers trafics qui font l'économie des cités.

Hamid se sent piégé. Plus les jours passent, plus il devient difficile de se confier à son frère. Quant à émettre le moindre doute auprès de l'émir, il sait que c'est impossible. Depuis son arrivée à Toulouse, il est clair que l'émir est là pour les surveiller et s'assurer de leur fidélité inconditionnelle à la cause, autant que pour les aider matériellement.

Si Hamid en est troublé, son frère aîné s'en accommode. À aucun moment sa foi ne semble avoir vacillé.

19

L'après-midi de travail déroule son lot de cas inintéressants et se termine tôt, comme souvent le lundi. C'est à croire que les gens font patienter leurs animaux malades pour ne pas gâcher leur week-end et, quand ils les amènent enfin le lundi, ils ont guéri spontanément. Les symptômes qu'ils présentent alors n'ont plus rien de glamour : des reliquats de diarrhées, des toux finissantes... Les vétérinaires en profitent pour les traiter contre les puces ou les vermifuger, mais, décidément, les lendemains de congé hebdomadaire n'offrent rien de palpitant.

En sortant de la clinique, sur le coup des dix-sept heures, Sergine veut profiter de ce qu'il reste de l'après-midi pour prendre l'air et se changer les idées. Pourquoi rentrer chez elle au moment où un petit vent d'autan se lève et où bouger devient enfin supportable ? Elle opte pour la terrasse du Rad'Art sur le chemin de Lapujade. Il y a longtemps qu'elle n'y a pas mis les pieds. Avec un peu de chance, il y aura un groupe de musique qui lui fera oublier que, la dernière fois qu'elle y a bu un pot, c'était avec Philippe.

À peine assise, son portable vibre. C'est Thierry, son ami qui travaille aux Douanes !

— Allô, Sergine ?

— Oui, c'est moi. Merci de me rappeler, Thierry.

— Désolé de ne pas l'avoir fait plus tôt. J'étais hors réseau ce week-end et pas mal pris aujourd'hui.

— Je t'en prie, c'est moi qui suis désolée de te déranger.

— Qu'est-ce qui t'arrive ? Je n'ai pas tout compris à ton message.

— J'ai un souci avec un chien qui souffrait d'une occlusion intestinale. Il s'avère qu'on lui avait fait ingérer des capsules de drogue.

— Un chien mule !

— Ah, tu connais ?

— C'est nouveau, mais on en a déjà vu aux Douanes, en effet. On suit cela de près. Comment es-tu tombée dessus ?

— Ce serait trop long à expliquer...

— Tu as prévenu la police, j'espère.

— Euh... Oui et non. Je ne leur ai pas encore parlé des capsules. Je voulais d'abord me renseigner auprès de toi sur ce que tu sais des chiens passeurs.

— Ce n'est pas par les aéroports qu'ils transitent, c'est par la route.

— Comment ça ?

— Les trafiquants dressent les chiens pour qu'ils répondent à des ultrasons, ils les bourrent d'héroïne et les lâchent avant les postes frontières. Les chiens traversent par les collines ou les prés avoisinants et, une fois que les trafiquants ont franchi la douane avec leur véhicule, ils les rappellent et les chiens rappliquent aussitôt. Ils les chargent et ils continuent leur route. Seule la volante peut leur tomber dessus, mais il y a tellement de voitures sur la route que c'est pur hasard si on stoppe la bonne.

— Je vois.

— Laisse-moi te donner un conseil, Sergine. Ne te frotte pas à ce genre de lascars, adresse-toi à la police. Ce sont des gros poissons qui font ça, pas des amateurs.

— Les gars auxquels je pense sont des jeunes, plutôt du genre menu fretin.

— Alors ils sont de mèche avec des plus gros qu'eux. Je t'assure, tiens-toi à bonne distance de ces types. Ils ne font pas de cadeau si on vient mettre son nez dans leurs affaires. Même nous, on n'y touche pas seuls, on travaille avec les stups sur ces coups.

L'échange entre les deux collègues se prolonge, Sergine évitant d'en dire trop à Thierry, lui-même essayant de la convaincre du danger encouru. La conversation flotte ainsi poliment entre ce dont on ne veut pas parler et ce que l'on doit se dire. Enfin, elle se termine sur la promesse à laquelle ni l'un ni l'autre ne croit, de se revoir bientôt.

Sergine raccroche, perplexe, ne sachant trop ce qu'elle doit faire des conseils de son ami. Travailler aux Douanes est une chose, mais la réalité d'un quartier comme les Izards en est une autre. De toute façon, le frère de Samia a récupéré sa came, Sergine se dit qu'elle ne représente plus une menace pour lui à présent.

Elle a à peine le temps de se faire servir un café frappé que son téléphone vibre de nouveau. Sergine, qui avait pris une première gorgée, avale presque de travers pour se précipiter sur son portable. C'est un SMS de Samia !

L'adolescente est inquiète : son frère est nerveux, explique-t-elle. Il va et vient dans l'appartement. Il parle à voix basse, il sort sur le palier pour téléphoner à des gens. Il la regarde bizarrement, elle est certaine qu'il la suspecte de quelque chose.

Sergine lui répond de ne pas s'en faire. « Il a récupéré son chien, il n'y a pas de raison qu'il s'en prenne à toi maintenant ! » Elle lui conseille d'agir normalement, de ne surtout pas donner l'impression d'être au courant de quoi que ce soit. S'il lui pose la moindre question à propos du chien, qu'elle nie tout en bloc.

Sergine s'en veut de ne pas tout dire à Samia, mais lui apprendre maintenant et par texto la mort atroce de l'animal qu'elle a tenté de sauver ne ferait qu'ajouter à la nervosité de l'adolescente et la mettrait en danger. Samia doit faire profil bas et ne pas attirer l'attention de son frère pendant quelques jours, le temps que ça se calme.

Cinq minutes plus tard, Sergine reçoit un deuxième texto dont elle n'arrive pas à savoir s'il est affolé ou enthousiaste : « Je crois savoir où est le rottweiler. J'ai entendu un des chouffeurs de mon frère lui parler de l'ancien entrepôt de la Sernam, derrière la piscine. »

Samia a forcément mal compris, car le rottweiler ne peut malheureusement pas être là-bas. Par contre, s'ils ont effectivement évoqué l'entrepôt de la Sernam, Sergine tient peut-être la possibilité de les faire plonger sans que le lien avec elle, et donc avec Samia, ne puisse être établi.

Sergine connaît le bâtiment en question : isolé, loin de la cité, mais pas trop non plus... clôturé, facile à surveiller, vaste et au milieu d'une sorte de no man's land le long de la voie ferrée... Personne ne traîne par là-bas, c'est l'endroit idéal pour cacher des chiens. Si le frère de Samia est à la tête d'un trafic impliquant des chiens mules, il en possède nécessairement plus d'un. Il faut bien que lui et sa bande les gardent en pension quelque part entre deux *missions*, qu'ils les dressent... Un tel local au cœur de la cité serait trop visible, trop exposé. Entre les flics et la concurrence, tout le monde serait rapidement au courant.

Mais la première chose à faire, avant même de s'y rendre, est de mettre Samia à l'abri en la tenant à distance. Sergine devine les intentions de l'adolescente, elle la croit capable d'une réaction aussi passionnée qu'irresponsable.

« Ne fais rien. C'est trop dangereux », lui envoie-t-elle illico presto.

Malheureusement, elle avait vu juste, car Samia répond aussitôt que, s'il est vivant, il faut tenter de le sauver.

« NE BOUGE PAS. J'y vais. Je te tiens au courant. »

Mais l'adolescente est têtue et ce que Sergine craignait est confirmé par le texto suivant :

« Je vous accompagne. »

« Pas question. Reste chez toi. C'est trop risqué. »

Sergine attend une minute ou deux, mais aucune réponse ne lui parvient. Peut-être Samia s'est-elle interrompue pour éviter d'être surprise en train de *textoter*. La vétérinaire engloutit le mélange de café et de glace pilée qui restait au fond de son verre, coince un billet de cinq euros entre le marbre et la soucoupe et retourne à sa voiture.

20

Sergine se gare au niveau des installations sportives, bien avant d'arriver à l'impasse au bout de laquelle se dresse le bâtiment abandonné par la Sernam, au cas où des guetteurs surveilleraient les abords de l'entrepôt.

Une fois le moteur coupé, elle essaie de contrôler les pulsations de son cœur. Hier à la clinique, le frère de Samia a voulu lui donner un simple avertissement. Aujourd'hui, c'est elle qui vient sur son terrain, le risque est nettement plus élevé. Elle se remémore ce qu'elle ressentait quand elle était jeune avant un match de rugby, au moment de pénétrer sur la pelouse. C'était comme une bataille : on ne sait plus trop ce que l'on fait là, mais on sait qu'il faut y aller, qu'on ne peut plus reculer. Ses mains sur le volant sont moites, son ventre noué. Elle compte jusqu'à trois et jaillit de la voiture, laissant les clefs sur le contact. Elle a vu trop de films dans lesquels la victime poursuivie par un tueur panique et n'arrive pas à trouver le trou du neiman. Elle attend quelques minutes, observe les lieux... Déserts en l'occurrence. Le soir, ces rues en contrebas de la voie ferrée se transforment en friches urbaines désolées. Le soleil est rasant, mais le bitume dégage encore la chaleur emmagasinée pendant la journée.

Sergine détaille le bâtiment de loin : un long entrepôt aveugle, au milieu d'un immense parking prévu pour accueillir des poids lourds et leur permettre de manœuvrer, flanqué d'une cahute qui abritait autrefois le concierge ou les gardiens de nuit. Les lieux devaient être animés à l'époque, ça sent encore le col bleu et les coups de gueule. Aucun signe de vie aujourd'hui. Pourtant, le portail n'est pas fermé. Une chaîne pend à l'un des montants ; au bout de la chaîne, un cadenas ouvert avec la clef dessus. Ils sont à l'intérieur ! Sergine se dissimule dans le renfoncement du garage d'une maison particulière ; elle n'a plus qu'à patienter jusqu'à ce qu'ils quittent les lieux.

Après un quart d'heure, elle ne constate toujours aucun mouvement. Elle s'attarde sur les recoins qui pourraient servir de poste d'observation à une vigie, mais elle ne distingue rien de suspect. Un long moment s'écoule. Elle est sur le point de tenter une approche prudente, lorsqu'un jeune sort du hangar. Enfin ! Sergine s'écrase contre le pilier du garage. Sa grande carcasse dépasse de partout, mais elle est trop loin pour être vue, surtout qu'il fait plus sombre maintenant. Avant que la porte ne se referme, elle entend des aboiements en provenance du hangar. Il y a plusieurs chiens là-dedans ! Le local a certainement été insonorisé, car rien n'est audible une fois la porte claquée.

L'impasse au bout de laquelle il est situé offre la possibilité de fuir en deux-roues par le tunnel piéton sous la voie ferrée, et ainsi de semer les flics s'ils débarquaient en voiture.

Sergine ne discerne pas les traits du garçon, mais il n'a pas plus de quinze ans. Il scrute l'impasse sans s'arrêter sur la villa contre laquelle Sergine s'est abritée. Il se dépêche d'ouvrir le portail, et c'est alors que deux scooters surgissent d'un auvent accolé au hangar. Le premier dépasse la grille sans s'arrêter et file en direction du tunnel. Le deuxième stoppe et attend nerveusement que le jeune ait attaché la chaîne et soit monté à l'arrière pour disparaître à son tour dans le passage souterrain.

L'opération n'a pas duré plus de vingt secondes. À tout moment, Sergine s'attend à ce qu'un quatrième larron surgisse du bâtiment. Pourtant, après dix minutes d'attente supplémentaires, personne n'est entré ni sorti du hangar.

Sur le flanc le moins exposé du terrain, il n'y a rien

d'autre qu'un grillage rigide doublé d'un mur de ronces que personne n'aurait l'idée de traverser ; qui penserait à surveiller cet angle ? Sergine décide que c'est par là qu'elle pénétrera.

Elle quitte sa cachette et traverse la rue, comme si elle se dirigeait vers le tunnel, sauf que, arrivée à l'entrée du passage sous le ballast, elle s'élance dans les fourrés et disparaît sous les ronces. Elle s'immobilise de nouveau, le temps de voir si son approche provoque la moindre réaction. Elle s'enfonce de quelques pas supplémentaires de façon à se rendre tout à fait invisible et, quand elle est certaine que rien ne bouge, elle se met à escalader le grillage. Les ronces s'agrippent à son chemisier et à ses cheveux, mais elle parvient à se hisser. Alors qu'elle est à califourchon et qu'elle va balancer sa deuxième jambe par-dessus le grillage, elle devine une silhouette près du tunnel. Elle suspend son mouvement. Quelqu'un rampe sous les ronces et vient vers elle ! Elle se raidit, prête à en découdre malgré sa mauvaise posture... Mais le visage qu'elle découvre est amical :

— Samia ? chuchote-t-elle. Qu'est-ce que tu fiches là ? Je t'avais dit de ne pas bouger de chez toi !

— Je ne pouvais pas vous laisser y aller seule. C'est à cause de moi, ce qui arrive.

— Qu'est-ce que tu racontes ? Ça n'a rien à voir. Ne reste pas là, fiche le camp !

— Sans moi, vous ne vous seriez jamais occupée de ce chien, et vous n'auriez pas d'ennuis aujourd'hui.

— Je n'ai pas d'ennuis. C'est toi qui risques d'en avoir si tu restes là.

— Je ne savais pas que mon frère avait cet entrepôt.

— Il y a tout une meute là-dedans d'après ce que j'ai entendu. Si le rottweiler s'y trouve, je l'en sortirai et l'amènerai chez un collègue, ment-elle dans l'espoir de dissuader Samia de la suivre.

— Mon frère se doutera que c'est vous qui l'avez pris. Il ne faut pas vous attaquer à lui, il est très violent.

— C'est justement pour ça que tu dois retourner chez toi. Il ne te soupçonnera pas s'il te sait à la maison.

— J'y vais seule ou avec vous, mais je ne vous laisserai pas entrer là-dedans sans vous suivre.

— Ne sois pas puérile, Samia. Va-t'en maintenant.

La jeune fille affiche un air que Sergine reconnaît ; elle faisait preuve de la même détermination à son âge. L'adolescente n'abandonnera pas. Pas tant qu'elle aura un espoir de sauver ce chien.

— Le rottweiler est mort, lâche Sergine brutalement.

— Quoi ?

— Je suis désolée, je n'ai pas eu le courage de te l'annoncer plus tôt.

Après avoir encaissé le coup, la jeune fille retrouve vite sa combativité.

— Vous dites ça pour pas que je vienne !

— C'est vrai, mais je ne te mens pas pour autant. Ça ne sert à rien que tu me suives, il a été tué.

— Qu'est-ce que vous en savez ?

— La police est venue à la clinique. Ils ont trouvé le cadavre d'un chien, ils voulaient que je l'identifie... C'était lui.

— La police ?

— Je ne leur ai rien dit, la rassure Sergine qui a perçu la panique chez la jeune fille.

Samia s'accroupit, choquée.

— C'est mon frère qui l'a tué ?

— Je ne peux pas l'affirmer, mais il y a de grandes chances pour que ce soit lui, en effet.

— Mais...

Samia est prise de spasmes. Sergine aimerait la consoler, lui dire quelque chose... Elle ne sait pas quoi. Elle descend du grillage et s'accroupit à son tour pour voir le visage de la jeune fille. Elle hésite à poser sa main sur son avant-bras. Du bout des doigts, elle touche le poing que Samia garde serré, mais qui ne le retire pas. Alors Sergine remonte le long de son bras et caresse doucement l'épaule de Samia qui se met à pleurer. Lorsqu'elle aperçoit les premières larmes, Sergine l'enlace et Samia tombe dans ses bras.

Sergine ne sait pas ce qui lui arrive. Elle est gagnée par un sentiment qu'elle ne reconnaît pas, qui ne lui appartient pas... Une envie de protéger Samia, de la réconforter... Une envie d'aimer.

— Rentre chez toi, Samia. Je te promets qu'un jour, tu auras un chien à toi. Rien qu'à toi. Et que ton frère ne pourra plus te faire de mal. Mais pour l'instant rentre chez toi, c'est trop dangereux ici.

— Alors pourquoi vous y allez, vous ?

— Pour mettre un terme aux agissements de ton frère. C'est pour ça qu'il vaut mieux que tu ne traînes pas dans le coin.

— Qu'est-ce que vous allez faire ?

— Ne te préoccupe pas de ça.

Presque inconsciemment, dans un élan inattendu, Sergine dépose un baiser sur le front de Samia. Elle est aussi surprise par sa propre marque de tendresse que par l'absence de réaction de Samia. Celle-ci, au lieu de se rebiffer contre ce mouvement presque incongru, sourit timidement, apaisée, et s'en va. Avant de disparaître complètement dans le tunnel, elle fait un geste de la main en direction de Sergine.

Malgré l'émotion qui l'envahit, la vétérinaire se secoue en se disant qu'il est temps d'agir. Elle escalade à nouveau le grillage. Cette fois, elle le franchit sans hésitation.

Quand elle est enfin de l'autre côté, elle s'accroupit. Bien sûr, hors de la protection offerte par les ronces, c'est une mesure de prudence dérisoire. Une dizaine de mètres la séparent du hangar où les chiens sont enfermés. En les parcourant, elle sera à découvert. Elle jette un dernier coup d'œil en direction du tunnel, puis de l'impasse : personne. Elle s'élance. Elle court, tête baissée, comme si elle traversait une rue sous le feu d'un sniper. Pourtant elle ne trouve pas la situation ridicule ; le danger est réel. Elle atteint une sorte d'auvent. Là, elle découvre une porte capitonnée. Elle essaie sans conviction de l'ouvrir. Comme il fallait s'y attendre, elle est verrouillée. Sergine s'appuie de tout son poids contre la poignée, le chambranle donne des signes de faiblesse. Elle fait un pas en arrière et envoie un grand coup de pied au niveau de la serrure. Le montant cède légèrement. Une seconde tentative, un peu plus musclée, et la porte est enfoncée. Immédiatement, une odeur d'urine et d'excréments lui saute à la figure, accompagnée par un concert d'aboiements. Il y a là une vingtaine de chiens entassés dans des cages trop petites, trop basses. Ils forment un mélange bigarré de races et de tailles. Ils sont visiblement rendus fous par le confinement. La ventilation inexistante et l'absence de litière rendent l'air irrespirable. Sergine ne voit ni eau ni nourriture dans les chenils. Malgré les conditions épouvantables, les chiens ont tous l'air en bonne santé. Un instant, elle est tentée d'ouvrir les cages et de les relâcher, mais elle n'est pas là pour jouer les bons samaritains ; ce qu'il faut, c'est que les flics perquisitionnent et constatent par eux-mêmes.

Sergine plonge la main dans la poche droite de son jean, où elle a rangé la carte du brigadier-chef Decrest le matin même ; elle doit la prévenir avant que la bande du frère de Samia n'ait le temps de réagir.

Elle ressort du bâtiment pour éviter que les aboiements des chiens ne soient entendus par la policière. Celle-ci décroche dès la deuxième sonnerie.

— Decrest, répond-elle en guise de salutations.

— Brigadier-chef ? C'est le docteur Hollard de la clinique vétérinaire des Izards, nous nous sommes parlé ce matin...

— Rebonjour docteur.

— Bonsoir.

— Vous avez du nouveau au sujet de ce chien ?

— Peut-être. J'ai eu vent de l'existence d'un chenil clandestin, le long de la voie ferrée, à l'intérieur de l'entrepôt désaffecté de la Sernam. Je ne sais pas si ça a un rapport avec votre affaire, mais j'ai pensé que l'information pouvait vous intéresser.

— Un chenil clandestin ? Bien sûr que ça m'intéresse. Comment l'avez-vous appris ?

— Les indiscrétions d'une de mes clientes. Vous comprendrez que je ne peux pas vous révéler son nom.

— À vrai dire, non, je ne comprends pas, mais vous allez me dire que vous êtes tenue à un certain devoir de réserve.

— Nous pourrions nous retrouver là-bas si vous le souhaitez ? propose Sergine pour changer de sujet.

— Écoutez, docteur. Je vous suis très reconnaissante de coopérer. Mon travail serait bien plus efficace si nos concitoyens agissaient tous de la sorte... Mais je préfère que vous nous laissiez aller vérifier ça. En tant que vétérinaire, votre présence pourra nous être utile, mais pas dans un premier temps. Vous nous gêneriez s'il fallait intervenir, on ne sait jamais comment les choses peuvent tourner dans ce genre de situation.

— Bien, comme vous voudrez, dit Sergine.

À la réflexion, il est préférable de ne pas être vue en présence de la police.

— Je vous tiendrai au courant, lui promet le brigadier-chef Decrest. Au revoir, docteur.

— Bien. Au revoir, briga...

La policière a déjà raccroché, Sergine n'a pas le temps de la remercier. Étant donné la proximité du commissariat, elle se dit qu'il est temps de décamper si elle ne veut pas être dans les parages quand les collègues de Decrest arriveront. Mais un bruit de moteur en provenance du tunnel la stoppe dans son élan. Elle se cache sous l'auvent et laisse passer un scooter qui s'arrête au niveau de l'entrée. Le portail que l'on ouvre grince. S'enfuir par le grillage et les ronces n'est plus une option, il lui faudrait pour cela traverser le parking à découvert. Elle doit faire vite, car celui qui vient d'entrer sur le terrain de la Sernam va nécessairement venir se garer sous l'auvent. Il sera là dans quelques secondes. Elle n'a plus qu'une solution : contourner le bâtiment, attendre que le type descende de son engin, constate que la porte a été fracturée et entre dans le chenil, profiter du moment de surprise et prendre ses jambes à son cou en espérant qu'un deuxième scooter ne suive pas, car pendant tout ce temps elle sera visible depuis la rue.

Tout va très vite, elle a à peine le temps de se plaquer contre le mur du hangar, les pieds dans les orties à moitié desséchées par le soleil de juin, que le scooter apparaît sous l'auvent. Elle entend un « Putain » qui indique que l'effraction a été découverte. Suit le fracas de la porte ouverte par un coup de pied. Les aboiements reprennent de plus belle. Le moteur du scooter tourne encore. Sergine se glisse vers l'angle opposé du bâtiment. « Maintenant », se dit-elle. Elle s'élance, mais la sonnerie de son téléphone la coupe dans son élan.

— Merde ! siffle-t-elle entre ses dents, se rappelant qu'elle était d'astreinte ce soir.

Le *tululu* strident se met à envahir l'espace. Sergine ne parvient pas à le faire taire, ses doigts tremblent au-dessus des touches sans parvenir à trouver la bonne. Affolée, elle frappe un grand coup sur l'écran sans plus de succès. Elle regarde en direction de l'auvent. Heureusement, le bruit causé par les chiens et le moteur du deux-roues couvre celui du portable. Elle se précipite vers le portail, dépasse l'entrée du terrain et déboule enfin dans la rue.

Malgré les courbatures du footing de la veille, elle se met à courir comme une dératée. Elle ne sent plus la douleur ni la fatigue. Elle fonce sans se retourner et continue dans sa lancée, alors qu'elle dépasse sa voiture. Quand elle parvient au boulevard Pierre et Marie Curie, trois cents mètres plus loin, elle s'estime hors de danger et prend enfin le temps de regarder en arrière : la rue est vide, personne ne l'a suivie.

Elle revient prudemment sur ses pas jusqu'au parking de la piscine où elle retrouve la Saab.

Elle démarre et rentre chez elle, les yeux rivés sur le rétroviseur.

21

Mokhtar déboule devant le tabac-presse à une telle vitesse qu'il manque de renverser un enfant qui sortait de la boulangerie. Quelques exclamations amusées accueillent son arrivée en trombe, interrompant à peine les conversations affairées et les jets de gobelets, canettes, mégots et crachats que produit cet attroupement permanent de jeunes désœuvrés.

La mère du gamin qu'il a failli heurter, à l'instar des gens du quartier, ne s'offusque plus depuis longtemps de la saleté des abords des magasins ; elle imagine encore moins se plaindre du fait que Mokhtar roule sur le trottoir. Celui-ci ne songe pas un instant à s'excuser, il n'a même pas un regard pour elle et l'enfant. Il ne prend pas non plus le temps de mettre son scooter sur sa béquille ; le deux-roues s'affale sur son flanc comme un cheval exténué après un long galop. Mokhtar appelle Noureddine en hurlant son prénom. Pour le coup, les discussions cessent et tous les regards se tournent vers le chef de bande. Quelque chose de grave a dû se passer.

Noureddine, goûtant peu une telle publicité sur son territoire de vente, balaye la rue des yeux pour s'assurer que personne d'indésirable n'est témoin de la scène.

Mokhtar l'entraîne à l'écart des oreilles indiscrètes. Il parle à voix basse tout en montrant des signes d'affolement. Ils n'ont pas fait deux pas que Noureddine se fige, saisit Mokhtar par le tee-shirt comme s'il allait lui casser la figure, et pousse un « Qu'est-ce tu m'racontes là, putain ? Pourquoi t'es pas venu me le dire tout de suite ? » audible de tous alentour.

Mokhtar pleurniche presque en répondant rapidement :

— J't'ai cherché partout. J'suis allé à la cité d'abord. Demande à Omar, c'est lui qui m'a dit que t'étais là. J'pouvais pas savoir.

Noureddine le repousse violemment et, dans la seconde qui suit, saute dans sa voiture. Il démarre en conduisant d'une main et en composant le numéro de Souleymane de l'autre.

— Appelle les autres. On se retrouve au hangar. Tout de suite !

Il ne faut pas longtemps à la bande pour retrouver Noureddine à l'entrepôt désaffecté de la Sernam. Ils se garent les uns après les autres sur la zone de chargement et se ruent à l'intérieur du bâtiment d'où proviennent les aboiements furieux de la meute. Pendant qu'Ahmed cherche les traces de l'effraction, Omar compte les chiens.

— Aucun ne manque, annonce-t-il.

Souleymane confirme. Noureddine enregistre l'information sans desserrer les mâchoires.

— Ils sont passés par là, dit Ahmed en pointant le grillage et les ronces tassées.

Noureddine s'assied sur le capot de sa voiture. Il est bientôt rejoint par les autres. Tous ont compris qu'un conseil de guerre allait se tenir.

Noureddine bout intérieurement, mais il s'efforce de garder son sang-froid ; il en faut pour parvenir à réfléchir.

Omar est le dernier à sortir du hangar. Il étudie les pans de la porte défoncée avant de rejoindre les autres.

— C'est bizarre, dit-il.

— Quoi ? l'interroge Souleymane pour éviter à Noureddine de le faire.

— Ça fait trois trucs qui se passent, et chaque fois, c'est une histoire de clébards.

— Quels trois trucs ?

— Le chien qu'on nous chourave dans la cave. (Il lève le pouce pour compter un.) Ça ! ajoute-t-il en désignant de son index le chambranle arraché. Et la véto, conclut-il en levant le majeur.

— Quoi, la véto ?

C'est Noureddine qui a posé la question, enlevant les mots de la bouche de Souleymane, les faisant claquer comme un fouet. Il fixe Omar et déjà, celui-ci comprend qu'il aurait dû se taire.

— Ma cousine, Afia, elle habite en face de la clinique vétérinaire, à côté du lycée pro...

— Ouais, et alors ? s'impatiente Noureddine.

— Ce matin, elle a vu les keufs sur le parking de la clinique.

Noureddine ne le lâche pas des yeux, l'invitant à en venir au fait.

— C'était la fliquette, tu sais, celle du commissariat nord. Elle parlait à la toubib.

— La toubib ?

— Ben oui, la véto quoi ! La grande, là.

— Qu'est-ce qu'elles se disaient ?

— C'est trop loin, ma cousine pouvait pas entendre. Mais elle a vu la fliquette qui ouvrait son coffre et montrait quelque chose. La véto s'est penchée et puis elle est repartie. Après, elle est revenue avec un truc dans les mains, une sorte d'appareil comme à Intermarché pour flasher les prix, tu sais ? Puis elle s'est de nouveau penchée sur le coffre, et après les keufs sont repartis et la véto est rentrée dans sa clinique. Ma cousine est sûre que c'était un clébard dans le coffre.

Noureddine bondit :

— C'est maintenant que tu me dis ça ? Mais qu'est-ce que vous avez, tous ?

— Afia me l'a dit tout à l'heure. Parce qu'elle a appris qu'on cherchait le chien. C'est en voyant ça que j'y pense, dit-il en montrant le hangar.

Noureddine aurait bien envie de passer ses nerfs sur Omar, mais il ne doit pas céder à la panique. Agir plutôt. Son trafic est mis au jour. Et les mecs qui ont fait ça sont assez sûrs d'eux pour s'en prendre ouvertement à ses intérêts.

Penser au business : protéger la marchandise.

— On va bouger la came, déclare-t-il.

Souleymane tente de le rassurer :

— Abdelatif a trouvé des nourrices pour les trois derniers clébards, ça craint plus rien.

— Non, tout le reste : le shit, l'ecsta, la coke, l'héro. On ne sait pas ce qu'ils savent. On planque tout.

— Où ?

— Dans l'appart vide.

— Hein ? Mais on va le griller. On a toujours dit qu'on le gardait comme solution de repli en cas d'urgence.

— C'est un cas d'urgence ! On en trouvera un autre. Pour l'instant, on fait comme j'ai dit.

Souleymane échange un regard avec les autres. Ils viennent de réaliser à quel point Noureddine est inquiet.

— Je veux deux mecs calibrés en permanence avec la came, poursuit celui-ci. À part moi, personne n'entre dans ce putain d'appart.

Ils acquiescent.

— Mais pour commencer, on vire ces chiens d'ici.

— On les emmène où ? demande Ahmed.

— Dans les caves.

— On n'a pas assez de place.

— On s'en fout, on les met n'importe où sous la tour Verte.

— C'est pas sûr la tour Verte, c'est pas à nous.

— Maintenant, ça l'est !

— Tout le monde le saura, ça va baver, les flics l'apprendront, c'est certain.

— On peut pas les laisser ici. Les autres enculés peuvent revenir à n'importe quel moment.

— On n'a qu'à les attendre et les buter ! propose Omar.

— C'est pas aussi simple.

— Moi je trouve ça très simple, au contraire.

— On va pas agir à chaud. On se replie sur la cité.

— En tout cas, faudrait pas tarder avant de leur envoyer un message à ces enculés du Mirail, parce qu'ils sont en train de nous mettre bien profond et nous, on réagit pas.

— Je te dis qu'on va s'en occuper.

— Allez, on les charge, dit Souleymane pour hâter le mouvement.

Dix minutes plus tard, à raison de quatre chiens par voiture, les animaux laissent derrière eux le hangar de la Sernam qu'ils occupaient depuis plusieurs semaines et ne quittaient qu'à tour de rôle pour un aller-retour Costa Brava-Toulouse de quelques heures, avant d'être mis sous laxatif.

Au moment où le cortège de BMW s'engage sur la route de Launaguet en direction des Izards, un spectacle son et lumière apparaît devant eux, composé de gyrophares et de sirènes. Chacun des cinq chauffeurs, Noureddine en tête, crache à peu près le même juron en découvrant le balai stroboscopique qui s'apprête à les croiser. Noureddine maintient son allure. Il sait où les flics se rendent. Mais ils arrivent trop tard, comme toujours.

Son intuition est confirmée lorsque, arrivées au feu rouge, les trois voitures de police quittent la route de Launaguet en direction de la piscine et de la voie ferrée.

Ceux qui en ont après son business l'ont balancé aux keufs !

Ce que disait la cousine d'Omar était donc vrai : la fliquette du commissariat nord est sur le coup et, si elle a rendu une visite à la véto, ce n'est pas pour lui parler de produits de beauté. Ça avait forcément à voir avec le chien qu'on leur a volé.

Noureddine fulmine. Omar a raison : ils ont assez subi. Puisque c'est la guerre, il est temps de répliquer. Quelqu'un va payer.

22

Sergine avait l'intention de rentrer chez elle pour prendre une douche avant de ressortir, mais en ville cette fois, place Saint-Georges ou autour du marché Victor-Hugo, pour changer d'air, voir de la brique rose et des gens décontractés aux terrasses des cafés... Autre chose que le quartier.

Mais en repassant au niveau du Rad'Art, elle se rend compte que les émotions qu'elle vient de vivre lui ont donné soif. La douche attendra. Elle se gare devant le bar et s'installe en terrasse pour commander un grand Perrier menthe. Puis, elle étend ses longues jambes et soupire de satisfaction. Samia n'est pas sortie d'affaire, mais, après avoir mené la danse, le frère de Samia va essuyer un premier revers. La découverte du chenil devrait attiser la curiosité du brigadier-chef Decrest et l'amener à reconsidérer l'affaire du chien éventré ; car il ne s'agit plus d'un cas isolé, mais d'un réseau impliquant une véritable organisation. À ce stade, un flic lambda comme elle est censé transmettre le dossier aux services compétents, imagine Sergine. Si les stups s'emparent de l'affaire, elle prendra une dimension nouvelle et les lignes bougeront rapidement.

Sergine est sortie de ses calculs stratégiques par la sonnerie de son téléphone, un appel du brigadier-chef Decrest, justement. Elle décroche avec le sourire, mais elle blêmit en entendant ce que la policière lui apprend : elle et ses hommes ont effectivement trouvé ce qui peut s'apparenter à un chenil, mais les lieux étaient vides. « Vidés plus exactement » précise le brigadier-chef. Outre quelques touffes de poil de chien et des cages ouvertes, il n'y avait rien qui puisse être utilisé à charge contre qui que ce soit. Un squat un peu particulier, mais comme il y en a tant d'autres : squats d'artistes-peintres, de camés, de musiciens à la recherche d'un local pour répéter, squats de sportifs en manque de salle d'entraînement, ça s'est déjà vu... Alors pourquoi pas un squat de cynophiles ?

— Ils ont tout déménagé entre le moment où j'y étais et votre arrivée !

— Où vous y étiez ? Ne me dites pas que vous êtes entrée là-dedans avant que nous intervenions ?

— C'est de là que je vous ai appelée, tout à l'heure, avoue Sergine.

— Mais bon sang, qu'est-ce qui vous a pris ? Vous ne pouviez pas vous contenter de nous prévenir ?

— Je suis désolée...

— Vous êtes désolée ?! Vous vous rendez compte que c'est à cause de vous, s'ils ont eu le temps de déguerpir ? Sans parler des risques que vous avez pris.

— Ils ne peuvent pas être loin, une meute de vingt chiens ne passe pas inaperçue...

— Mais où voulez-vous que je cherche ? Dans quelle direction ? Je ne peux pas retourner tout Toulouse sous prétexte qu'une bande de clochards y dissimule des chiens, tout de même !

— Ce ne sont pas des clochards, brigadier-chef. Les clochards n'ouvrent pas le ventre de leur chien.

— Rien ne dit que les deux affaires sont liées, dit la flic sur un ton cassant. À moins que vous sachiez quelque chose que je ne sais pas encore.

— Non, pourquoi dites-vous cela ?

— Êtes-vous certaine de m'avoir tout dit ?

— Qu'est-ce que vous insinuez ? réplique Sergine en essayant d'adopter un ton outré.

— Quoi que vous sachiez, vous devez m'en faire part et ne prendre aucune initiative. Je vous interdis de vous mêler de ces histoires et de continuer à jouer les justicières. Ce sont des gens comme vous, pleins de bonnes intentions, qui entravent l'action de la police et de la justice.

— Tout à l'heure vous me félicitiez pour mon civisme, il faudrait savoir.

— Il ne faut pas confondre aider la police et agir à la place de la police. On aurait certainement pincé les squatteurs du hangar de la Sernam si vous vous étiez abstenue de jouer aux cow-boys. Cela ne doit plus se reproduire. Est-ce bien compris ?

Sergine ne juge pas nécessaire de répondre.

— Sur ce, je vous prie de m'excuser mais il faut que j'y aille. Au revoir, docteur.

Sergine rabat le clapet de son portable d'un geste rageur.

— Et merde, dit-elle tout haut, ce qui fait se retourner ses voisins de table.

Le frère de Samia est plus méfiant et plus réactif qu'elle ne pensait, elle va devoir inventer un autre stratagème pour attirer l'attention de la police sur lui, mais en redoublant de précautions, car elle est dans le collimateur du brigadier-chef Decrest dorénavant... Et celle-ci est loin d'être naïve.

Sergine déguste son Perrier menthe alors qu'un groupe local s'installe sur la petite scène en fond de bar. Une guitare, une contrebasse et une chanteuse déballent leur matériel et commencent à faire un semblant de balance, très improbable compte tenu de la configuration de la salle.

Sergine observe son portable posé devant elle. Elle s'en saisit, accède à ses SMS et envoie un « ça va ? » laconique à Samia pour s'assurer qu'elle est rentrée sans encombre chez elle, et qu'elle s'y trouvait quand son frère a été alerté de l'effraction. Elle attend quelques minutes, mais son texto reste sans réponse.

Elle finit son verre et décide de laisser une chance au jazz manouche que le trio s'évertue à faire sonner au milieu des clients peu attentifs. Bien vite pourtant, l'acoustique minable du bar et le niveau sonore des conversations rendent toute écoute impossible.

De guerre lasse, Sergine paye sa consommation et quitte le Rad'Art avec une seule envie : rentrer chez elle et s'écrouler dans son canapé. Son petit tour en ville sera pour une autre fois. Si elle avait eu rendez-vous avec Philippe, elle aurait trouvé le courage de ressortir, mais seule...

C'est sur cette dernière morsure, l'image de son amoureux dans les bras de son amant, qu'elle se glisse dans l'habitacle de la Saab et met le contact.

23

Le lieutenant Menou fume, appuyé contre le capot de la 406 de service, pendant que le capitaine Alliot soulage sa vessie contre un des peupliers dont les feuilles l'accompagnent de leur bruissement. On entend soudain le moteur du scooter de Noureddine Ben Arfa qui, par souci de mobilité, ne se rend jamais à ce genre de rendez-vous en voiture. Le modèle surpuissant fait un tel boucan qu'on l'entend à des kilomètres à la ronde ; le capitaine Alliot prend le temps de secouer son appareil pour en faire tomber les dernières gouttes, remonter sa braguette et s'essuyer subrepticement les doigts sur le jersey gris foncé de son pantalon. Le lieutenant Menou, lui, tire deux bouffées rapides sur sa cigarette et la jette sur le bitume. Il s'amuse à en faire rebondir le mégot rougeoyant pour observer le bouquet d'étincelles.

Il fait doux grâce à une légère brise, la nuit est calme, ce serait presque un moment agréable s'il n'était pas deux heures du matin et s'ils n'avaient pas rendez-vous avec l'une des personnalités les moins fréquentables des quartiers nord de Toulouse.

Le flic de la brigade des stups et celui du renseignement intérieur, deux antipodes réunis pour la circonstance – le premier estimant que seul le travail de terrain est digne de considération et que, par conséquent, le deuxième est un planqué – rencontrent toujours leur indicateur de nuit et dans les environs de Sesquières, vaste complexe nautique et sportif de l'autre côté de la rocade nord, jamais au même endroit. Ce sont les instructions du dealer dont les règles de sécurité sont plus strictes que celles des policiers eux-mêmes, probablement parce que les risques qu'il prend sont plus importants. Si on le voyait en leur présence, il serait un homme mort.

Aujourd'hui, les trois hommes se retrouvent sur le parking de La Luna, la boîte branchée du coin ; immense bâtiment au bord du lac qui ressemble davantage à un gymnase ou à un hall d'exposition qu'à un club privé. Le week-end, la zone est envahie de voitures, mais en semaine, c'est un véritable désert à partir de vingt-deux heures. Elle offre l'avantage d'entendre et de voir venir le moindre véhicule de loin.

Fidèle à son habitude, Noureddine Ben Arfa arrive à vive allure et sans casque.

Ce soir, c'est lui qui a provoqué le rendez-vous et il a l'air aussi nerveux que son engin.

— Putain, c'est quoi ce bordel ? attaque-t-il bille en tête, le moteur à peine coupé.

Le lieutenant Menou, agacé par l'attitude de l'impudent, se décolle de la voiture tout en essayant d'adopter l'air décontracté de celui qui ne cède pas à une mise en demeure.

Le capitaine Alliot, plus âgé et – considère-t-il – mieux éduqué, ne réagit pas. Debout près de la portière côté passager, il garde les mains dans les poches et marque sa supériorité présumée en se tenant à distance. Sachant que les deux hommes s'adonnent systématiquement à ces joutes hormonales, il laisse Menou et Ben Arfa jouer les mâles alpha.

— Je croyais qu'on devait pas être emmerdés, maugrée Noureddine Ben Arfa.

— D'abord, tu baisses d'un ton. De quoi tu parles ?

— La fliquette, celle du commissariat nord.

Menou se tourne vers l'officier du RI. Il n'y a qu'une femme parmi les gradés au poste de police du quartier.

— Ouais, et alors ?

— Elle nous a tapé une planque. Et puis, elle arrête pas de tourner dans les cités en posant des questions depuis quelques jours. Je croyais que vous teniez les cow-boys du commissariat nord. Elle est même pas de la BAC ! De quoi elle vient nous casser les couilles ?

— Comment ça, elle vous a tapé une planque ? Où ça ?

— À la Sernam, c'était un entrepôt à nous.

Le lieutenant et le capitaine échangent un nouveau regard entendu.

— Alors, il était à toi cet élevage de chiens ?!

— Quel élevage de chiens ? De quoi tu parles ?

— Joue pas au con avec nous, Noureddine. On sait très bien ce qu'il y avait dans cet entrepôt. Et on sait à quoi tu joues depuis quelque temps.

— Ma parole, t'es parano.

— Non. Toi, par contre, tu devrais l'être un peu plus, parce que Decrest n'a pas fait une descente à la

Sernam par hasard. Quelqu'un lui avait dit qu'il y avait toute une meute de clébards là-dedans. D'après moi, il y en a qui sont au courant de ton nouveau business et qui ne te veulent pas que du bien.

— Qu'est-ce tu m'enfumes, là ? Y avait rien quand la fliquette a débarqué. Elle a trouvé que dalle.

Le capitaine Alliot fait un pas en direction du jeune Beur, et ce seul mouvement suffit à interrompre le lieutenant des stups qui allait répliquer.

— Tu as eu de la chance cette fois, Noureddine. Mais je te préviens, nous t'avons couvert tant que tu nous rapportais des infos sur les barbus et que tu te contentais de dealer du shit et de l'ecsta. Or, ça fait un petit moment que tu ne nous as rien ramené qu'on ne savait déjà. Et si nous avons la preuve que tu t'es mis à importer de l'héro à ton compte, nous te lâcherons. Entre deux maux, on choisit le moindre ; pas question de prendre une cure plus délétère que le mal.

— Hein ? Qu'est-ce tu dis là avec tes mots ? Putain, il a jamais pu parler normalement celui-là.

— Oh ! menace Menou. Du respect ! Ce que ça veut dire, c'est que tu vas prendre cher si tu fais venir ta came. Ce sera plus du sursis comme la dernière fois, ce sera dix ans ferme.

Noureddine Ben Arfa, nullement impressionné, toise son interlocuteur. L'expérience du policier lui dit que le voyou est en train d'évaluer la situation et d'estimer la proportion de bluff et de menace réelle contenus dans ses propos. Crâneur, Noureddine Ben Arfa relève la béquille du scooter dont il n'était pas descendu, met le contact et lance sur le ton de la provocation :

— On n'en est pas là. En attendant, vous avez intérêt à calmer l'autre excitée, sinon jamais vous ne saurez qui Daech a recruté dans le quartier.

— Daech ?

— Ouais, mon pote !

Le capitaine du renseignement intérieur, bien qu'il tente de garder son sang-froid, ne parvient pas à rester de marbre. Noureddine Ben Arfa exulte, conscient d'avoir marqué un point :

— Je croyais que je ne pouvais rien vous apprendre ! se gausse-t-il.

— Qu'est-ce que tu sais ?

— On dirait que vos listes de djihadistes de retour de Syrie ne sont pas à jour !

— Qui est revenu de Syrie ? Je te jure que si tu me caches un truc pareil...

— Donnant, donnant.

— On verra.

— Vous rappelez la fliquette à la niche, sinon c'est ciao.

— On va la neutraliser, c'est pas un problème, mais donne-nous quelque chose de valable.

— Nejib Omane. Si j'étais vous, je le surveillerais d'un peu plus près. Vous verrez qu'il n'est pas net.

Menou entend ce nom pour la première fois. Il essaie de ne pas révéler son ignorance au voyou. Mais celui-ci ne prête déjà plus attention à lui. À peine a-t-il vendu l'information qu'il relance le moteur de son scooter.

— N'oubliez pas : donnant, donnant ! ajoute-t-il, triomphant.

Puis il disparaît par le chemin de halage qui longe le canal latéral à la Garonne.

Menou et Alliot se retrouvent comme deux ahuris.

Le lieutenant des stups s'adresse au flic du renseignement intérieur, censé être au courant de tout ce qui se passe :

— C'est qui, ça, Nejib Omane ? demande-t-il.

Alliot déglutit.

— Aucune idée.

— Putain, je croyais que vous occupiez le terrain !

— Eh, oh, ça va bien !

— Ne me dites pas que vous n'avez que Ben Arfa comme indic ! C'est pas normal d'en savoir si peu sur ce qui se passe dans les quartiers.

— Pourquoi ? Vous maîtrisez la situation mieux que moi ?

— Moi au moins, je sais qui vend quoi aux Izards, et qui achète à qui.

— En êtes-vous certain ? J'ai plutôt le sentiment que votre petit dealer est en train d'avoir les yeux plus gros que le ventre et que vous n'avez rien vu venir.

— C'est votre tonton, pas mon dealer.

— C'est mon indic, parce qu'il est votre dealer. N'oubliez pas qu'on laisse le menu fretin en liberté pour attraper de plus gros poissons, pas pour qu'il grossisse à son tour.

Le lieutenant se renfrogne, bien obligé de reconnaître que Noureddine Ben Arfa est en train de lui échapper.

— Concrètement, qu'est-ce qu'on fait ?

— Je vais commencer par mettre un dispositif de surveillance sur ce fameux Omane ; mais, de votre côté, gardez un œil sur Ben Arfa.

Menou note une nouvelle fois le vouvoiement et traite intérieurement Alliot de con. Tous les flics se tutoient, sauf ceux du renseignement intérieur qui se voient comme une caste supérieure.

— En attendant, il va falloir contenir les ardeurs de Decrest. Je sais pas à quoi elle joue, mais je n'apprécie pas qu'elle tape des dealers sans m'en référer.

— Sur ce point, je vous rejoins : on ne va pas la laisser mettre son grain de sel là-dedans.

— Je la connais. Ce qui m'inquiète, c'est qu'elle est bornée quand elle s'y met. Elle voudra qu'on l'affranchisse si elle doit lever le pied.

— Ça, j'en fais mon affaire. Je parlerai au commissaire Debru si nécessaire.

Menou ne réplique pas, mais n'en pense pas moins : le renseignement intérieur qui donnerait des ordres à la sécurité publique ? Il voudrait bien voir ça !

Il s'installe au volant pendant qu'Alliot s'assied côté passager.

Tout en conduisant, il observe à la dérobée le visage impénétrable de son « collègue ». Tout les oppose. Le premier est aussi dépenaillé que le second est soigné, mais ce n'est pas qu'une question d'apparence. C'est dans leur attitude, et probablement au-delà, dans leurs motivations respectives.

Quoi que ce soit, le contraste est saisissant cette nuit.

24

La première chose que Sergine fait en se levant est de vérifier ses messages sur son portable : rien du côté de Samia. Puis, elle engloutit un bol de céréales, un premier café serré, et sort de chez elle. Au moment de monter dans sa voiture, sa voisine, madame Savély, l'alpague pour lui faire une énième remontrance au sujet de sa poubelle qu'elle sort trop tôt, parfois dès le lundi, et rentre trop tard, souvent le vendredi.

— Autant la laisser dehors toute la semaine, à ce compte-là !

— C'est une idée, je n'y avais pas pensé. Merci du conseil madame Savély !

— Mais ! Oh, mais, ça alors...

Sur ce, Sergine démarre pied au plancher, en espérant que la vieille bique avalera une bonne dose de CO_2. Elle n'attend pas de voir l'effet produit, mais son acte irrévérencieux la met dans d'excellentes dispositions. Elle arrive presque à oublier qu'elle s'est fait larguer par son mec trois jours auparavant, braquer par deux voyous armés le lendemain, et remonter les bretelles par une policière la veille.

Elle garde le sourire jusqu'au rond-point du Leader Price qui marque l'entrée du quartier des Trois-Cocus, antichambre des Izards. Ici, la ville devient laide, elle se transforme en une succession de résidences Monné-Decroix à différents stades de décrépitude, le genre de vision que l'on a depuis un train au moment où il entre dans une agglomération dont on se dit, derrière la fenêtre de son compartiment : « Mon Dieu que je n'aimerais pas habiter là ! » D'ailleurs, la route, qui petit à petit s'enfonce dans le quartier maudit, longe la voie ferrée et, à l'instant où Sergine se fait cette réflexion, le TGV Toulouse-Bordeaux-Paris dépasse sa vieille Saab.

En arrivant à la clinique, elle ne juge pas nécessaire de tenir ses collègues informés du développement de l'affaire du chien éventré. Pierre, qui voit d'un mauvais œil tout ce qui peut nuire à la réputation de la clinique, la traiterait d'irresponsable en apprenant qu'elle a pénétré par effraction dans un hangar appartenant à des dealers.

Ce matin, à l'occasion du briefing quotidien, Charlotte s'apprête à prendre la parole à la demande du docteur Destouches. La nutritionniste n'est là que deux demi-journées par semaine, en free-lance. Elle est la seule à ne pas être employée par la clinique. Son activité n'en est qu'aux balbutiements, mais Pierre attend beaucoup de ce service qu'il a l'intention de développer jusqu'à avoir quelqu'un à temps plein à la clinique. Il commence par présenter le nouvel aménagement de la salle d'attente :

— Comme vous l'avez constaté, nous avons apporté quelques modifications à la déco. Ce n'est pas fini. Charlotte va nous en dire un peu plus ce matin.

La jeune femme prend la parole avec une aisance qui surprend Brigitte et Sylvie, les ASV, qui font parfois preuve de condescendance envers la nutritionniste ; elles la dévisagent comme si elles la voyaient pour la première fois :

— L'idée est de faire entrer la notion de nutrition un peu partout dans la clinique, dès que les clients passent la porte. Vous n'ignorez pas qu'un nombre important de pathologies chez l'animal est lié à une mauvaise alimentation. Ça ne va pas aller en s'améliorant. La courbe d'obésité des animaux suit celle des humains, vous connaissez bien le phénomène.

Sur ce, Charlotte rappelle brièvement la liste des maladies que l'on rencontre quotidiennement dans les cabinets et qu'elle impute au régime alimentaire. Sergine trouve certains rapports de causalité un peu tirés par les cheveux mais ne dit rien. Elle se contente de montrer un visage neutre qui, quand on la connaît, signe un scepticisme contenu. Les consultations en nutrition, encore une idée de Pierre pour vendre davantage de croquettes de luxe qui représentent déjà vingt pour cent du chiffre d'affaires de la clinique.

Charlotte, qui ne manque pas de psychologie et qui a dû être briefée par Pierre, lit dans les pensées de Sergine. Elle poursuit son exposé sans se démonter :

— Une consultation de nutrition ne consiste pas seulement à choisir un type de croquettes dans le catalogue Hill's Pet, c'est beaucoup plus que cela, affirme-t-elle, très convaincue. On y parle d'activité physique, de rythme biologique propre à chaque animal, de sommeil, de soins dentaires... Bref, tout le monde y trouvera son compte si on évoque davantage l'alimentation en prévention, d'où les panneaux explicatifs et interactifs dans la salle d'attente. L'idée que le docteur Destouches et moi avons eue est de vous proposer d'assister à une consultation de nutrition chaque semaine pour vous sensibiliser à ces enjeux, et ce afin que vous en parliez de façon plus systématique aux propriétaires.

La proposition est accueillie par un silence évocateur, qui ferait sourire Sergine si elle était dans des dispositions favorables. Elle connaît bien l'équipe. Les changements ne sont jamais les bienvenus. Aujourd'hui, tout ce cirque l'afflige.

Charlotte tente de lancer le débat :

— Y a-t-il des questions ou des remarques ?

Sylvie lève la main. Sergine se réjouit par avance, parce qu'elle sait que la plus jeune des deux ASV n'a pas sa langue dans sa poche :

— En gros, l'objectif de tout ça, c'est quand même

de vendre davantage de croquettes ? demande-t-elle sur un ton faussement naïf.

— Non, c'est d'avoir des animaux en meilleure santé.

— Oui, mais j'ai bien regardé tes panneaux dans la salle d'attente, et le logo Hill's Pet est partout. Il s'agit donc bien de vendre plus de Hill's Pet.

— Nous avons un partenariat avec eux, on ne s'en est jamais cachés. Plus la clinique vend de Hill's Pet, plus elle augmente son chiffre d'affaires, en effet.

— Et si je comprends bien, plus tu augmentes ta marge à toi.

— Mais... je... oui, et alors ? Où veux-tu en venir ?

— Autrement dit, tu nous demandes de travailler pour toi : on parle aux propriétaires, on les convainc d'aller te voir en consultation, de t'écouter, d'acheter des Hill's Pet, et ton revenu augmente.

— Ce n'est pas ainsi qu'il faut voir les choses, intervient Pierre. C'est dans l'intérêt de la clinique avant tout. Charlotte travaille pour nous, pas l'inverse.

— Alors pourquoi est-ce qu'on ne serait pas intéressées à la vente, nous aussi ? On pourrait avoir un pourcentage sur tout ce qui se vend grâce à nous.

Pierre essaie de répondre calmement :

— Ce qui est bon pour la clinique est bon pour vous indirectement. Plus nous nous développons, plus vous vous développez.

— Ah bon ? Il faudra que je vous rappelle ça, le jour de l'entretien d'évaluation, et que je pense à vous demander une augmentation.

Le visage de Pierre s'assombrit. Sylvie y a été fort, or ce n'est pas la première fois qu'elle dérape. Pierre fulmine, mais Sylvie le défie du regard, l'air de dire « Alors quoi ? Quand les patrons parlent de profits c'est normal, mais quand ce sont les petits salaires qui veulent gagner plus, c'est indécent ? C'est ça le libéralisme ? ». Sergine n'est pas loin de partager cette façon de voir les choses, mais elle ne peut pas désavouer son associé, ni cautionner que les ASV se mettent à parler de cette manière à leurs employeurs. Surtout, elle trouve futiles ces discussions d'argent, de primes, de salaires... Ce à quoi elle assiste en ce moment n'est ni plus ni moins qu'une passe d'armes entre ASV jalouses et prétendante ambitieuse. Pierre, qui joue les arbitres et bientôt les pompiers, se retrouve pris entre le marteau et l'enclume. De toute façon, les briefings du matin ne sont pas censés se transformer en réunions syndicales :

— Bon ! Fin de partie, coupe-t-elle. On vous préviendra quand ce sera votre tour de passer en consultation avec Charlotte.

— Je vais établir un planning des roulements, confirme l'intéressée.

— En attendant, je vous rappelle que Charlotte n'a pas de salaire fixe. Alors si ça vous tente, Sylvie, vous pouvez prendre sa place, conclut Pierre.

Sylvie quitte la salle sans rien ajouter pendant que l'équipe se disperse. Sergine passe dans sa salle de consultation et découvre son planning sur l'intranet de la clinique : elle commence par la visite annuelle de Cooky, un Jack Russell de six ans qu'elle suit depuis qu'il est chiot. Madame Barnouin, sa propriétaire, est une des plus anciennes clientes de la clinique. Institutrice à la retraite, elle a une telle passion pour la cuisine que tous ses animaux – elle a plusieurs chiens et chats – portent un nom de plat, d'épice ou de légumes. Sergine constate que Cooky a besoin d'un détartrage, ce qui peut prendre une bonne heure. Elle propose à madame Barnouin de le lui confier et de repasser le prendre plus tard. Cela n'arrange pas la cliente, mais celle-ci se laisse finalement convaincre « parce que c'est toujours plus commode que revenir exprès » explique-t-elle pendant que Sergine lui ouvre la porte pour la laisser passer dans la salle d'attente tout en retenant Cooky par le collier.

À ce moment précis, comme s'ils avaient attendu que Sergine se montre pour faire irruption, deux gaillards d'une vingtaine d'années surgissent dans le hall d'entrée, traversent presque en courant la salle d'attente et forcent l'entrée de la salle de consultation en bousculant madame Barnouin. Andrée, depuis son bureau à la réception, crie un « S'il vous plaît » qui trahit un début de panique.

Alors qu'ils foncent sur elle dans un remake de la scène de dimanche soir, Sergine se prépare à absorber le choc ; la clinique est pleine de clients, ses collègues sont là, elle essaie de relativiser le danger en se disant qu'une véritable agression n'est pas possible. C'est la raison pour laquelle elle ne cherche pas à se défendre quand ils la poussent à l'intérieur de la salle de consultation et referment la porte derrière eux ; elle se contente d'écarter les mains en signe d'apaisement. C'est le moment que choisit Andrée pour passer la tête par l'entrebâillement de la porte, complètement affolée. Sergine la rassure :

— Ça va aller, Andrée. Ne vous inquiétez pas.

Andrée hésite.

— Casse-toi, elle t'a dit !

L'un des deux types claque la porte au nez de la secrétaire, puis se retourne vivement vers Sergine.

À la différence de ses agresseurs de dimanche soir, ceux-ci portent des vêtements de sport. L'un est tout de rouge vêtu, l'autre tout de bleu. L'uniforme est quasiment le même : survêtement légers et flottants, chaussures de course fluo de marque. Elle ne voit pas leurs yeux, car ils ont des lunettes de soleil qui couvrent la moitié de leur visage. Ils ressemblent à des mouches, se dit Sergine malgré les circonstances qui ne prêtent pas à plaisanter.

— Il est où, le clébard ? dit le bleu qui est aussi le plus âgé.

Sergine a du mal à dissimuler sa surprise. Elle s'était préparée à feindre l'étonnement, mais elle n'a pas à se forcer, car elle s'attendait à ce qu'ils lui reprochent le raid de la police sur le hangar de la Sernam, pas tellement à ce qu'ils évoquent le rottweiler qu'ils ont découpé.

— De quoi parlez-vous ?

— Putain, joue pas à ça avec nous. Il est où ?

— Je ne comprends pas ! Il n'est plus là, vous le savez très bien.

— Plus là ? T'en as fait quoi ?

— Écoutez, je ne sais pas qui vous envoie, ni pourquoi... Mais on vous a mal renseignés. Quelqu'un est déjà venu récupérer un chien.

Sergine recule et butte contre Cooky qui gémit de peur et urine sur le sol carrelé.

— Qui ça ? De qui tu parles, putain ?

— Le propriétaire du chien. Il est passé le prendre dimanche soir.

— C'est quoi ces conneries ? C'est moi le propriétaire !

— C'est... ? Mais alors ?

Sergine réalise que ce type-là est le frère de Samia, et qu'il s'est fait doubler. Deux petits futés ont dû apprendre que la bande Ben Arfa avait égaré sa marchandise et se sont montrés plus rapides qu'eux ! Sergine ne connaît pas grand-chose à ce milieu en dehors de ce qu'en relatent les médias, mais elle imagine que c'est le genre de déconvenue que les dealers apprécient moyennement. S'il est lui-même redevable à quelqu'un d'autre, plus haut dans la hiérarchie des fournisseurs, qui ne se contente pas de menacer ceux qui lui font défaut du bout de son flingue, le frère de Samia est sur le gril et donc prêt à tout pour retrouver son chien. Les mots de Thierry lui reviennent : « Alors ils sont de mèche avec des gros poissons. » L'image du rottweiler, le ventre ouvert, lui revient également.

— Et les flics ? demande celui qui porte un survêtement bleu et qui doit être le frère de Samia.

— Quoi, les flics ?

— Qu'est-ce qu'ils sont venus te montrer ?

Ils savent ! Sergine se dit qu'elle a tout intérêt à jouer franc jeu.

— Le chien, justement.

— C'est les flics qui l'ont ? C'est ça ?

— Ce qu'il en reste, en tout cas. Il était ouvert de haut en bas. Il a été complètement vidé.

Le jeune homme s'énerve. Il saisit Sergine par la blouse. Heureusement, Pierre surgit de la porte qui donne sur la salle de soins. Derrière lui, Sergine aperçoit Brigitte et Sylvie dont les visages traduisent l'inquiétude, ainsi que Rémi qui essaie de se rendre utile en jouant les gros bras.

— Qu'est-ce qui se passe ici ? dit Pierre d'une voix qui se veut menaçante.

Le survêtement bleu lâche prise.

— Ça va, Pierre. C'est bon. Ces messieurs et moi avons une petite conversation. Un simple malentendu. Ils seront bientôt repartis.

Les deux jeunes, pas du tout inquiétés par l'intervention du vétérinaire, le défient du regard.

— T'as pas entendu ce qu'elle t'a dit, ta collègue ? Allez, va jouer au docteur ailleurs.

Pierre les détaille tour à tour. Puis, il demande à Sergine :

— Tu es sûre ?

Sergine comprend le sous-entendu « Tu ne veux pas que j'appelle la police ? ». Pour l'instant, elle croit pouvoir gérer les événements sans en arriver là, car elle sait qu'un rien peut mettre le feu aux poudres. Or, elle pense à Samia, et veut éviter à tout prix que les choses s'enveniment.

— Oui, je t'assure. Tiens, merci de prendre Cooky, le chien de madame Barnouin, c'est pour un détartrage.

Pierre saisit le chien par le collier, machinalement, tout en continuant à fixer sa collègue. Celle-ci lui adresse un sourire qui laisse entendre qu'elle contrôle la situation. Bien qu'il n'en soit pas convaincu, Pierre obtempère.

— Je reste par là, ajoute-t-il avant de refermer la porte.

Sergine essaie de reprendre ses explications le plus calmement possible :

— On m'a signalé un chien en mauvais état sur le trottoir au pied de la grande barre, le long du chemin des Izards. J'y suis allée et je l'ai ramené ici. Je l'ai mis sous perfusion. Il avait une occlusion intestinale. (Sergine se garde bien de mentionner qu'elle a vu les capsules à la radio.) Le soir même, deux types ont débarqué. Ils m'ont menacée et ils ont emporté le chien. Je ne sais rien de plus.

— Elle nous embrouille, là, dit le survêtement rouge.

— C'était qui, ces types ? reprend le frère de Samia.

— Je ne sais pas, je ne connais pas leurs noms.

— Ils étaient comment ?

— Comme vous : c'étaient des jeunes du quartier...

— Des Arabes ?

— Oui.

— Vas-y, décris-les.

— Ils avaient les cheveux très courts, rasés même. À part ça rien de particulier.

— Ils étaient habillés comment ?

— Pas comme vous. Des tenues plus traditionnelles.

— Ils étaient en djellaba ?

— Oui.

— C'étaient des barbus ?

— Ils portaient la barbe, oui. Mais surtout, il y en a un à qui il manquait un lobe.

— Un quoi ?

— Un bout de l'oreille gauche.

Sergine saisit son propre lobe et montre la partie manquante chez son agresseur.

— Putain !

Les deux jeunes marquent un temps d'arrêt ; ils ont reconnu quelqu'un. Une colère froide se fige sur leurs visages et le silence qu'ils observent signe une déclaration de guerre. Puis le survêtement bleu s'adresse à elle, menaçant :

— Si tu nous as raconté des conneries, je te jure qu'on reviendra et que tu regretteras d'être née.

Comme pour prouver sa détermination, il renverse

le matériel qui se trouvait sur la table d'examen : balance, stéthoscope, thermomètre... Tout vole à travers la salle de consultation.

Avant que Pierre et les autres, alertés par le bruit, n'aient le temps de réagir pour secourir leur collègue, le frère de Samia et son complice ressortent de la clinique et montent à l'arrière de deux scooters qui les attendaient, moteurs tournant.

25

— Qu'est-ce que c'est que cette histoire de chien ?

Sergine feint d'ignorer la question de Pierre et commence à ramasser les ustensiles qui jonchent le sol, sous le regard choqué des membres de l'équipe et des clients attroupés autour d'elle. Chacun y va de son commentaire sur les jeunes du quartier et de son mot de soutien. Sergine, pourtant, ne s'apitoie pas sur elle-même. Elle a l'air davantage vexée et en colère que traumatisée. Pierre ne la quitte pas des yeux pour lui signifier qu'il attend une réponse. Mais Sergine garde un air buté tout en évitant de croiser le regard de son associé.

À bout de patience, le docteur Destouches prie tout le monde de sortir. Il pousse les derniers réfractaires hors de la salle de consultation et referme la porte sur eux.

— Alors ? dit-il en se plantant devant Sergine.

Lui aussi est sous le choc. Sa voix dénote une grande inquiétude.

— Ce serait un peu long à raconter.

— J'ai tout mon temps.

— Ce n'est rien, c'est terminé maintenant.

— Tu te fous de moi ? Ces types ont dit qu'ils allaient revenir... Ils ont parlé d'un chien. Quel chien ?

À voir la mine déterminée de Pierre, Sergine comprend qu'elle n'arrivera pas à se débarrasser aisément de lui. Mieux vaut lui donner de quoi satisfaire sa curiosité pour éviter qu'il n'aille mettre son nez dans cette affaire et n'aggrave les choses. Elle opte pour une version édulcorée :

— Un chien que j'ai trouvé dans la cité des Faons, déshydraté et sous-alimenté. Je l'ai ramené et mis sous perfusion.

— Quand ça ?

— Dimanche après-midi. Et puis deux types ont débarqué le soir même, alors que je venais de raccompagner une cliente, madame Jacquet, dont j'ai dû euthanasier la chatte. Bref, ils ont fait irruption après son départ, pendant que j'étais en train de tout ranger...

— Tu n'avais pas fermé à clef ?

— Non, j'avais oublié.

— Ah, bravo !

— Madame Jacquet était en pleurs, j'ai dû m'occuper d'elle. Ils sont entrés sans que je m'en rende compte.

— Ils t'ont agressée ?

— Pas vraiment. Ils ont joué les durs pour m'intimider, mais rien de plus. Ils ont pris le chien et ils sont partis. Fin de l'histoire. Du moins, c'est ce que je pensais jusqu'à tout à l'heure.

— Comment tu l'as trouvé ce chien ? Qu'est-ce que tu faisais dans la cité des Faons ?

— Une gamine a téléphoné pour signaler la présence d'un animal mourant.

— C'est qui cette gamine ?

— Comment veux-tu que je sache ? Elle a raccroché avant que j'aie pu le lui demander.

Pierre semble avoir du mal à suivre.

— Donc, si je comprends bien, les premiers types n'étaient pas les propriétaires du chien ?

— C'est ça.

— Et ceux d'aujourd'hui veulent le récupérer.

— Tu as tout compris.

— Autrement dit, tu es en plein milieu d'une guerre de gangs.

— Il ne faut pas non plus exagérer. Il ne s'agit que d'un chien.

— Qu'est-ce qu'il a de particulier ce chien ?

— C'est un rottweiller, ils l'ont probablement dressé au combat. Ça a de la valeur, ce genre d'animal. Je n'en sais rien.

Pierre réfléchit un instant avant de continuer son interrogatoire :

— Et la visite des flics hier ?

— Quoi ?

— Ça a un rapport avec ce chien ?

— Non. Rien à voir.

Pierre est de plus en plus dubitatif. Sergine comprend qu'il a du mal à avaler ce dernier mensonge.

— Il faut prévenir la police, déclare-t-il.

— Non, pas question.

— Si tu ne le fais pas, alors je le ferai.

— Ça ne te regarde pas, Pierre. C'est moi qu'ils ont agressée.

— Je suis désolé, mais c'est aussi ma clinique. Ils ne peuvent pas débouler comme ça et terroriser tout le monde.

— Pierre, je t'en supplie. Ça ne ferait qu'empirer

les choses. Ils vont retrouver leur chien, ils vont régler ça entre eux dans la cité, et ils ne nous embêteront plus.

Il la considère longuement, essayant de scruter ses pensées pour deviner ce qu'elle ne lui dit pas.

— J'espère que tu as raison. Mais s'ils se pointent à nouveau ici, je porterai plainte.

— D'accord, dit-elle soulagée.

Il s'apprête à sortir, mais interrompt son mouvement.

— Au fait, de quoi souffrait-il exactement, ce chien ?

— Je te l'ai dit : déshydratation et sous-alimentation.

— Dues à quoi ?

— Occlusion intestinale je pense. Je n'ai pas eu le temps d'explorer.

— Je vois, dit-il avant de refermer la porte derrière lui.

Sergine s'affale sur le tabouret. La balance ne semble pas être cassée, mais le thermomètre électronique ne s'allume plus. Elle remet son stéthoscope autour du cou, et ce geste habituel, presque un rituel ou une seconde nature, l'aide à se ressaisir.

Pour l'heure Samia est au collège, elle ne risque rien jusqu'à la sortie des cours, mais les événements se précipitant elle est de plus en plus exposée. Sergine doit trouver une solution pour la mettre hors de danger le plus rapidement possible.

Elle rassemble ses forces et se lève du tabouret pour rouvrir son planning ; l'ordinateur n'a pas souffert. Elle constate sans surprise qu'elle a vingt-cinq minutes de retard. Son deuxième cas est le cocker de monsieur Mas qui vient pour une prise de sang, puis ce sera au tour de la perruche de monsieur Lécussan, qui perd ses plumes. Sergine n'entend rien aux animaux exotiques et déteste les volatiles, mais c'est un cas d'école. Sans même voir l'animal, elle peut établir son diagnostic : autoplumage. Cause : stress dû à la solitude. Traitement préconisé : se procurer une deuxième perruche du sexe opposé. Pronostic : bon à très bon. Tarif pour une consultation conseil : trente-cinq euros. Cas suivant.

Parfois, Sergine voit toute l'ironie de sa vie se refléter dans son métier : pourquoi, alors qu'elle est capable de résoudre les problèmes sentimentaux d'un oiseau en dix minutes et pour un coût inférieur à celui d'un antirides, ne parvient-elle pas à démêler les siens ?

26

L'échéance approche et Hamid se réfugie dans le silence. Il a perdu l'appétit depuis quelques jours.

Quand il fait ses ablutions, il s'attarde sur son reflet dans le miroir. Il n'est pas censé le faire, mais il ne peut s'empêcher de contempler son visage juvénile et d'en éprouver des regrets, et du chagrin. Il l'imagine décharné, sans plus aucun éclat, puis en train de se décomposer. Enfin, il voit la vermine pénétrer par ses cavités orbitales et ressortir par sa bouche en passant par les canaux lacrymaux. Les vers grouillent par milliers, ils se meuvent en lui, dévorent ses globes oculaires avant de s'attaquer à sa cervelle.

Il va mourir avant ses parents. Sa mère va se briser comme une poupée de porcelaine qu'une enfant peu soigneuse laisse choir. La perte de ses deux fils va la faire mourir. Hamid sait qu'elle ne pleurera pas Nejib de la même façon. Il est le fils aîné, mais c'est toujours à lui, le second, qu'est allée sa préférence.

Son père, par contre, ressentira davantage de honte que de douleur.

Il les a éduqués dans un islam mou. Il ne comprendra jamais. Depuis le 11 Septembre, il ne cesse de répéter que les fondamentalistes ne plaident pas pour la cause des musulmans. Que le salafisme est une forme dévoyée de l'islam. Que Daech est un ramassis de voyous. Que l'islam est une religion pacifique. Peut-être, mais qu'est-ce que cette attitude conciliante – pour ne pas dire soumise – a rapporté aux musulmans depuis des siècles ? Les Maghrébins sont les larbins des Européens. Les pays arabes sont un vaste cirque capitaliste corrompu où les djellabas ont beau avoir remplacé les costards trois-pièces, les poches des cheiks sont aussi pleines que celles des princes de la City à Londres. Pendant ce temps, leur peuple crève.

Leur père n'a pas reçu l'éducation nécessaire à la compréhension de tels enjeux. Il est tellement aisé d'être manipulé quand on est ignorant. Hamid ne lui en veut pas. La mort de ses fils le fera-t-elle réagir ? Se posera-t-il enfin les bonnes questions après cela ?

Hamid se surprend à penser à sa petite sœur, Asma. Il s'en étonne, parce qu'il n'en a jamais fait grand cas. Les filles grandissent à côté des garçons dans sa famille, pas avec, et ces derniers ne leur accordent pas beaucoup de considération. À présent, il réalise qu'elle restera seule avec leurs parents, qu'elle sera leur dernier et unique bien. Il réalise aussi le mal que Nejib et lui s'apprêtent à lui faire. S'ils parviennent à exécuter leur plan, de petite fille sans histoire, Asma sera propulsée sous les projecteurs, élevée officiellement au rang de sœur de deux terroristes dont le portrait passera en boucle dans les journaux télévisés, son nom à jamais associé à celui des ennemis publics numéro 1 et 2. Quelques rares musulmans l'envieront, mais la plupart la condamneront avec eux. Le regard des gens changera quand elle se présentera à eux. Elle devra quitter Toulouse, peut-être même prendra-t-elle une nouvelle identité. Sera-t-elle fière d'eux, ou leur reprochera-t-elle d'avoir mis fin à son enfance ?

Hamid ne sait plus s'il sera capable d'accompagner Nejib jusqu'au bout. En même temps, il ne se sent pas non plus le courage de le trahir. Finalement, il faut une certaine dose de bravoure pour être lâche. Il observe l'émir à la dérobée et se sent comme une proie devant un reptile, paralysé. Plus les heures passent, plus il est persuadé que l'émir sait, qu'il a compris qu'il était au bord de la défection.

27

11 h 17, commissariat nord de Toulouse, dit La Vache, parce que situé à cent mètres de la station de métro éponyme. Les urbanistes ont de l'à-propos et un sens de l'humour particulier ; les jeunes s'en donnent à cœur joie quand ils taguent les murs de leur quartier... Même si de nos jours, on voit davantage « Nique la police » ou « ACAB[1] » que « Mort aux vaches ». Le commissariat est un bâtiment récent, à l'instar du quartier, à la croisée de l'immense ZAC nord, du marché gare et des cités bouillonnantes. Le problème majeur du commissariat nord est que la démographie du territoire

1. *All Cops Are Bastards.*

sous sa juridiction explose depuis cinq ans sans que ses effectifs ne suivent.

Le gardien de la paix Bernet assiste à l'audition d'un père de famille que le gardien Caujolle et lui viennent de présenter à leur supérieur, le brigadier-chef Decrest, chef de la BST[1]. L'homme est déjà sous le coup d'une mesure d'éloignement, avec interdiction de se trouver dans un rayon de moins d'un kilomètre de son épouse et de ses enfants. Laurent Bernet ne sait pas ce qu'il a fait pour qu'une telle décision soit prononcée par un magistrat, mais tout à l'heure, dans la voiture, le type pleurait toutes les larmes de son corps et jurait ses grands dieux que tout ce qu'il souhaitait, c'était qu'on le laisse au moins dire bonjour à ses gosses. Il a été interpellé devant son domicile – ex-domicile désormais –, il n'a opposé aucune résistance lorsque Bernet a procédé à la palpation de sécurité. Il était même plutôt docile pendant le contrôle d'identité. Ce n'est qu'au moment où Caujolle s'est aperçu qu'il faisait l'objet d'un signalement – précisément parce que sa femme avait prévenu les services de police qu'il tournait autour des enfants – et d'une convocation à laquelle il n'avait pas déféré, que ledit Humbrecht a éclaté en sanglots en criant des mots d'amour à l'intention de ses mômes. Madame Humbrecht n'a pas souhaité déposer plainte, son mari ne l'ayant pas menacée directement.

Quand les deux équipiers l'ont installé à l'arrière de la voiture, il s'est adressé aux voisins sortis au balcon pour voir qui faisait un tel raffut, à la commerçante au pied de son immeuble qu'il connaît bien pour lui avoir

1. Brigade spécialisée de terrain, unité d'intervention et de maintien de l'ordre dans les commissariats de quartier.

acheté son pain pendant dix ans, aux passants... Il les suppliait de dire à ses gosses que leur papa les aime.

À présent, il est prostré et semble se désintéresser du sort que la justice va lui réserver. De toute façon, vu les faits et en l'absence de plainte, il ne risque pas grand-chose : une audition, un avis du parquet peut-être, au pire un rappel à la loi et basta. Il n'y a pas de quoi casser trois pattes à un canard, comme dit souvent le brigadier-chef Decrest.

Le jeune gardien de la paix se souvient des paroles de sa supérieure à propos des divorces qui tournent au pugilat : « On ne sait jamais ce qui se cache derrière les apparences ! » Elle prétend avoir vu des enfoirés faire les yeux doux et embobiner tout le monde – ex-femme, ex-beaux-parents, jusqu'au JAF[1] ! –, promettre de nouveaux départs, de nouvelles idylles... et fracasser le crâne de leur douce dès leur retour pour lui apprendre à porter plainte. Elle a aussi vu de belles salopes traîner dans la boue leur mari sans aucune preuve et jouer les victimes éplorées, certaines allant même, conseillées par leur avocat ou leur famille, jusqu'à accuser les pères d'attouchements sexuels sur les enfants auprès du même JAF afin d'obtenir l'interdiction pour le père de revoir ses enfants.

Le jeune gardien de la paix a compris que sa supérieure ne se faisait plus beaucoup d'illusions sur la nature humaine. Plus rien ni personne ne peut la surprendre. Elle lui a conseillé de se blinder à son tour, et de ne pas penser en règle générale. De ne pas juger quoi qu'il en soit.

Elle n'est plus surprise par rien, mais elle parvient

1. Juge aux Affaires familiales.

à l'être, pourtant, en découvrant la figure blafarde et fatiguée du lieutenant Menou derrière la vitre du bureau. Il est bien la dernière personne qu'elle s'attendait à voir à La Vache. D'habitude, les stups ne daignent pas descendre dans les commissariats de quartier. Ils snobent les uniformes et préfèrent rester dans les étages du central, réservés aux services spécialisés dont ils font partie.

Didier Menou et elle se connaissent. Il est arrivé que la BST du secteur nord et les stups mènent des opérations communes. Il lui fait comprendre qu'il veut lui parler, elle lui fait signe d'entrer. Il glisse la tête par la porte.

— Je peux te voir quand t'auras cinq minutes ?

— Maintenant, si tu veux ?

— D'accord. Je t'attends dehors.

— J'en ai pour cinq minutes.

Puis, à l'intention du prévenu :

— Bien, monsieur Humbrecht.

Le type lève des yeux vides vers elle.

— On va être obligés de vous garder un peu, le temps que vous réfléchissiez à tout ça.

Le type hausse les épaules.

— Vous n'avez pas le droit de vous approcher de vos enfants. C'est pour leur bien. Si vous les aimez, il faut arrêter de les voir.

Monsieur Humbrecht hoche la tête.

— C'est provisoire, vous le savez. Mais si vous continuez à faire le con, c'est du provisoire qui va durer. Vous le comprenez, ça ?

Pas de réaction.

Nathalie Decrest soupire et fait signe à Bernet en lui indiquant les geôles. Le gardien de la paix saisit l'homme par la manche. Monsieur Humbrecht se lève et le suit docilement dans le couloir.

Avant de rejoindre le lieutenant des stups à l'extérieur, elle glisse une pièce de cinquante centimes dans le distributeur de boissons chaudes, davantage par habitude que par réel besoin de café. Si elle fumait, elle s'allumerait une cigarette.

C'est d'ailleurs ce que Menou est en train de faire lorsqu'elle émerge sur le perron du commissariat. Il lui en propose une, qu'elle refuse d'une moue. Elle remarque qu'il ne lui serre pas la main. Il ne lui fait pas la bise non plus, ce qui la surprend moins, car c'est une habitude – de mise dans la police – qu'elle combat depuis des années. Aujourd'hui, tout le monde est au courant : Decrest n'embrasse pas.

Il la précède en descendant les marches. Instinctivement, ils s'éloignent de la porte d'entrée et se dirigent vers les voitures en stationnement devant le commissariat, comme le font tous les flics lorsqu'ils ont besoin de souffler ou de se parler en toute tranquillité, loin des bureaux dont les murs sont farcis d'oreilles. Le nombre de confidences que ce parking a recueillies ! De coups de blues, de descentes d'adrénaline, d'aveux... Le nombre de clopes fumées rageusement pour évacuer la pression.

— Qu'est-ce que je peux faire pour toi ?

Le flic des stups tire une longue taffe sur sa cigarette, laisse la fumée tapisser jusqu'à la dernière de ses bronchioles, et expire longuement. Nathalie se prépare à recevoir un mauvais coup.

— Ne le prends pas mal, commence-t-il. (Puis il s'interrompt, comme on le fait lorsque ce qui suit va être douloureux :) Mais laisse tomber Ben Arfa.

— Pardon ?

Elle est désarçonnée par l'entrée en matière de Menou. En même temps, rien d'étonnant là-dedans : le petit dealer est depuis longtemps son protégé, elle est au courant. Avec les questions qu'elle pose depuis quelques jours dans le quartier, elle aurait dû se douter que le sujet viendrait sur le tapis à un moment donné.

— Tu m'as très bien compris. Il faut que tu arrêtes de coller aux basques de Ben Arfa et sa bande.

Elle prend un air éberlué, forçant à dessein l'expression de son visage.

— Pas de ça avec moi, lui dit Menou. Tu connais la musique : on laisse filer le petit gibier pour attraper de plus grosses proies.

— Pas de ça avec moi non plus, Didier. Pas la peine d'être condescendant.

Le lieutenant des stups soupire. Il savait que ça ne serait pas du tout cuit, avec Nathalie Decrest.

— Je ne suis pas tombée de la dernière pluie. Je ne sais pas ce que vous avez en tête exactement aux stups, mais vous jouez avec le feu. Ben Arfa n'est pas un simple petit dealer. Plus maintenant.

— On sait.

— Vous savez ? Et vous laissez faire ?

— On suit ça de près.

— Écoute, Didier. Ne me la joue pas « Nous, les stups, on connaît notre métier, et vous, les flics de quartier, vous êtes des pantins, vous faites joujou avec vos gyrophares, mais c'est à peu près tout ce que vous savez faire ». Les Izards, c'est mon quartier, je connais le moindre petit branleur depuis qu'il est entré en maternelle, et je te dis que quelque chose se trame.

— Et moi, je m'occupe du trafic de stupéfiants, je ne suis pas là pour prendre la température des gens.

— Justement. Je suis certaine que deux gangs se disputent non seulement le marché de la came sur le secteur nord de Toulouse, mais aussi toute la distribution en amont.

— Je le saurais si quelque chose de gros se préparait.

— Parlons-en ! Ben Arfa est LE dealer des Izards dorénavant, et c'est TA créature !

Menou éclate d'un rire un peu forcé.

— Ma créature ! Les grands mots, tout de suite !

— Il te mène en bateau. Tu te mets le doigt dans l'œil jusqu'au coude si tu penses avoir affaire à un junkie que tu peux faire chanter.

— Mais de quoi tu parles ? Ben Arfa est mon indic, mais c'est un simple dealer.

— Ah oui ? Et c'est quoi ce clébard que j'ai retrouvé éventré derrière l'école Ernest-Renan et que sa bande cherche partout ? Et cet élevage de chiens que j'ai découvert dans les anciens entrepôts de la Sernam ?

— On est au courant.

— Tu n'es pas le seul, figure-toi. Même la véto de la clinique des Izards l'est !

— La véto ?

— Oui. Un personnage, avec son caractère. Elle voulait mettre son nez là-dedans, mener sa propre enquête. Il a fallu que je calme ses ardeurs. Mais ça veut dire que les gens commencent à jaser. Ce serait un comble que tu en saches moins que les habitants du quartier ! Renseigne-toi auprès des Douanes, bon sang, ne me dis pas que tu n'as jamais entendu parler des chiens passeurs ?

Le lieutenant Menou ressemble à un boxeur pris dans les cordes.

— Je t'assure, ajoute sa collègue sur un ton plus doux. Tu es en train de te faire déborder par Ben Arfa, il te balade.

— Je sais ce que je fais, ne m'emmerde pas.

— J'espère qu'il te donne du lourd en échange, parce que sinon...

— Sinon quoi ?

— Sinon, le jour où cette histoire te pètera à la figure, tu feras le coupable idéal.

Le lieutenant des stups accuse le coup. Et si elle avait raison ? Si, à force de jouer la carte du renseignement intérieur, il était devenu le jouet d'Alliot ? Que se passerait-il si Ben Arfa dérapait complètement et si la situation dégénérait irrémédiablement ? Alliot le lâcherait, cela ne fait pas l'ombre d'un doute.

— En attendant, fais ce qu'on te demande. Ne te mêle plus des affaires de Ben Arfa.

— Qui ça, « on » ?

— Putain, tu fais chier maintenant. La BST n'a pas à être informée des tenants et aboutissants des opérations des stups.

Nullement impressionnée par sa tentative maladroite de montrer les crocs, Nathalie fixe son collègue d'un air espiègle.

— Ne m'oblige pas à passer par la voie hiérarchique, ajoute Menou, menaçant.

Nathalie sourit à l'évocation d'une convocation chez le chef du commissariat nord. Le capitaine Martin n'a pas une meilleure opinion de la sûreté départementale qu'elle.

Elle continue à observer Menou. Il est visiblement

déstabilisé, ce qui n'est pas pour la rassurer. Elle aurait préféré avoir une justification plausible, entendre que les stups avaient monté une opération de grande envergure et que, sans qu'elle ait besoin d'être dans le secret, elle devait leur laisser les coudées franches pendant quelques jours, histoire de ne pas compromettre un dispositif qui avait été long et compliqué à mettre en place. Tout ce qu'elle vient d'obtenir, au contraire, c'est la confirmation que Didier Menou joue aux apprentis sorciers sans objectif précis. Il est en train de laisser pourrir une situation dont elle héritera tôt ou tard. Parce que c'est à elle que la hiérarchie demandera de rétablir l'ordre ; ce sont ses hommes à qui la population, excédée par l'insécurité liée aux affrontements entre dealers, s'en prendra au cours de leurs patrouilles sur zone ; ce sont eux encore qui essuieront les jets de pierres et les jurons lorsqu'ils traverseront les territoires que les dealers ont fait leurs à cause des arrangements permissifs passés avec les stups.

Elle préfère ne pas insister et garder ses réflexions pour elle. Menou n'a rien de plus à dire, de toute façon. Il vient de balancer son mégot et de s'allumer une nouvelle cigarette.

Les deux flics se fixent d'un air mauvais. Nathalie soupire et retourne à l'intérieur du commissariat.

28

La journée de Sergine Hollard s'écoule, aussi interminable qu'une transat en solitaire sans vent, rythmée par des cas plus inintéressants les uns que les autres. Même si l'agression est dans tous les esprits, la vétérinaire offre un visage tellement fermé qu'aucun de ses collègues ne songe à lui parler d'autre chose que de travail.

Elle essaie de s'oublier dans la routine des gestes. Cela n'empêche pas ses pensées de revenir sans cesse à la jeune fille. La certitude croissante que son frère va s'en prendre à elle augmente sa frustration et sa nervosité.

Elle ronge son frein, consulte ses messages entre chaque rendez-vous, ne supporte plus d'attendre une réponse de Samia dont le silence ne présage rien de bon. Son frère a dû remuer ciel et terre pour apprendre qui a fait le coup. Samia a peut-être été reconnue la nuit où le chien a disparu, ou Sergine elle-même, la veille, au hangar. Si deux bandes rivales s'affrontent, le danger va augmenter pour Samia, qui fera partie des dommages collatéraux. Au fur et à mesure que s'égrènent les heures, une évidence s'impose : puisque Samia ne donne pas de nouvelles, c'est à elle d'aller à sa rencontre.

Il n'est plus temps de tergiverser, une guerre des gangs est sur le point d'éclater, Samia ne doit pas rentrer chez elle après les cours. Sergine commence à envisager de lui trouver une planque pour quelques jours, quitte à l'héberger chez elle... Ou mieux, la confier à quelqu'un chez qui elle sera plus en sécurité. Mais pour cela, elle doit convertir l'adolescente à cette idée, et Sergine sait que c'est loin d'être acquis. Elle se rappelle que le collège est voisin de la clinique, Sergine voit les élèves y entrer et en sortir tous les jours de la semaine aux différentes récréations.

À l'heure de la sortie des classes, elle prévient Andrée qu'elle doit s'absenter, « Une obligation, un quart d'heure ! » et lui demande de faire patienter son rendez-vous suivant, au cas où elle aurait un peu de retard. La réceptionniste, surprise par cette demande inhabituelle, lève un sourcil étonné sans oser lui demander ce qui lui prend ni où elle va. Elle suit sa patronne du regard alors qu'elle passe dans la salle de soins, à l'arrière, où Sylvie s'interrompt dans le curetage d'un abcès sur la lèvre supérieure d'un furet, pour voir sa patronne disparaître par le couloir sans prendre le temps d'ôter sa blouse. Les docteurs ne quittent que très rarement la clinique entre deux consultations, mais, après ce qui s'est passé le matin même, plus rien ne peut sembler étrange à propos de cette journée.

Andrée, qui avait emboîté le pas de Sergine, échange avec l'ASV un regard dubitatif. Chacune hausse les épaules et retourne, qui à son bureau, qui à son mustélidé.

Sergine arrive juste à temps devant le collège. Elle n'est pas la seule adulte à attendre dans sa voiture et, bien qu'elle puisse presque passer inaperçue, elle se gare à distance raisonnable pour voir sans être vue. Autour d'elle, les moteurs tournent pour maintenir la climatisation en marche en attendant que les chérubins sortent.

À peine a-t-elle coupé le contact que le trottoir est envahi par un flot de gamins surexcités pour les plus jeunes, ou blasés et nonchalants pour les plus âgés. La marée se disperse à pied, à deux-roues ou dans les voitures des parents ; déjà les derniers sortis s'étirent comme un filet d'eau, puis forment un goutte-à-goutte de retardataires... Samia ne faisait pas partie de la première vague, elle n'est pas parmi ceux-là non plus.

Un groupe de réfractaires qui refusent de rentrer chez eux s'est agglutiné devant la grille du collège. Ils se poussent et se tirent par le tee-shirt, se battent à coups de sac de classe, riant de ce rire si caractéristique de leur âge, se lançant des insultes et émettant des vociférations sous lesquelles il faut deviner des parades inavouées. Sergine soupire. Elle observe la rue en amont et en aval : plus personne. Elle extirpe son mètre quatre-vingt-cinq de l'habitacle de la Saab et traverse la rue en direction de la bande de gamins. Son arrivée en petite foulée met un terme à leur agitation.

— Bonjour. Vous connaissez Samia Ben Arfa ?

Les jeunes la détaillent de pied en cap. Sergine se rend compte qu'elle est encore en blouse de vétérinaire et comprend l'effet provoqué par sa tenue.

— Je suis sa maîtresse de stage, improvise-t-elle. Elle m'avait donné rendez-vous ici à la sortie des cours. Je ne l'ai pas vue. Savez-vous si elle est venue aujourd'hui ?

Davantage rassuré par son uniforme de docteur que par ses explications peu crédibles, impressionné par sa stature, l'un des garçons s'aventure à répondre que non, il n'a pas vu Samia aujourd'hui.

— Vous savez où je peux la trouver, peut-être ?

— Elle habite dans les tours, commence le jeune homme avant d'être interrompu par l'une des filles.

— Arrête, ça se fait pas de donner l'adresse de quelqu'un, le sermonne-t-elle.

Le garçon obtempère devant l'injonction de son

amie qui le bouscule presque pour se mettre entre Sergine et lui :

— Qu'est-ce que vous lui voulez à Samia ?

— Je vous l'ai dit, nous avions rendez-vous. Mais ce n'est pas grave, je vais me renseigner auprès de votre principal.

D'un pas décidé, Sergine se dirige vers la grille du collège et sonne au portillon. Le déclic de la serrure que l'on déverrouille suit instantanément.

Une fois parvenue à la loge où règne un concierge apathique, elle demande à parler à quelqu'un de la direction. Le bonhomme la dévisage d'un air circonspect :

— C'est à quel sujet ?

— D'une de vos élèves, Samia Ben Arfa.

— Vous êtes de la famille ? demande le concierge, plein d'incrédulité.

— Non, je suis sa vétérinaire.

Sergine se rend compte que sa réponse est aussi incongrue que son stéthoscope autour du col de sa blouse blanche, mais la remarque a l'air de bluffer le gardien qui appelle une certaine madame Lecuit au téléphone pour lui expliquer qu'une vétérinaire est là pour s'entretenir avec elle au sujet d'une élève. La madame Lecuit en question dit quelque chose que Sergine n'entend pas. Le concierge répète « Une vétérinaire, c'est cela », puis il lâche un « Bon » las, raccroche et demande à Sergine de bien vouloir patienter.

— Madame la CPE va vous recevoir, l'informe-t-il sur un ton qui laisse entendre que, si on lui demandait son avis, il la raccompagnerait au portail sans ménagement.

Sergine s'assied dans le petit couloir qui fait office de salle d'attente. Quelques minutes plus tard, une femme de petite taille portant un tailleur triste et hors d'âge se dirige vers elle en lui tendant la main.

— Madame Lecuit, je suis la conseillère principale d'éducation. Vous souhaitiez me parler d'une de nos élèves ?

Sa voix indique une consommation élevée de tabac.

— Samia Ben Arfa, en effet. Elle est élève en troisième...

— En troisième 2, oui, je vois très bien. En quoi puis-je vous être utile ?

— Elle est en stage chez moi, invente-t-elle, les mercredis après-midi et les samedis matin. Je suis inquiète car elle ne s'est pas présentée à la clinique depuis mercredi dernier. J'ai essayé de contacter sa famille, sans succès. Je voulais juste savoir si Samia a assisté à ses cours cette semaine.

— Excusez-moi, mais je n'ai pas très bien saisi qui vous étiez.

— Docteur Sergine Hollard, de la clinique vétérinaire des Izards.

Sergine se surprend elle-même de son aplomb.

— Samia Ben Arfa est en stage chez vous, dites-vous ?

Sergine approuve de la tête.

— Sous convention avec le collège ?

— Non, c'est un stage volontaire... Samia donne un coup de main pour s'occuper pendant son temps libre au lieu de traîner à ne rien faire.

— En quoi cela concerne-t-il le collège en ce cas ?

— En rien, mais étant donné qu'elle n'est pas venue depuis plusieurs jours et qu'elle ne répond pas à mes appels, je voulais m'assurer que tout allait bien. Comme je n'arrive pas à joindre ses parents non plus, je me suis tournée vers vous, espérant que vous pourriez me renseigner.

— Vous vous doutez bien, docteur, que je ne peux pas vous communiquer ce genre de renseignement.

— Je comprends parfaitement. Je m'adresse à vous, parce que je ne suis pas rassurée. Sans déroger à votre devoir de confidentialité, je vous demande simplement de vérifier auprès des enseignants de Samia si elle a été absente ces jours-ci.

— C'est une démarche assez inhabituelle.

— Les circonstances le sont. S'il vous plaît, c'est une jeune fille très bien, mais très fragile.

— Ne vous inquiétez pas outre mesure. Les élèves prennent souvent un peu d'avance sur les dates officielles de congé. Ceux qui ont de la famille à l'étranger en profitent pour partir sur des vols pas chers, tant que ce n'est pas la haute saison.

— Ce n'est pas le genre de Samia. Elle me l'aurait dit, d'autant plus qu'elle est très impliquée dans la vie de la clinique. Je ne voudrais pas qu'il lui soit arrivé quelque chose.

— Je suis désolée, docteur. Je ne peux rien faire pour vous.

Sergine est consciente que la CPE n'est pas loin de la prendre pour une illuminée. Insister éveillerait les soupçons. Elle la remercie et lui laisse son numéro de téléphone mobile « au cas où », même s'il est évident qu'elle ne doit rien attendre de ce côté-là.

Elle refait le chemin en sens inverse sous le regard inexpressif du concierge, traverse la cour, puis franchit la grille et lance au groupe de jeunes collégiens qui sont toujours là :

— Merci tout de même, avant de retourner à sa voiture.

Les adolescents la regardent s'engouffrer derrière le volant et imposer un demi-tour nerveux à la voiture dont le long capot vient les frôler, ce qui soulève une flopée d'injures. Malgré les fenêtres ouvertes, Sergine ne les entend pas à cause du moteur qu'elle doit faire hurler pour arriver à l'heure à son rendez-vous suivant.

29

Sur la banquette arrière, Abdelatif s'agrippe à la crosse et au canon du fusil. De temps à autre, il lâche le bois et l'acier de l'arme pour se dégourdir les doigts et les essuyer sur son jean en dissimulant ses signes de nervosité à Ahmed.

Il s'apprête à tirer sur quelqu'un, et c'est la première fois. Il a beau avoir grandi dans la cité, au milieu de la violence, il n'a jamais été confronté à une telle échéance. Bien qu'il ait souvent évoqué ce genre de scène avec ses copains, pour plaisanter ou pour frimer, il n'a aucune envie de passer à l'acte.

Pourtant, il va le faire. Il n'a pas le choix.

Certains doivent l'envier à présent, ceux qui – comme lui – rêvent depuis des années d'être l'auteur d'une action d'éclat qui leur permette de devenir quelqu'un, un des durs de la cité. Abdelatif échangerait bien sa place avec eux. Mais c'est à lui que Noureddine a ordonné de remplir cette mission ; afin qu'il se rachète pour le chien volé sous sa garde, et qu'il prouve sa fidélité.

— C'est une seconde chance qu'il te donne, ne le déçois pas cette fois, l'a sermonné Omar.

Même si à cette minute précise il est à deux doigts de vomir, tous le salueront demain avec respect, admiration et crainte, quand il marchera dans le quartier.

— Tu seras un bonhomme !

Il aura gagné au moins cela : il ne sera plus le gamin de la bande. Il pourra enfin prendre sa place parmi les grands devant le tabac-presse et regarder les voitures et les gens passer dans la rue en se sentant important. Finies les calottes qu'on lui donnait derrière le crâne... Des calottes pour déconner, mais qui lui foutaient les nerfs, quand même.

Bien sûr, il a peur de se faire dénoncer ou arrêter, mais en tant que mineur il ne risque pas grand-chose. Il se remémore les paroles de Noureddine :

— Si tu vises les jambes, tu peux pas être accusé de meurtre, ni même de tentative. Juste blessures.

Il sue à grosses gouttes. Il lui est facile de mettre cela sur le compte de la chaleur qu'il fait à l'arrêt dans la Xsara décrépite qu'Ahmed a volée sur le parking d'Intermarché.

— Elle est pourrie ta caisse, se plaint-il. T'aurais pu regarder si elle avait la clim au moins. On crève de chaud là-dedans !

Ahmed demeure imperturbable. Il est installé derrière le volant et fume un joint en accompagnant Casus Belli qu'il a mis à fond sur son smartphone ; parce que la Xsara, malgré son état, avait un lecteur MP3 neuf avec port USB. En le découvrant, Ahmed s'est exclamé :

— Le mec a dû le payer plus cher que la bagnole !

Pour donner le change, Abdelatif a commenté à son tour, sur un ton bravache :

— Quel blaireau !

Il n'empêche, il voudrait disparaître à l'heure qu'il est.

Noureddine lui a dit que Nejib Omane allait tous les lundis après-midi à la poste retirer de l'argent au nom de sa mère pour qu'elle puisse faire son marché le mardi matin à Lalande.

On ne le voit plus beaucoup dans le quartier depuis qu'il fréquente les salafistes. Il s'est laissé pousser la barbe, et il ne porte plus que des djellabas.

Dès qu'il sortira du bureau de poste, Omar – qui est en faction là-bas – les préviendra par téléphone. Ahmed lancera alors la voiture en direction de la place Micoulaud. En arrivant à son niveau, il ralentira pour permettre à Abdelatif d'aligner Nejib.

— Comme dans les films ! a déclaré Noureddine en lui tendant le fusil et les deux cartouches. Boum, dans les rotules. Personne n'aura le temps de réagir. On verra même pas ta gueule avec la capuche. Après ça, si Nejib comprend pas, c'est qu'il croit vraiment aux soixante-douze vierges, le fils de sa race.

Noureddine a insisté :

— Faut pas qu'il meure. Ça foutrait trop le bordel avec les keufs, mais faut qu'il comprenne le message.

Abdelatif connaît sa future victime depuis qu'il est tout petit. Il est du même âge que son frère Hamid. Les Omane et sa famille habitent dans le même immeuble. Leurs mères viennent de la même wilaya, en Algérie. Hamid et lui sont allés à la maternelle ensemble, puis à l'école. Au collège, ils ont suivi le même parcours qui les a menés dans les mêmes impasses.

Bien qu'ils ne se voient plus aujourd'hui, Abdelatif considère Hamid comme un ami d'enfance. Il n'arrive pas à réaliser qu'il s'apprête à tirer sur son grand frère, que dans quelques minutes, il devra commettre cet acte.

— Pourquoi le flinguer ? a-t-il contesté. On pourrait juste lui casser la gueule.

— On n'est pas chez les Bisounours, qu'est-ce tu crois ? C'est la guerre, là.

Noureddine lui a envoyé une tape sur le front.

— Nejib, c'est un barbu, et les barbus ne comprennent que si on frappe fort. De toute façon, t'as pas le choix. C'est à cause de toi si on en est là.

Bien qu'il sache qu'immédiatement après avoir tiré sur Nejib, il sera réhabilité au sein de la bande et accédera à un statut qu'il n'espérait pas atteindre avant longtemps, Abdelatif est rongé par les scrupules. Mais les menaces à peine voilées de Noureddine sont plus effrayantes que sa mauvaise conscience.

Le téléphone d'Ahmed sonne. Celui-ci le porte négligemment à son oreille, laisse son interlocuteur parler sans rien dire, même pas un allô laconique. Abdelatif retient son souffle. Sans qu'il le veuille, il s'est redressé sur la banquette arrière, le fusil toujours posé sur ses genoux, la main crispée sur le siège avant, le cou tendu vers Ahmed. Il essaie d'entendre la conversation.

— OK, dit simplement Ahmed.

— Alors ?

Le chauffeur jette le reste de son joint sur le trottoir, recrache une fumée épaisse et met le contact.

— Alors, c'est parti.

Tout va très vite. Abdelatif aurait voulu qu'Ahmed ne démarre pas tout de suite, ou qu'il conduise lentement, qu'il lui laisse le temps de s'habituer. Mais à quoi ?

Au lieu de cela, Ahmed enchaîne les deux ruelles qui les séparent des Micoulaud et grille le seul feu qui aurait pu accorder un sursis à Abdelatif.

En un rien de temps, ils sont aux Izards. La voiture passe au niveau du tabac-presse. Toute la bande est là, peut-être même que Noureddine en personne s'y trouve pour assister, au milieu d'un attroupement de témoins, à l'exécution de celui qui a eu le tort de s'en prendre à ses intérêts. Abdelatif n'a le temps de voir aucun visage. Tout juste perçoit-il une foule mouvante sur le trottoir, nombreuse à cette heure avancée de l'après-midi.

Abdelatif est livide. Il aimerait crier à Ahmed de faire demi-tour, mais il sait que c'est désormais hors de question. Noureddine ne lui pardonnerait jamais. Maintenant, c'est Nejib ou lui.

De toute façon, l'enseigne jaune de la poste est déjà en vue. Il aperçoit Omar en position sous l'entrée de la médiathèque ; il lui fait signe et désigne la silhouette de Nejib qu'Abdelatif reconnaît. Comme prévu, l'intégriste n'est pas accompagné. Il est en train de traverser la place. Il est le seul en habit traditionnel au milieu des lycéens et collégiens qui sortent des cours et s'apprêtent à prendre le bus ou le métro. Abdelatif songe qu'ils auraient dû choisir un autre moment de la journée, avec moins de monde sur la place.

Mais il ne peut plus avoir d'autre considération que sa mission. Ne plus penser, ne plus réfléchir, faire ce qu'il a à faire.

Tout se précipite. Il passe la main hors de l'habitacle et laisse le fusil pendre contre la portière pendant qu'Ahmed ralentit. L'arme toujours à bout de bras, Abdelatif décide de tirer à la volée, sans viser, en pointant le fusil en direction des jambes de Nejib. Mais le premier coup part tout seul sous l'effet d'une secousse de la voiture. Quelques plombs rebondissent sur le sol, faisant jaillir des éclats de pavés. D'autres touchent Nejib à la cheville. Le deuxième coup, mieux ajusté, déchiquette le tissu de sa djellaba et, dessous, la peau et la chair des mollets et des cuisses.

Le jeune homme est comme fauché par un fléau invisible qui fait ployer l'articulation de ses genoux et le renverse en arrière. Il ne crie pas. Tout ce qu'Abdelatif entend est l'écho des deux coups de feu contre les parois des bâtiments qui enserrent la place ; puis le bruit du moteur qui s'emballe, et sa respiration qu'il ne parvient pas à contrôler.

30

Le brigadier-chef Decrest fait irruption aux urgences de l'hôpital Purpan. Comme prévu, la crime est déjà là. Les deux enquêteurs saluent la gradée en uniforme. Decrest reconnaît le capitaine Chatel avec qui elle a travaillé pendant quelques mois lorsqu'ils faisaient leurs premiers pas dans la police en région parisienne. Celui-ci, en l'apercevant, l'invite à les rejoindre et lui présente son collègue, un certain lieutenant Kawadias qu'elle ne connaît que de vue, nettement moins chaleureux que Chatel, et qui semble s'étonner de la voir ici. Ce sont ses hommes qui sont arrivés en premier sur les lieux de la fusillade, mais une fois la scène de crime protégée et la victime entre les mains des médecins, la BST est censée retourner à ses affaires courantes.

— J'étais en intervention aux Sept Deniers, ment-elle. J'en ai profité pour venir voir comment se faisait le relais.

— C'est bon, répond Chatel. Le quart est là. Ils vont laisser quelqu'un en faction. Tu veux un café ?

Kawadias ne croit pas un instant au prétexte fallacieux de la flic en uniforme, mais il vient de percevoir le caractère amical des relations entre son collègue et elle ; aussi se sent-il obligé de sourire à son tour et de les suivre vers le distributeur de boissons chaudes.

— Comment il va ? demande Decrest en désignant la salle des urgences.

— Ça ira. Les blessures sont superficielles, répond Chatel.

— Vous avez pu lui parler ?

— Le toubib a dit pas encore. Il paraît qu'il est en état de choc.

La chef de la BST nord fait une moue dubitative.

— Vous n'êtes pas près de l'interroger, fait-elle.

— Pas avant demain, ça c'est sûr.

— On sait son nom, au moins ?

— Non. Il n'avait aucun papier sur lui.

— En même temps, y a pas de poche intérieure dans les djellabas, ajoute Kawadias.

Le ton sarcastique n'a pas échappé à Decrest. Elle se fait la réflexion qu'avec un tel patronyme, le costume traditionnel hellénique que portaient ses aïeux lorsqu'ils ont trouvé refuge en France ne devait rien avoir à envier à celui des barbus.

— Pourquoi ? Tu le connais ? demande Chatel.

— À première vue non, mais c'est les Izards, donc ça m'intéresse. À force, on connaît bien le terrain, alors n'hésitez pas si vous avez besoin.

— Là, c'est plutôt une histoire d'intégristes que de dealers.

— Justement, il y a quelque chose de pas normal dans cette fusillade. C'est pas la première fois qu'on assiste à un règlement de comptes entre bandes rivales, mais jamais pour des histoires de religion.

— À quoi tu penses ?

— À rien de particulier. Mais tiens-moi au courant dès que vous avez son identité, parce que je me renseignerai de mon côté aussi.

— OK.

— Je sais que c'est votre affaire, s'empresse-t-elle d'ajouter, soucieuse de ménager les susceptibilités d'un service comme la crime qui veille à protéger ses plates-bandes.

Mais Chatel lève la main en signe d'apaisement pour lui signifier qu'il ne s'offusque pas de ses questions.

— Aucun souci, dit-il. Merci de proposer ton aide.

— Bon. J'y retourne, on ne sait jamais comment ça tourne quand les esprits s'échauffent. Mes gars peuvent avoir besoin de moi.

— Pas un mot à la presse pour l'instant.

— Ne te fais pas d'illusion : c'est déjà sur BFMTV et sur le site de la *Dépêche du Midi*.

— À plus forte raison. Donne l'instruction : rien sur l'hôpital où il a été admis, rien sur son état de santé ni sur son identité quand on la connaîtra.

— OK. À plus tard.

— Salut.

Kawadias se fend d'un hochement de tête en guise de salut.

Decrest se dirige vers le gardien Bernet qui, accoudé à la banque de l'accueil, fait un brin de causette à la réceptionniste. Pris en flagrant délit, il se redresse et rougit instantanément.

— Allez, on rentre au commissariat, dit-elle.

Bernet se précipite vers le parking pour retrouver la voiture. Decrest sort à son tour du bâtiment et voit le soleil céder enfin après cette journée aussi longue que chaude. Les hôpitaux la mettent mal à l'aise. Elle se sent nauséeuse dès qu'elle en passe les portes.

Elle observe Bernet pester contre la fermeture centralisée, une nouvelle fois en panne. De loin, elle lui fait de grands gestes pour lui rappeler que, dans pareil cas, il faut débloquer mécaniquement le coffre et passer par-dessus la plage arrière afin d'ouvrir de l'intérieur. Elle se marre de voir faire la recrue fraîchement arrivée de son Comminges natal – un bled du nom de Beauchalot, quelque part près de Saint-Gaudens. Ses collègues ont beau se moquer de lui, aucun au commissariat n'est aussi canon que lui avec son fier profil de Gascon. Même à cette minute précise, dans une posture ridicule qui consiste à se débattre avec les appuie-tête, il garde toute la splendeur de ses vingt-deux ans.

Une fois installé au volant, il se dépêche de démarrer pour ne pas faire attendre sa chef de groupe.

Ah, l'enthousiasme des premières années ! songe le brigadier-chef Decrest, soudain prise de mélancolie.

Décidément, les hôpitaux ne lui réussissent pas.

Il est vingt heures quand ils arrivent au commissariat. Fin de service. Elle renvoie Bernet chez lui et rappelle les équipages à qui elle avait donné pour instruction de continuer à patrouiller tant que le feu couvait. En attendant qu'ils soient tous rentrés, elle remplit sa MCI[1]. Une fois la corvée quotidienne terminée, elle passe par le bat-flanc pour demander à Rouseau si tout est aussi calme que la radio le laisse penser depuis une heure.

— Je n'ai rien entendu de particulier.

— Bon. Dès qu'ils seront rentrés, vous pourrez fermer et y aller, dit-elle en actionnant l'ouverture sécurisée pour monter à l'étage où se trouve son bureau.

— D'accord. Alors, bonne soirée.

— Bonsoir, major.

Rouseau est le seul qu'elle vouvoie et appelle par son grade. Eu égard à son âge. Il pourrait être son père. D'ailleurs, son père aussi était flic à Toulouse. Tout comme Rouseau, il avait le grade de brigadier-major lorsqu'il a terminé sa carrière, usé jusqu'à la moelle, mais encore suffisamment en forme pour aller aux putes le samedi et à la pêche le dimanche. Ou l'inverse. Elle sourit. C'est quelque chose qu'ils n'ont jamais évoqué, mais elle ne se faisait pas d'illusion sur la façon dont se terminaient les apéros auxquels il retrouvait ses copains en fin de semaine autour de la place Belfort. Elle ne lui en a jamais voulu. Veuf à quarante-quatre ans, il avait bien le droit de satisfaire

1. Main courante informatisée, compte rendu centralisé et en temps réel de tout ce qui se passe dans l'ensemble des unités sur le terrain ou dans les services. Récapitulatif détaillé de tout ce qu'un fonctionnaire a fait au cours de sa vacation, pauses naturelles comprises.

ses besoins naturels. Quand elle lui posait la question sur une possible histoire d'amour un jour, il répondait invariablement qu'il avait sa fille et que ça lui suffisait ; et que, s'il voyait des dames de temps en temps, il n'était pas question que l'une d'elles lui mette le grappin dessus.

Au fond, elle a toujours pensé qu'il n'était pas heureux avec sa mère et que l'issue fatale de sa longue maladie ne l'avait pas dérangé outre mesure ; au contraire, ça l'avait libéré.

Son père était un vieux Toulousain. Il est mort et enterré à son tour, aux côtés de celle avec qui il partagea moins d'années qu'il n'en vécut seul, une étrangère en somme. Leur fille leur rend visite de temps en temps au cimetière de Rapas. Son père a connu les Trois-Cocus à l'époque où il n'y avait que des maraîchers. Il doit se retourner dans sa tombe s'il voit ce qui s'y passe.

D'abord ce chien éventré, puis cette fusillade. Ça fait longtemps que le quartier est malade, mais jamais la violence n'a atteint de telles proportions. Quoi qu'en dise Menou, la situation est en train de leur échapper, elle le sent. Tout le monde se moque de ces cités mais elle sait que, pour dix voyous, il y a quatre-vingt-dix innocents qui subissent leur loi. Ce sont souvent des étrangers, des retraités, des RMIstes. Ils ne font pas de bruit, on ne les voit pas, mais ce sont eux qui supportent les nuisances sans pouvoir se faire entendre.

Les stups laissent faire pour ne pas gêner le trafic qu'ils observent, ils jouent la carte du chaos pour préserver leur fonds de commerce... Au nom de la lutte contre les trafiquants de grande envergure, la hiérarchie laisse une poignée de petits dealers pourrir la vie de centaines de pauvres gens ; les médias ne s'intéressent qu'aux faits divers et les politiques s'en lavent les mains, parce que ces gens-là ne votent pas, ou mal.

Des soirs comme ça, le brigadier-chef Decrest en a gros sur la patate.

31

Sergine Hollard expédie les trois consultations qui lui restent. À dix-huit heures, elle a fini sa journée et elle rentre chez elle où elle commence à tourner en rond comme un lion en cage. Elle envoie coup sur coup à Samia quatre textos qui demeurent lettre morte. Il lui est arrivé quelque chose, se répète-t-elle en boucle sans parvenir à se calmer.

Alors qu'elle se sert un whisky bien tassé et plonge la main dans un paquet de cacahuètes, seuls anxiolytiques qui puissent être d'un quelconque secours pour le moment, son téléphone se met à sonner. Elle repose son verre pour répondre. Ce n'est pas Samia à l'autre bout du fil.

— Docteur Hollard ?

— Elle-même.

— Madame Lecuit au téléphone, du collège Rosa-Parks. Nous nous sommes vues un peu plus tôt cet après-midi.

— Madame Lecuit, bien sûr !

Sergine serre fort la poignée de cacahuètes qu'elle a dans la main.

— Je ne pouvais pas vous parler librement tout à l'heure... Ce que je m'apprête à vous dire doit rester entre nous.

— Évidemment.

— Voilà. En effet, Samia a été absente aujourd'hui. Je ne suis normalement pas habilitée à vous donner ces renseignements mais vous aviez l'air sincèrement préoccupée... Je ne suis pas non plus parvenue à joindre ses parents. De mon côté, je vais lancer la procédure habituelle, mais j'ai bien peur que ce soit peu efficace. Je ne sais pas si cette information pourra vous aider, ou aider Samia, mais bon... Voilà, au plaisir, docteur.

— Merci, madame Lecuit, rien ne vous obligeait à me rappeler, j'apprécie votre geste.

— Vous savez, je connais cette petite, elle est touchante et attachante... Mais elle n'a pas toutes les chances de son côté, les Ben Arfa sont très... Comment formuler cela ? Samia est très assujettie à sa famille, si vous voyez ce que je veux dire. Bref, vous êtes la première personne que je rencontre, en dehors de ses enseignants, qui donne l'impression de se préoccuper de son sort, alors...

— Madame Lecuit ?

— Oui ?

— Est-ce que je peux vous demander un autre service ?

— Je vous écoute.

— Vous serait-il possible de me communiquer l'adresse de son domicile ?

— Vous ne l'avez pas ? Pourtant, elle doit être indiquée sur la convention de stage que vous avez signée avec elle ?

— Samia ne m'a toujours pas rendu les documents remplis et signés, improvise Sergine.

— Je suis navrée, docteur. Ce serait avec plaisir,

mais là, vraiment, je suis gênée. Ce n'est pas possible, ce serait une erreur professionnelle de ma part.

— Je comprends.

— La famille Ben Arfa est assez connue dans le quartier, vous n'aurez pas de mal à les trouver.

L'euphémisme démontre un niveau d'ironie chez la CPE que ne laissait pas soupçonner son tailleur gris. Sergine sourit presque ; elle ne doute pas un instant de la réputation du frère de Samia aux Izards... C'est précisément son problème à l'heure actuelle.

Les deux femmes prennent congé l'une de l'autre et Sergine se laisse retomber dans son fauteuil club, découragée. Soudain, elle attrape son smartphone et ouvre l'appli des PagesBlanches en se traitant de conne. Comment elle n'y a pas pensé plus tôt ? Sa recherche donne une seule adresse répondant au nom des Ben Arfa et correspondant à une des tours de la cité des Faons. Sergine la griffonne sur un calepin.

Enfin, le premier whisky produisant son effet, elle commence à se détendre en se disant qu'après un deuxième verre elle sera tout à fait calmée. Pourtant, c'est le contraire qui se passe, car Samia ne sort de ses pensées que pour laisser entrer deux autres fantômes, presque occultés par les événements des dernières quarante-huit heures : Philippe et son amant ! Elle revoit la frêle silhouette du jeune homme qui enlaçait Philippe et ne peut s'empêcher de la comparer à la sienne. Le Yann en question est deux fois moins imposant et deux fois plus féminin qu'elle ! Elle se sert un troisième whisky pour les noyer tous les deux. En vain. Ça ne marche toujours pas.

Elle se dirige alors vers la salle de bains. Appuyée contre le lavabo, elle plante ses yeux dans le miroir et contemple ce corps si haut qu'elle doit baisser la tête pour voir l'intégralité de son visage, si large qu'aucun des hommes qu'elle a aimés n'arrivait à l'enlacer complètement.

Elle n'a rien fait pour empêcher ses agresseurs d'emporter le rottweiler dimanche soir, elle en a été incapable. Pourtant, il était sous sa protection et elle savait qu'il n'y survivrait pas. Elle ne s'est pas battue non plus ce matin contre le frère de Samia, lorsque lui et son acolyte la bousculaient et renversaient tout dans sa salle de consultation. Elle continue à ne pas les affronter, maintenant qu'ils s'en prennent à Samia. À quoi bon un tel corps ? Elle a longtemps pensé que c'était cette masse, là, dans le miroir, qui la protégeait. Elle se rend compte à présent que c'est ce qui les effraie tous et finit par les faire fuir. Maintenant que Philippe lui a avoué son homosexualité, elle se demande ce qui lui a plu en elle. L'a-t-il aimée pour ses contours masculins, comme une transition entre deux sexes ? Finalement, leur séparation révèle davantage de choses sur elle que sur lui.

Son téléphone ne lui laisse pas le temps de remuer davantage cette tourbe existentialiste. Dès qu'elle entend la petite sonnerie annonçant l'arrivée d'un texto, elle se rue dans le salon pour en découvrir le contenu ; mais pour la deuxième fois, le numéro qui s'affiche n'est pas celui de Samia. Sergine se fige en lisant le message : « Samia va être envoyée au bled pour se marier. Elle part samedi matin. Elle m'a dit de vous le dire. C'est à cause de son frère. Il a convaincu leur père de la marier à la fin de l'été. Il a fouillé sa chambre, il a trouvé son portable et vos messages dedans, il le lui a confisqué. Ne cherchez plus à la joindre. Elle m'a aussi dit de vous dire qu'elle était désolée. » Le texto est signé par une certaine Malika qui prétend être la meilleure amie de Samia. Impossible de vérifier l'identité de l'expéditrice.

Sergine relit le message. Ce texto pourrait avoir été envoyé par n'importe qui, pourtant Sergine le croit authentique. Pourquoi le frère de Samia aurait-il recours à pareille mise en scène pour l'éloigner de sa sœur ? Du peu qu'elle a en vu, il ne s'embarrasse pas de détours pour obtenir ce qu'il veut ou décourager ceux qui le dérangent. Il s'en serait pris à elle directement.

Elle continue à fixer son téléphone, impuissante.

C'est sa faute ! Elle voulait arracher Samia à son frère. Au lieu de cela, elle l'a précipitée dans ses griffes en appelant les flics après avoir forcé leur hangar. Avec une légèreté coupable, elle a foncé tête baissée sans envisager les conséquences. Intervenir dans les affaires de cette petite frappe était irresponsable, la jeune fille va en payer le prix fort et Sergine ne pourra jamais se le pardonner.

Que lui a-t-il fait ? Sergine doit savoir. Elle compose les dix chiffres qui s'affichent sur l'écran. Elle tombe sur une annonce anonyme et raccroche sans laisser de message.

Elle aurait dû tout raconter aux flics, c'était de leur ressort. On est en France, il y a des lois. On ne peut pas faire ce qu'on veut, même avec ses propres enfants ! Mais qu'est-ce que les flics pourraient faire pour Samia ? Ils ont besoin de preuves pour inculper quelqu'un, chacune de leurs actions doit être légitimée par une procédure judiciaire... Ça prend un temps fou. Or, Sergine n'a que quatre jours jusqu'à samedi pour trouver une solution. Il est trop tard pour jouer la carte des policiers et la voie de la légalité.

Puisque le frère de Samia est à l'origine de la décision de l'envoyer en Algérie, puisqu'il en a le pouvoir et que son pouvoir repose sur la peur qu'il inspire, il faut que la peur change de camp. Que leurs parents échappent à son influence et reviennent ainsi sur leur décision de marier Samia. Pour cela, il faut que le frère de Samia perde son statut de caïd. Or son assurance vient de ce qu'il est à la tête d'un réseau de drogue et qu'il arrose tout le monde dans le quartier ; si son réseau s'écroule, tout son crédit s'écroulera avec.

L'excitation de Sergine a tout juste le temps de naître qu'elle retombe aussitôt ; car si l'analyse est facile, l'exécution d'un tel plan est autrement plus compliquée.

De nouveau, elle est gagnée par le doute. Ce qu'elle envisage est hors d'atteinte et périlleux. Elle se traite de folle : qu'imagine-t-elle ? S'en prendre à des voyous notoires comporte des risques qu'elle ne soupçonne même pas, auxquels elle n'est pas préparée. On ne s'improvise pas démanteleur de trafic de drogue. Ceux qui s'attaquent à ce genre de délinquants sont des délinquants eux-mêmes, ou des flics armés jusqu'aux dents, des professionnels... Pas des vétérinaires incapables de protéger un chien sous perfusion. Pense-t-elle pouvoir charger seule au volant de sa voiture un gang retranché aux Izards, débarquer dans les caves tel un char d'assaut, dégonder les portes des réduits à coups de pied, découvrir des montagnes de résine de cannabis et de poudre blanche et faire chuter Ben Arfa sans l'aide de personne ? Elle ne ferait pas deux pas dans la cité, avant d'être repérée et que sa voiture ne brûle.

Un instant, elle se sent sur le point d'abandonner, mais l'image de Samia entre les mains d'un homme qu'elle n'a pas choisi vient aiguillonner son courage.

Comment agir sans aggraver la situation de la jeune fille ?

Elle ne connaît rien à ces trafiquants, rien de leur organisation, de leurs méthodes. Tout ce qu'elle sait, parce que tout le monde est au courant dans le quartier, c'est que les dealers tiennent commerce devant le tabac-presse, au niveau du petit centre commercial. Les rabatteurs vous abordent à la sortie du métro et vous proposent tout ce qui se fume, s'avale ou s'injecte. C'est là que doit commencer son observation.

Elle consulte sa montre : dix-neuf heures. C'est à peu près l'heure à laquelle le business ouvre ses portes, mais il fait encore trop jour. Elle va devoir attendre, en espérant que le frère de Samia fera une apparition au cours de la soirée.

Pour le moment, elle ignore ce qu'elle compte trouver là-bas ou comment elle va s'y prendre... Elle a juste besoin de se faire une idée concrète de ce qu'elle s'apprête à affronter.

32

Sergine juge plus prudent d'arriver par Borderouge, le nouveau faubourg au nord de Toulouse, de laisser sa voiture à la périphérie des Izards et de finir le trajet à pied. Elle connaît un passage qui mène à un terrain vague derrière les commerces. De là, elle pourra facilement observer sans être inquiétée.

Elle s'engage dans l'entrelacs de résidences en construction. Le soir, avec ses grues en panne et ses immeubles inachevés, ce quartier bâti à la va-vite sur les parcelles de violettes du siècle précédent ressemble à un champ pétrolier couvert de derricks. Certains regrettent que des milliers de logements sortent de terre, là où poussaient des milliers de fleurs, ils reprochent aux promoteurs le manque d'humanité de leurs barres. Pour Sergine, la violette de Toulouse est irrémédiablement associée aux bonbons emblématiques de la ville, sortes de fleurs de patchoulis confites destinées aux touristes, qu'on ne se procure plus aujourd'hui que dans le hall de la gare Matabiau. Elle les trouve à tel point écœurants qu'elle se demande si la perte des décors bucoliques d'autrefois est si grave.

Elle passe une série de vieilles Toulousaines, ces maisons de plain-pied en briques roses qui font de la résistance entre les Monné-Decroix, et trouve une place de parking à deux ou trois cents mètres du terrain vague en question. Elle longe le chemin de Lanusse, dont l'évocation la fait sourire habituellement, mais pas aujourd'hui. Pourtant, entre le nom de la station de métro des Trois-Cocus et celui-ci, on pourrait croire à une farce s'il ne s'agissait d'une des parties de l'agglomération qui prêtent le moins à rire.

Elle parcourt encore une centaine de mètres et découvre l'entrée d'un chantier donnant sur l'arrière du champ. Elle se glisse entre deux grilles, avance dans les ornières creusées par les engins et débouche sur un immense terrain vague. Elle aperçoit un carré de terre sommairement retournée d'où dépassent de vieux piquets de tomates, des arbres fruitiers qui n'ont pas été taillés depuis des années, une carcasse de voiture brûlée et un cabanon ouvert aux quatre vents. Au fond du terrain, une bâtisse visiblement squattée devant laquelle un reliquat de panneau s'accroche à son poteau : « Association Vivre Ensemble ». Tout autour, un ballet de grues et d'immeubles. Au-delà, les commerces aux abords de la station de métro.

Elle s'embusque contre un bulldozer dont le moteur est encore chaud. Elle n'a pas à patienter longtemps avant de voir apparaître un gamin à l'arrière du tabac-presse. Il traverse la friche en courant, farfouille dans un recoin du cabanon, en extrait quelque chose qu'il dissimule dans le creux de ses mains et déguerpit en direction de la station métro. Dix minutes plus tard, le même manège a lieu. Puis recommence après cinq minutes supplémentaires. Le gosse fait une boucle entre le tabac-presse, la planque et la station de métro. Le rythme n'est pas régulier, mais incessant.

Malgré l'obscurité, Sergine distingue très bien son visage ; il ne doit pas avoir plus de douze ans. Un classique du genre : les mineurs, qui ne risquent rien pénalement, sont chargés de livrer la marchandise en échange d'une rétribution négligeable à l'échelle d'un réseau, mais considérable pour eux. Quarante ou cinquante euros par jour pour un collégien, c'est presque plus que le salaire de ses parents smicards.

Sergine remarque que le minot n'est pas seul. Le champ est quadrillé par deux sentinelles qui protègent la came et surveillent l'estafette.

À la faveur de la nuit, Sergine sort de sa cachette pour mieux observer le trafic. Elle veut surtout mettre des visages sur les silhouettes qu'elle entr'aperçoit. De là où elle est, elle n'a qu'une vision parcellaire de la bande. Elle ne peut que les deviner entre les bâtiments de la boulangerie, l'épicerie, le salon de coiffure et le tabac-presse qui constitue un authentique club privé, sorte de siège social des malfrats du quartier. Ils y ont élu domicile et y passent leurs journées à fumer du shit et à vendre tout ce qui tombe des camions. Il n'y a pas de bar aux Izards, car l'alcool n'est pas halal, mais la consommation de chichon ne pose pas de problème.

Si Sergine veut pouvoir étudier les mouvements du frère de Samia et sa bande, elle doit se rapprocher. Cela semble impossible par ce côté. L'autre solution est de passer par la rue, mais elle ne ferait pas dix pas sans être détectée.

Une seconde, elle réfléchit à cela ; la seconde suivante, elle se liquéfie : une main vient de s'abattre sur son épaule avec la force d'un pilon, en même temps qu'une voix dure crache « Police » dans son oreille. Ce n'est pas hurlé comme dans les films, même pas prononcé à voix haute, tout juste susurré, mais avec une telle froideur qu'elle n'imagine pas une seconde qu'il s'agisse d'une blague. En temps normal, elle aurait bondi sur place, mais celui qui s'agrippe à elle a planté son coude dans son dos et appuie de tout son poids, l'empêchant de faire le moindre mouvement. Elle perçoit une haleine masculine de café et de tabac, puis la fermeté d'une main qui entreprend de la fouiller, n'hésitant pas à passer, même rapidement, sur ses seins et son bas-ventre. Tout en lui tâtant les reins et la ceinture, le type continue à s'adresser à elle en chuchotant :

— Tu bouges pas. Qu'est-ce que tu fous là ? Bouge pas, je te dis. Continue à regarder droit devant toi. Alors ? Réponds : qu'est-ce que tu fous là ?

Sergine s'efforce de réfléchir, mais la décharge d'adrénaline fait encore bourdonner ses oreilles. Quelle conne ! Elle n'a pas surveillé ses arrières.

L'homme vient de trouver son portefeuille et de le jeter à terre dans son dos sans cesser de lui parler et de poser la même question : qu'est-ce qu'elle fait là ? Sergine est incapable de répondre.

Et si c'étaient des dealers ?

En une fraction de seconde, les mains de l'homme relâchent leur pression sur ses épaules et descendent le long de ses jambes pour s'assurer qu'elle ne cache pas d'arme dans son pantalon. Même si elle avait été en mesure de réagir et de se dégager, ou de se retourner, le mouvement de l'homme est si rapide qu'elle n'en aurait pas eu le temps. Puis, tout en la maintenant immobilisée, il exerce une traction vers l'arrière.

— Tu vas reculer avec moi. Pas de geste brusque.

Le ton de l'homme est aussi maîtrisé que ses gestes. Il est glacial aussi. Mais le plus effrayant pour Sergine est de sentir la tension qu'il renferme, promesse d'un affrontement plus violent si elle n'obtempère pas. Le type doit vraiment être flic. Sa voix contient cette autorité naturelle.

Quand ils ont fait quelques pas à reculons et se trouvent hors de vue des dealers à l'autre extrémité du terrain vague, il relâche sa prise et ordonne :

— OK, maintenant tu vas te tourner lentement. Tu restes calme et tu me montres tes mains. Compris ?

Sergine obéit et découvre deux autres types, la trentaine, main droite sur le holster. Des tas de scènes de films lui viennent à l'esprit. Elle est frappée par la méfiance dont ils font preuve, comme s'ils craignaient un danger imminent.

Celui qui l'a interpellée, coupe en brosse et carrure d'haltérophile, lui tend une carte tricolore. Sergine pousse un soupir de soulagement. La police ! Après l'effet de surprise, elle sent ses jambes se vider de leur sang.

L'un des deux autres a ramassé son portefeuille et sort son téléphone. Le troisième balaie le chantier du regard pour s'assurer que personne ne peut les surprendre.

Tout en agrippant sa veste à la manière d'un judoka, au cas où elle tenterait de s'échapper, le blond haltérophile lui dit :

— Ton nom ?

Sergine lève des yeux incrédules vers lui.

— Ton nom ? insiste-t-il sans ciller.

Elle se reprend. Elle comprend qu'il ne plaisante pas.

— Hollard, dit-elle.

— Prénom ?

— Euh... Sergine.

L'homme se tourne vers son collègue qui parle à voix basse dans son téléphone et maintient le permis de conduire de Sergine dans le halo lumineux de son écran tactile. Il fait un signe approbateur de la tête à l'intention de son collègue.

— Profession ? demande celui-ci.

— Vé... Vétérinaire, mais pourquoi...

— Où ?

— Ici, mais...

— Où ça, ici ?

— À la clinique des Izards, route de Launaguet. Mais qu'est-ce que j'ai fait de mal ? ose-t-elle, soudain revigorée.

Pour toute réponse, le policier colle son index sur ses lèvres.

— Chut, murmure-t-il pour accompagner son geste tout en la fixant d'un air convaincant.

Sergine se tait. On n'entend plus que l'autre policier, celui qui parle à un interlocuteur au téléphone. Ce qu'il dit est inaudible. Il tapote l'écran de son portable pour raccrocher et déclare :

— On la ramène. Le chef veut l'entendre.

— Non, attendez, il y a méprise...

En quelques secondes, ils la poussent dans une voiture banalisée qui attendait sur le chemin de Lanusse, moteur tournant, un quatrième homme au volant. Le chauffeur démarre sur les chapeaux de roues sans raison apparente. Sergine est coincée entre deux molosses dont émane une odeur de sueur et de cuir. Elle est surprise de constater que, malgré la chaleur, ils portent des blousons de motard. Elle essaie de rassembler ses idées : qu'est-ce qu'on peut lui reprocher ? Après tout, un citoyen lambda a le droit de déambuler où bon lui semble.

La radio grésille des paroles et des sons qui ressemblent à ceux que l'on entend dans les séries télévisées quand une voiture en a pris une autre en filature sans perdre le contact avec les autres membres du dispositif.

Le passager de devant prend le micro et annonce que Zebra 2 est de retour avec une personne interpellée. Puis, il passe un appel sur son téléphone portable. Une fois qu'il a son interlocuteur en ligne, il dit « Pour un fichier » et demande pour la deuxième fois à la vétérinaire de décliner son nom et son prénom. Il les lui fait épeler avant de les dicter à son tour dans le micro. Pendant ce temps, le chauffeur allume la sirène pour doubler une file de voitures à un feu rouge, empêchant Sergine d'entendre la fin de la conversation.

Malgré l'inquiétude qui la gagne, elle ne peut s'empêcher de trouver l'ambiance caricaturale. Le gyrophare et le deux-tons parachèvent le tableau alors qu'ils atteignent la barrière de Paris en direction du canal et donc du commissariat.

— Pourquoi est-ce que vous m'arrêtez ? demande-t-elle en essayant de faire bonne figure, consciente de ne pas y parvenir totalement.

— Vous vous expliquerez au central, réplique sans ménagement le passager à l'avant.

— C'est à vous que je le demande.

— Gardez ça pour le lieutenant, il vous attend.

Le ton est sans animosité mais sans appel. Elle tente tout de même de lui tirer les vers du nez :

— Le lieutenant ? demande-t-elle.

— Menou. De la brigade des stups.

— Les stups ?

— On y est, dit un autre.

33

La voiture banalisée se présente devant le lourd portail du commissariat central. Les deux battants s'ouvrent péniblement en produisant un bruit de métal. Un visage féminin apparaît à la fenêtre surplombant l'accès au site. Salut de la tête à l'intention du chauffeur qui répond par un pouce levé.

C'est une entrée devant laquelle Sergine est passée

des centaines de fois. En regardant les voitures de police y pénétrer et en sortir, elle s'est souvent demandé ce qu'on pouvait ressentir en franchissant cette grille entre deux policiers. Elle mesure à présent l'ironie de la situation dans laquelle elle se trouve.

La voiture pénètre dans la cour du commissariat, puis dans un sous-sol, et s'immobilise enfin. Le frein à main à peine mis, Sergine est tirée de la banquette arrière *manu militari* par deux bras musclés que sa masse n'impressionne pas. Elle est conduite à l'intérieur du bâtiment. Le groupe emprunte une cage d'escalier sans fenêtres qui les mène dans les étages. Sergine ne sait plus à quel niveau ils sont. Sous l'effet du stress, elle s'essouffle rapidement.

Le molosse qui la guide en lui broyant le biceps gauche pousse une porte donnant sur un couloir vide. Sergine est surprise par le silence qui y règne. Il est vrai qu'il est tard.

Le groupe pénètre dans un vaste bureau où s'entassent plusieurs postes de travail. L'immobilier sent l'Administration française : des armoires métalliques grises, des chaises datant des années quatre-vingt d'un côté, des fauteuils plus confortables de l'autre... La décoration, par contre, est plus inattendue : un drapeau jamaïcain flanqué d'une feuille de cannabis, l'affiche d'un vieux film que Sergine se souvient avoir vu, *L.627*, des narguilés et des pipes à eau posés sur des plans de travail aussi fatigués que les chaises... Sergine découvre les locaux avec étonnement, mais elle tombe en arrêt lorsque son regard se pose sur un pied de cannabis en pot comme une vulgaire plante verte et souffrant du manque d'eau. Pas de doute, elle est bien à la brigade des stupéfiants.

Elle est priée de s'asseoir au centre de la pièce, dos à la porte entrouverte. Chacun des trois policiers s'assoit à un poste de travail. Elle sent les regards peser sur elle. Elle se reproche ce corps si grand alors qu'elle voudrait se faire petite au point de disparaître.

Qu'est-ce qu'ils attendent ? Ils jouent avec ses nerfs, à tous les coups.

Sergine s'impose de respirer régulièrement pour réfléchir : elle envisage tout ce que les policiers peuvent lui reprocher, essaie d'anticiper les questions, prépare ses réponses, mais elle n'est pas assez maîtresse d'elle-même.

Qu'est-ce qu'ils vont lui faire ? Elle se souvient des polars qu'elle a lus et des scènes d'interrogatoire dans les films : gentil flic *versus* méchant flic. Sauf qu'en l'occurrence, ils sont trois et aucun n'a l'air plus sympathique que les autres.

Elle doit se souvenir de ne pas répondre trop vite. Surtout, ne rien dire à propos du chien. Rester évasive. Ne pas parler de Samia. La question lancinante du blond athlétique qui la fixe de façon inquiétante en ce moment même lui revient : « Qu'est-ce que tu fous là ? » Vite, inventer une explication plausible ! « Je me baladais. Je me suis perdue. Il n'est pas interdit de se promener le soir ! »

Sergine a soif. Il fait très chaud dans le bureau. Qu'est-ce qu'on attend ? Elle n'ose poser la question. Elle se sent comme une gamine qui a volé des bonbons dans un bureau de tabac et qui a été prise la main dans le sac.

La porte claque dans son dos. Elle pivote sur sa chaise. Deux hommes viennent de pénétrer dans la pièce.

Les trois malabars qui l'ont arrêtée se redressent légèrement dans leur fauteuil.

Les deux nouveaux arrivants saisissent une chaise et se postent, l'un devant elle, l'autre dans son dos. Celui qui lui fait face lance un bonsoir glacial.

— Capitaine Alliot, dit-il en désignant son collègue. Je suis le lieutenant Menou.

Eux aussi sentent la fin de journée.

— Madame Hollard, qu'est-ce que vous faisiez sur ce terrain vague ? entame-t-il, bille en tête.

Son regard est méprisant. Sergine se fait la réflexion : il a le rôle du méchant flic ! La quarantaine, un look de voyou pas rasé, le teint fatigué, trop de café, trop de tabac, probablement trop d'alcool... Le cliché incarné. L'autre a l'air plus « normal » dans son costard cravate soigné, mais il a décidé de laisser son collègue mener les débats. Serait-il le gentil fourbe ?

— Le brigadier-chef Decrest vous avait pourtant mise en garde contre vos tendances à jouer les redresseurs de tort.

Sergine est déstabilisée. De ce qu'elle a compris, Decrest appartient au commissariat nord ; elle n'a donc rien à voir avec les stups. Elle en déduit que les flics, d'un service à l'autre, se sont parlé. Normal, ils sont de la même famille. Pour autant, ils ne sont pas tous pareils ! La femme flic était une interlocutrice nettement plus agréable que le lieutenant des stups.

— Mais enfin, qu'est-ce que j'ai fait de mal ? répond-elle d'une voix mal assurée.

Elle a beau savoir qu'elle n'a rien à se reprocher, elle n'en mène pas large.

— Qu'est-ce que vous cherchiez en venant là ? Nous vous écoutons, madame Hollard. Est-ce que vous comprenez que c'était complètement irresponsable de votre part ?

— Je ne faisais rien d'illégal, argue-t-elle.

Menou s'esclaffe et consulte son collègue qui se contente de montrer une moue amusée. Puis le lieutenant reprend ses persiflages :

— Vous avez failli ruiner des mois de planque !

Sergine met quelques secondes à digérer l'information. Le frère de Samia, sous surveillance ?

— Comment j'aurais pu savoir ?

— C'est ce qu'on espère vous faire comprendre : vous ne savez rien, madame Hollard. Donc, n'interférez pas dans notre travail. Est-ce que je débarque dans votre clinique pour soigner vos clébards, moi ? Non ? Alors, contentez-vous de faire votre boulot et laissez la police faire le sien.

Un silence lourd de reproches s'installe, pendant lequel Sergine prend conscience du bourbier dans lequel elle a mis les pieds. Menaçant, le lieutenant Menou ajoute :

— Nous pourrions vous coller en garde à vue. En êtes-vous consciente ?

— Il ne faut pas non plus exagérer. Je ne faisais que regarder des dealers se livrer à leur petit marché. D'ailleurs, ce sont eux que vous devriez arrêter, pas moi.

Le lieutenant Menou inspire lentement. Il se tourne vers son collègue qui, pour la première fois, prend la parole :

— Vous êtes complètement conne ou vous vous foutez de notre gueule ? lâche-t-il brutalement.

Le ton calme et cassant qu'il emploie tranche avec sa grossièreté. Elle se tord le cou pour le voir, mais quand elle croise son regard elle ne parvient pas à le soutenir, réalisant que ce n'est vraiment pas lui, le gentil flic.

— Je ne vois pas en quoi j'ai interféré dans votre travail, comme vous dites, ni ce que je fais ici, dit-elle dans une tentative bravache.

— Vous voulez qu'on parle du chien que vous avez trouvé ?

La vétérinaire rougit, prise en défaut. Comment l'ont-ils appris ? Pierre ! Elle revoit le moment où il s'est enquis de ce dont le chien souffrait. Occlusion intestinale, avait-elle répondu. Il a été facile à son collègue de consulter les fichiers radio et de retrouver les clichés de l'abdomen du rottweiler. Le connaissant, elle aurait dû les supprimer.

— Vous êtes vétérinaire, poursuit le capitaine qui a deviné ses pensées, vous trouvez un chien dans la rue farci de sachets de drogue...

— Je ne pouvais pas deviner qu'il s'agissait de sachets de drogue !

— Si ! Les clichés que vous avez pris ne laissent aucun doute possible.

Salaud de Pierre, pense Sergine, il leur a montré les radios. Quel faux-cul !

— Pour une raison que nous ignorons, vous n'en avez pas fait part à nos services. Primo, c'est une faute professionnelle. Nous serions en droit de vous dénoncer auprès du conseil de l'Ordre des vétérinaires. Deuxio, ça peut être considéré comme une entrave à l'action de la police. Tertio, garder l'animal, et donc la drogue, dans votre clinique, sans faire part de son existence à personne, c'est au mieux du recel, au pire de la possession de produits narcotiques. Sans compter que vous avez menti au brigadier-chef Decrest lorsqu'elle s'est présentée à votre clinique en vous demandant d'identifier le cadavre du chien en question. Avouez qu'il y a de quoi se poser des questions.

Alliot a parlé sans hausser le ton, et ses mots n'en ont que plus d'effet sur la vétérinaire.

— Je comptais vous prévenir, dit Sergine, penaude.

— Quand ? s'agace le capitaine Alliot.

— Après l'opération que je devais mener sur lui. J'attendais d'être sûre que...

— Et si vous arrêtiez de nous raconter des conneries ! la coupe-t-il. C'est qui, la fille ?

— Quelle fille ?

— Celle qui vous a prévenue par téléphone. Qu'est-ce qu'elle a à voir avec ce chien ?

Ils sont au courant de ça aussi ! Il est inutile de continuer à esquiver ou à mentir.

— Rien, justement.

— Vous ne pensez pas qu'il serait temps de tout nous dire ?

Elle sent le poids du regard du capitaine Alliot dans son dos.

— Elle est sa sœur, finit par concéder Sergine.

— La sœur de qui ?

— Du dealer, celui à qui appartient le chien.

Les deux policiers se dévisagent un instant. Sergine ne sait comment interpréter leur air entendu. Elle poursuit :

— Elle n'a rien fait de répréhensible. Elle lui a dérobé le chien et me l'a amené pour le sauver. Il avait une occlusion intestinale. Il ne mangeait plus et ne buvait plus depuis plusieurs jours ; il était très faible. La petite n'était absolument pas au courant qu'il transportait des sachets de drogue. Je ne suis même pas sûre qu'elle les ait vus sur les clichés. Ce n'est qu'une gamine, bon sang ! J'ai voulu l'aider, c'est tout. Si je vous avais contactés, son frère l'aurait su et elle aurait eu des ennuis... Vous savez bien le sort qu'ils réservent aux balances.

Les policiers observent une nouvelle pause, comme s'ils réfléchissaient au fur et à mesure, chacun pour soi.

— Comment s'appelle cette jeune fille ?

— Samia.

— Samia comment ?

— Ben Arfa.

Sergine a parlé dans un souffle, presque honteuse de donner son nom. Les policiers échangent de nouveaux regards chargés de non-dit. Sergine comprend qu'il se passe quelque chose qui lui échappe.

— Ben Arfa... Et c'est lui qui vous a agressée dans votre clinique ce matin ?

— Oui. Je vous le répète : Samia est sa sœur.

— Des témoins ont rapporté une première agression dimanche soir, alors que vous étiez seule à la clinique.

Décidément, Pierre leur a tout révélé. Sergine revoit l'acier froid et les reflets bleutés du pistolet.

— Oui, enfin... Pas une véritable agression. Ils ont juste pris le chien.

— Qui ça, ils ?

— Je ne sais pas. Des rivaux des Ben Arfa probablement. En tout cas, ils les connaissaient, parce qu'ils ont fait une drôle de tête quand je les leur ai décrits.

— Qui a fait une drôle de tête ? Soyez plus claire, dit sèchement le lieutenant Menou.

— Le frère de Samia Ben Arfa et son complice, ce matin ! répond Sergine à qui il tarde d'en finir à présent. Eux aussi venaient récupérer le chien, mais quand je leur ai dit que des jeunes comme eux étaient déjà passés ils m'ont demandé un portrait des deux types en question et ils sont devenus blêmes. J'ai compris qu'ils s'étaient fait doubler par des concurrents et qu'ils voyaient très bien de qui il s'agissait.

Le lieutenant se redresse et regarde son collègue, ce qui conforte Sergine dans son impression que quelque chose est en train de se jouer. Puis Menou s'adresse à elle de nouveau :

— À quoi ressemblaient-ils, ces jeunes ?

Sergine ferme les yeux pour visualiser en détail les quatre jeunes gens : les fringues des uns et des autres, les barbes, le lobe manquant... Les policiers ne font aucun commentaire pendant tout le temps où elle dépeint les voyous, mais Sergine devine à leurs regards que, intérieurement, ils apprécient les informations qu'elle est en train de leur apporter. D'ailleurs, le capitaine Alliot se lève, attrape sa chaise et la fait glisser à côté de celle du lieutenant Menou, se plantant devant Sergine.

— Quelles sont vos motivations, docteur Hollard ? demande-t-il, de façon aussi inattendue qu'inquiétante.

Sergine s'efforce de ne pas montrer son trouble.

— Je vous l'ai dit, je veux aider cette fille. C'est la victime de son frère. Je ne sais pas ce que vous comptez faire contre lui, mais si vous ne l'arrêtez pas d'ici samedi, elle sera envoyée en Algérie et mariée de force. Voilà mes motivations.

— Nous ne pouvons pas tolérer que les citoyens, si bien intentionnés soient-ils, se mettent à rendre justice eux-mêmes. Alors désormais, vous allez nous faire le plaisir de disparaître du paysage. C'est clair ?

— Docteur Hollard, renchérit le lieutenant Menou, vous donnez l'impression d'être quelqu'un de sensé. Vous comprendrez aisément que c'est pour votre bien que nous vous demandons de vous tenir à l'écart. Nous ne tenons pas à vous retrouver allongée sur le trottoir avec une balle dans la tête, parce que vous avez décidé de faire notre métier.

— Je veux bien, mais Samia dans tout ça ?

— Nous sommes des policiers, reprend le capitaine Alliot, pas des assistantes sociales. Nous ne vous laisserons pas compromettre une opération de police patiemment mise au point pendant des mois. Les parents de cette gamine veulent l'envoyer au bled pour la marier ? C'est leur droit le plus strict. Nous ne pouvons rien y faire, de toute façon.

— Ils agissent sous l'influence de leur fils. Si vous le mettiez en prison, il perdrait tout pouvoir de nuisance au sein de leur famille.

— Comment faut-il vous le dire ? assène le capitaine dont la patience atteint ses limites. Cette mission a des objectifs plus larges que le seul frère de Samia Ben Arfa, objectifs dont vous n'avez aucune idée.

— Alors tout le monde s'en fout ! Ils dealent, ils tuent des chiens, ils m'agressent en pleine journée dans ma clinique devant mes clients, ils menacent de me tuer... en toute impunité ? Vous les laissez faire ?

— Nous ne les laissons pas faire, tente de lui expliquer le lieutenant Menou, c'est ce que nous nous échinons à vous faire comprendre. Mais vous vous entêtez...

— De toute façon, nous n'avons pas à nous justifier

auprès de vous, le coupe le capitaine Alliot, ni à vous dévoiler les détails de nos activités. Je vous interdis de vous approcher d'eux. Ce n'est pas négociable. Si je vous trouve de nouveau en train de traîner dans les parages, je vous fais arrêter. C'est clair ?

L'espace d'un instant, Sergine se retrouve dans la peau d'une enfant en train de se faire engueuler, pour son bien, par ses parents.

Un long silence s'installe. Sergine baisse les yeux comme si elle se soumettait finalement. Elle sent le regard des cinq policiers. En relevant la tête, elle est étonnée de découvrir celui du lieutenant Menou qui sourit pour l'encourager à accepter et à s'asseoir sur sa fierté.

Intérieurement, elle bout.

— Bon, je peux rentrer chez moi maintenant ? lâche-t-elle.

— Nous devons d'abord être certains que vous ne remettrez plus les pieds aux Izards.

Sergine hoche la tête.

— Je veux vous l'entendre dire, insiste Alliot.

— Ça va, j'ai compris, je ne me mêlerai plus de tout ça, dit-elle en dissimulant mal sa vexation.

Menou consulte son supérieur du regard. Le capitaine fait un signe sobre de la tête.

— On va vous ramener, ajoute le lieutenant.

— Pas la peine. Je suis à deux pas.

— Vous êtes garée chemin de Lanusse, lui rappelle-t-il.

— ...

— Attendez-moi là, je n'en ai pas pour longtemps.

Quand il réapparaît, le lieutenant Menou tient un jeu de clefs et porte en bandoulière une sacoche plutôt branchée qui colle mal avec son look de voyou désinvolte. Bien qu'il lui paraisse plus humain, Sergine n'arrive pas à le trouver sympathique. La perspective de se retrouver seule avec lui dans une voiture ne la réjouit pas.

Dans la cour du commissariat, il l'invite à monter dans une petite Hyundai rouge qui ressemble à tout, sauf à une voiture de police.

— C'est ma voiture perso, confie-t-il, comme s'il s'excusait de l'image peu virile de son véhicule.

Sergine sent qu'il s'est proposé de la ramener dans l'intention de lui parler seul à seule. Aussi se tait-elle, dans l'espoir d'avoir encore une chance d'être entendue et de pouvoir agir en faveur de Samia. Les premières paroles de Menou ne sont pas celles qu'elle espérait entendre :

— Vous devriez faire attention à vous, docteur Hollard. Vous avez le droit de ne pas me croire, mais nous cherchons à vous protéger. Nous connaissons parfaitement le terrain. Vous pensez avoir tout compris à la condition des Maghrébines en France, parce que vous avez rencontré une gamine et sympathisé avec elle ; mais nous, ça fait des années qu'on est au courant de ce qui se passe dans les cités, c'est notre métier. Nous savons qui fait quoi, et qui représente un réel danger.

La voiture longe le canal du Midi pendant une centaine de mètres et s'engage sur l'avenue des Minimes.

Contrairement à la façon dont il s'est adressé à elle un peu plus tôt en présence de son collègue, il y a de l'empathie dans la voix du policier. Sergine mesure et entend ce qu'il vient de dire, mais ce sont des paroles de flic. Entre eux, il y a incompatibilité, une sorte de conflit d'intérêts. Les représentants de l'ordre font ce que la loi leur dicte, elle fera ce qui est juste. Sinon qui sauvera Samia ?

— Je devrais être le cadet de vos soucis.

— Que voulez-vous dire ?

— Une guerre des gangs se prépare. J'ai vu le regard que le frère de Samia et son complice ont échangé lorsqu'ils ont compris qui s'était emparé de leur chien. Il va y avoir une lutte pour le contrôle de la drogue. C'est un comble que vous, les policiers de la brigade des stups de Toulouse, n'entendiez pas cela !

— Ne vous y trompez pas, ni moi ni le capitaine Alliot ne sommes nés de la dernière pluie. Ce que nous savons, et que vous refusez de comprendre, c'est que vous êtes en danger. Ils vous ont identifiée, ils savent où vous travaillez, probablement où vous vivez aussi. Vous avez eu entre les mains un chien impliqué dans leur trafic. Cela fait de vous un témoin et donc un baveur potentiel.

— Un baveur ?

— Quelqu'un qui peut les reconnaître et les dénoncer. Malgré vous, vous êtes au courant d'un aspect, même infime, de leur commerce. C'est la raison pour laquelle ils ne doivent plus entendre parler de vous, ni vous voir dans les parages.

Le lieutenant Menou fixe l'asphalte devant lui.

Des jeunes déambulent sur la contre-allée, torse nu tellement il fait chaud malgré la nuit tombée. Une fois passé le centre historique de l'ancien village des Minimes, après le bowling, les commerces ne sont plus qu'une succession de restaurants asiatiques et d'épiceries arabes ouvertes jour et nuit.

— Vous n'allez pas aider cette gamine, alors ?

— Vous êtes têtue. Légalement, on ne peut rien.

— Légalement...

— Qu'est-ce que vous croyez ? Que la police se permet d'intervenir en dehors de la loi ?

— Quand ça vous arrange, vous n'hésitez pas à avoir recours à des méthodes pas très nettes.

— Mais qu'est-ce que vous imaginez ? Nous ne sommes pas des barbouzes. On n'est pas dans une série télévisée ! Vous suggérez quoi ? Que nous fassions une descente aux Izards avec notre gyrophare et que nous embarquions Noureddine Ben Arfa sous prétexte que sa sœur va se marier dans quelques jours ?

— Vous pourriez le prendre la main dans le sac et le mettre en taule, ça oui !

— Je vous le disais tout à l'heure et je vous le répète : vous ignorez tout du travail que nous menons dans l'ombre sur ce quartier. Je vous assure, vous ne feriez qu'aggraver la situation de cette jeune fille en vous en prenant à son frère. Sans compter qu'il vous faudrait vous mettre en travers de notre chemin, et c'est quelque chose que je vous déconseille. Nous avons été très compréhensifs et patients avec vous jusqu'à maintenant.

— Vous trouvez ?

— Oui. Sachez que, si vous aviez été n'importe qui d'autre, vous auriez déjà été mise en garde à vue et votre dossier immédiatement transmis au procureur. Ça n'aurait pas traîné.

— Alors pourquoi ce traitement de faveur ?

— Parce que vous êtes vétérinaire, et parce que votre clinique se situe au cœur des Izards... Votre profession bénéficie d'un capital sympathie unique ; les gens se confient à vous, vous pourriez nous être utile.

— Hein ? Moi, une informatrice ?

— Il y a des choses plus graves encore que le trafic de stupéfiants qui s'annoncent dans les cités. Nous avons besoin de gens qui nous renseignent, sur le terrain, et qui corroborent les informations que nous glanons de notre côté.

— Alors là, vous rêvez ! À moins que vous parveniez à faire quelque chose pour Samia.

— Vous savez très bien que ça ne marche pas comme ça. Ce soir, je vous ai évité de faire une connerie. Je vous ai aussi évité une garde à vue. En échange, vous pourriez faire votre devoir de citoyen.

— Si vous cherchez quelqu'un pour jouer les collabos, adressez-vous à mon collègue. Après tout, il a déjà commencé, lui !

— Il n'y a pas de honte à vouloir aider la police. Vous n'allez pas me dire que vous cautionnez ce que font les trafiquants de shit, de cocaïne et autres saloperies... Ce sont les mêmes qui foutent les filles sur le trottoir, qui introduisent les armes dans les cités, des armes qui servent à tuer des gamins dans les banlieues pour un bout de territoire...

— Je n'ai pas d'enfant, rétorque Sergine, consciente d'être ridicule en faisant cette réflexion.

— D'où cet amour de substitution pour Samia Ben Arfa ? lui réplique sournoisement l'officier de police du tac-au-tac.

C'est un coup bas qui déstabilise Sergine.

— Déposez-moi là, s'il vous plaît, dit-elle avec un rictus de douleur sur les lèvres.

— Réfléchissez, docteur Hollard. Je vous laisse ma carte avec mon numéro direct. N'hésitez pas à m'appeler, quelle que soit l'heure.

Sergine claque la porte, mais à travers la fenêtre restée ouverte le lieutenant Menou tente une dernière fois de la raisonner :

— Ne prenez aucune initiative, docteur.

Sergine s'éloigne sans répondre.

— Docteur ?

Sa longue silhouette vacille, avant de disparaître dans un carré de pénombre entre deux lampadaires.

34

Hamid consacre tout son temps à ça : passer en revue les préparatifs de l'opération, répéter les gestes qu'il devra faire le jour venu, vérifier le matériel à embarquer – les munitions, de la nourriture et de l'eau pour plusieurs jours, la caméra portable GoPro, la tablette 4G pour balancer les clips sur le net – énumérer les étapes et le timing... Et prier.

Il est seul désormais. Les plans ont été modifiés après la fusillade qui a mis son frère hors course. L'émir a dit que Nejib était grillé. Il est impossible de remettre l'opération à plus tard et d'attendre qu'il sorte de l'hôpital. Les flics vont chercher à savoir qui s'en est pris à lui, et pourquoi. Ils vont se renseigner dans la cité.

Nejib est un véritable moudjahidine, on peut compter sur lui : il ne dira rien. Mais d'autres vont parler, trop contents de rendre service à la police ; c'est comme ça qu'on fait, quand on veut que les flics vous soient redevables, surtout quand on a un petit trafic à protéger. L'émir prétend qu'il ne serait pas surpris que

Noureddine lui-même soit une balance. C'est pour cette raison qu'au lieu de temporiser, il faut frapper maintenant, avant que les flics n'aient le temps de réagir.

Hamid va devoir mener l'opération sans l'aide de personne. Son geste n'en est devenu que plus important. Il va pouvoir venger son frère.

L'émir le rassure : il est prêt, il ne faillira pas.

Il ne sort plus, il ne voit plus sa famille. Officiellement, il est au bled. Il reste claquemuré dans l'appartement mis à disposition par l'émir. On fait les courses pour lui ; il n'a plus besoin de quoi que ce soit de l'extérieur.

Cinq fois par jour, il descend à la salle de prière sous la protection d'un garde qu'on lui a affecté 24 h/24 depuis l'attaque contre Nejib.

Hamid s'entraîne à démonter et remonter son arme. L'émir le chronomètre et annonce les trentaines de secondes alors qu'il dispose les pièces de gauche à droite devant lui, jusqu'au chargeur qu'il vide, remplit et remet en place.

Il répète l'enchaînement inlassablement. Ses gestes sont de plus en plus précis.

L'émir assure que cette gymnastique des doigts permet de se concentrer, d'oublier tout ce qui pourrait le distraire de sa mission.

Hamid sait qu'il va mourir. Cela ne doit plus le perturber. Aurait-il été jusqu'au bout si son frère ne s'était pas fait tirer dessus ? L'émir a même laissé entendre que ce n'était pas plus mal que Hamid soit seul à agir dorénavant. Il est persuadé qu'il se montrera digne de la confiance qu'Abou Bakr al-Baghdadi a placée en lui.

Il ôte le chargeur de son Glock et vérifie qu'aucune munition n'est engagée.

Il ne se voit pas en combattant. Il n'est pas entraîné comme l'était son frère, il n'est pas suffisamment préparé. Pourtant, il se sent serein, heureux. Pour la première fois depuis des semaines, il est décidé à mener à bien sa mission. Il n'a plus aucune réticence. Il le fera pour Nejib.

Il percute à sec. Recule la culasse de deux millimètres.

Il est fier d'offrir sa vie, car c'est lui donner un sens. À quoi bon une existence sans cette finalité ? Servir Allah, œuvrer pour l'islam, contribuer à faire avancer les idées du Coran, rendre meilleurs ses frères musulmans malgré eux, aider à battre en brèche les valeurs de l'Occident.

Il descend les deux ergots de verrouillage de la culasse.

Vivre n'est rien au regard d'Allah, mourir est bien plus beau.

Il démonte le ressort récupérateur en le poussant vers l'avant, tout en le soulevant par l'arrière.

Il est une âme saine dans un corps pur. Il est un musulman !

Il a appris par cœur le discours que Nejib devait tenir devant les caméras. Il s'exerce à le déclamer sur le bon ton, sans avoir l'air de réciter.

Il extrait la plaque de verrouillage du percuteur en appuyant sur le manchon arrière.

L'émir a aussi enregistré une vidéo, comme ils font en Palestine avant d'aller se faire exploser dans un bus rempli de sionistes, pour le cas où il n'aurait pas le temps de parler aux médias.

Il fait attention à ce que le palier de charge de l'extracteur ne lui échappe pas.

Pour la caméra, il s'était habillé en moudjahidine.

Il appuie sur la sûreté du percuteur et récupère l'extracteur.

Son visage était dissimulé sous un keffieh et il avait sa kalache à la main, la crosse posée sur la hanche. C'était pour l'image, pour faire peur aux gens. Ainsi, il sera pris au sérieux, la vidéo sera mise en ligne et il suscitera des vocations.

Il finit le démontage de son Glock 19 par le démantèlement de l'ensemble de percussion : coupelles, manchon, ressort.

Afin de constituer un décor en arrière-plan, l'imam lui avait fait tendre un drapeau de Daech et des banderoles avec des inscriptions en arabe.

Toutes les pièces du pistolet semi-automatique sont soigneusement alignées.

Il se sent bien. Ses pensées ne sont troublées par rien. Il passe sa main sur son crâne rasé et dans sa barbe. Il ressent l'envie de prier. Il se met à psalmodier un de ses versets préférés du Coran.

Il sourit au moment où il procède au remontage du Glock 19, reprenant l'opération en sens inverse.

35

Une nouvelle fois, le brigadier-chef Decrest finit tard. Elle a des tonnes de travail en retard. Elle a surtout un mari compréhensif, qui l'aime, elle n'en a jamais douté, sans rien attendre d'elle. Il a renoncé à lutter contre ce métier. Plus précisément, il n'a jamais espéré quoi que ce soit. Dès le départ, c'était clair : ils ne vivraient pas la même vie que tout le monde. Ils mèneraient des existences séparées et se retrouveraient le week-end ou certains soirs qui feraient exception, en terrain neutre, avec cet immense no man's land entre eux, ce marigot dans lequel elle évolue et dont il ne veut rien savoir.

Michel Decrest est aux antipodes de son épouse, pourrait-on penser : il est instit. Les gamins que sa femme met derrière les barreaux, il les a connus à l'école Pierre-et-Marie-Curie quand ils étaient déjà des petits durs, mais encore des gamins malgré tout. À quinze ans, ils font des bras d'honneur à madame quand elle passe dans la cité en voiture de fonction, mais continuent à saluer gentiment monsieur quand ils le croisent.

La plupart des flics sont mariés à un flic, ou divorcés d'un flic. On n'épouse pas un flic pour aller gentiment à Ikea et partager la série du samedi soir devant des pizzas. Décider de vivre avec un flic, c'est comme entrer dans la grande famille du cirque ou partir en tournée avec un groupe de rock. On sait dès le départ que ce ne sera pas de tout repos. Sans compter que ça ne s'arrange pas avec le temps : les flics vieillissent mal, ils s'abîment et finissent amochés de toutes parts. Méchants parfois. Malheureux souvent.

Une fois ses rapports à jour, le brigadier-chef Decrest passe à son vestiaire pour se changer. En posant son téléphone portable sur le banc à côté d'elle avant d'enfiler sa jupe, elle repense à Chatel et au gamin en soins intensifs à Purpan. Elle retrouve l'enquêteur de la crime dans ses contacts et l'appelle, à tout hasard.

Elle entend la voix de Chatel qui tente de couvrir un

mélange de musique, d'éclats de rires et de braillements.

— Nathalie ?

Le fait qu'il l'appelle par son prénom ainsi que le ton employé laissent entrevoir une ébriété déjà avancée.

— Oui, c'est moi. T'es où, là ?

— Au Downtown Factory, on fête le troisième galon de Chenin.

— Je t'appelais pour...

— Quoi ? Parle plus fort, j'entends rien !

— Laisse tomber. Je rappellerai demain. Amusez-vous bien.

— Viens !

— ...

— Allô ?

— Oui, qu'est-ce que tu disais ?

— Rejoins-nous. On en est encore à l'apéro.

Le brigadier-chef Decrest consulte sa montre : vingt-deux heures quinze..

— Non, c'est gentil, je suis crevée.

— Allez, quoi, viens ! Ça nous rappellera le bon vieux temps dans le 9-3. Et puis, ça te fera du bien.

Chatel éclate de rire ; elle ne sait comment l'interpréter.

— Y a qui ?

— Juste la crime. C'est cool.

Comme elle ne dit rien, il se fait plus pressant :

— Allez, quoi, viens ! on va se marrer, y a de la super zique.

— Y a personne des stups, au moins ?

— Mais non, je te dis. C'est juste mes gars. Y a Kavvadias que tu as déjà rencontré.

— Hum.

— Tu verras, il t'adore en fait.

Elle l'entend dire quelque chose en aparté et rire de plus belle, à tel point qu'il s'étouffe presque. Elle hésite encore. C'est une soirée piège, elle en est consciente. Si elle y va, elle rentre à quatre pattes à cinq heures du matin. Elle réfléchit à la dernière cuite qu'elle a prise. Ça remonte à longtemps. Et merde !

— OK, j'arrive.

Juste avant de raccrocher, elle perçoit le ouais ! lancé en chœur par plusieurs bouches avinées.

Soirée piège.

Le Downtown Factory, le bar cool du centre-ville pour les vingt-trente ans aussi bien que les quadras et quinquas. Déco rétro mais classe, cocktails variés et inégalés en ville, musique au-dessus du nombre de décibels autorisés, et cerise sur le gâteau : en sous-sol, une cave que les amis du patron, Chatel en fait partie, peuvent privatiser pour des soirées *hors d'âge* comme les appelle le patron. Le plafond pourrait résister à une explosion atomique, mais il est surtout capable de dissimuler les beuglements les plus féroces des convives, lorsque la soirée bat son plein et que les dérapages ne sont plus contrôlés. Il est déjà arrivé à Chenin, dont on célèbre ce soir la promotion, de dégainer son arme de service et d'envoyer une bastos dans la voûte à croisée d'ogives du XVe siècle, au simple prétexte qu'il souhaitait exprimer sa joie de partager ce moment de liesse avec ses camarades. On peut encore en voir l'impact entre deux briques foraines. Philippe, le patron, bien que compréhensif et peu regardant sur les mœurs de ses amis, a décrété que, désormais, ces messieurs de la crime n'entreraient dans son établissement qu'après s'être débarrassés de leur artillerie, ce dont Chatel s'assure.

Le brigadier-chef Decrest débarque au beau milieu d'une danse topless, sur la table, par l'un des hommes de Chatel. Autour, c'est l'orgie. Les bras chargés de verres sont dressés vers celui qui exécute un strip-tease en règle, pour l'encourager à aller plus loin ou, au contraire, à s'arrêter là, on ne sait plus trop. Ça rit et ça gueule tellement dans tous les sens que les messages sont inaudibles.

Chatel l'accueille par une accolade dont émane une odeur de sueur qui démontre que la journée a été longue pour la crime aussi. Il lui présente le fameux Chenin qui en profite pour l'embrasser à son tour et déclare à qui veut bien l'entendre :

— J'avais deux rêves. Réussir à faire la bise à Decrest et devenir capitaine ! Mes deux vœux sont réalisés, je suis un homme comblé !

La policière sourit, amusée par sa propre réputation. Chenin retourne en titubant aux festivités.

Le brigadier-chef Decrest note que Chatel n'a pas dit toute la vérité sur les invités à la soirée. En effet, elle constate la présence de poupées blondes à forte poitrine qui auraient davantage à voir avec les mœurs qu'avec la brigade criminelle.

— Deux cousines de Chenin, dit Chatel en remarquant le regard noir de Decrest posé sur les deux beautés slaves.

— Je vois. Ils ont l'air d'être très chaleureux entre cousins chez les Chenin, dit-elle en désignant le capitaine fraîchement nommé en train d'embrasser goulûment l'une de ses deux parentes.

— Tu sais, la famille, c'est parfois compliqué. Au moins, je peux te garantir qu'elles ne sont pas des stups.

Decrest esquisse un sourire.

— D'ailleurs, c'est quoi ton problème avec Menou ?

— Non, rien. C'est juste qu'il fait n'importe quoi avec ses indics. On s'est accrochés à ce propos cet après-midi. Je n'avais pas envie de le voir ce soir, c'est tout.

— C'est pas nouveau. Les stups fonctionnent comme ça, ils sont souvent *borderline*.

— Peut-être, mais là, ça va trop loin. Je me demande même si la fusillade de cet après-midi n'a pas un rapport avec ça.

Depuis l'autre bout de la salle, Kawadias, perché sur les épaules d'un de ses collègues, leur fait de grands signes avant de tomber à la renverse et d'être rattrapé *in extremis* par deux bras salvateurs. Chatel éclate de rire, profitant de cette diversion pour changer de sujet. Mais Decrest insiste :

— Vous en êtes où avec la victime ?

— Nulle part. Il refuse de parler. Tout ce qu'on a réussi à obtenir, c'est son nom, parce qu'il voulait qu'on prévienne sa famille pour pas que sa mère s'inquiète.

— Comment il s'appelle ?

Chatel oublie quelques instants qu'il est saoul et plonge un regard investigateur dans celui de Decrest. Puis, jugeant probablement qu'il ne dévoile rien de compromettant en révélant le nom de la victime, il se décide à répondre :

— Nejib Omane.

Le brigadier-chef Decrest plisse les yeux, passe rapidement ses dossiers en revue, essaie de se souvenir d'un Omane arrêté précédemment, mais rien ne lui saute à l'esprit.

— Je ne vois pas, non.

— On a vérifié, il est clean. Jamais interpellé, ni personne dans son entourage. Mais à part son nom, il ne veut rien nous dire sur la fusillade, sur les raisons qui auraient pu pousser quelqu'un à lui tirer dessus. Pas un mot ! Il ne nous regarde même pas. C'est très bizarre.

— À quoi tu penses ? demande Decrest qui a deviné chez Chatel cette espèce d'alarme que l'on trouve chez tout bon flic face à l'anormal qui fera sens tôt ou tard, même si les explications lui échappent encore.

— Je ne sais pas exactement, mais je suis convaincu qu'il nous cache quelque chose de plus gros. Beaucoup plus gros. Si gros, que ça le terrorise.

Sur ces entrefaites, Kawadias fait irruption de sous la table qu'il a franchie à quatre pattes pour les surprendre. Il les enlace tous les deux et se met à beugler :

— Ne me dites pas que vous parlez boulot un soir pareil !

Puis il saisit une bouteille de bière de 75 cl déjà entamée sur la table et la tend à Nathalie Decrest, la forçant à lever son verre aux trois barrettes de Chenin, à la crime, au commissariat nord, à la Police nationale et à toutes les belles femmes de la terre. Decrest se dépêche de trinquer avant qu'il ne lui saute dessus pour lui signifier qu'il la met volontiers dans la dernière catégorie.

Le toast n'est que le premier d'une longue série. Rapidement, le chef de la BST du secteur nord redevient Nathalie Decrest, et admet que c'est exactement ce dont elle avait besoin ce soir : lever quelques écrous, envoyer paître la hiérarchie, les grades et les affaires en cours, oublier avec ceux qui le partagent ce boulot qui bouffe, parce qu'il vous rappelle constamment que l'homme n'est pas bon et que vous vous débattez dans un lisier.

Decrest, Chatel, Chenin... Ils sont depuis longtemps passés par l'épreuve la plus difficile de leur carrière : le moment où l'on réalise que les flics ne sont pas meilleurs que ceux après qui ils courent, qu'ils font partie de la lie eux aussi.

Après ça, plus aucun remède ne fonctionne. Il ne reste plus que des soirées comme celle-ci pour entretenir l'amnésie.

36

Quelque chose s'est détraqué. Que Sergine Hollard avait réussi à dissimuler jusque-là. Mais le vernis vient de se fissurer.

En débouchant la bouteille de whisky, la vétérinaire repense à tous les polars qu'elle a lus et à ces personnages de flics dont elle a si souvent trouvé l'alcoolisme trop caricatural. C'est avec une certaine autodérision qu'elle boit un premier verre cul sec.

Elle était déjà chancelante, l'alcool la met K-O pour de bon. Elle s'écroule sur la chaise de sa kitchenette, les coudes enfoncés dans le bois de la table.

Ça remonte à loin, putain. Ça remonte à ces foutus séjours chez ses grands-parents en Alsace où on l'envoyait chaque année en vacances.

Elle a fini par comprendre que c'était pour permettre à sa mère de partir en cure de désintoxication et d'en revenir un peu plus zombie à chaque fois, un peu moins sûre d'arriver à remonter la pente ; et à son père de convoler vers des femmes de plus en plus jeunes à qui il promettait l'amour inconditionnel... Jusqu'au jour où l'une d'entre elles a réussi à lui faire un petit et à le convaincre de partir loin, très loin, en Argentine, quitte à abandonner la fille qu'il avait eue de son premier mariage. Père, mère, grands-parents, oncles et tantes... Tout ce petit monde mentait à Sergine, pour son bien. Elle a rompu avec eux, pensant pouvoir froisser l'ignominie, la jeter par-dessus son épaule et laisser ces sales années derrière elle. « On croit avoir payé son dû, mais on est éternellement débiteur. » Les mots d'Alvaro Mutis, beaux et maléfiques à la fois, lui reviennent en pleine figure comme un boomerang qui aurait pris son temps, trente-huit ans, une vie, celle de Sergine, pour faire le tour de la terre et la faucher au moment où elle ne s'y attendait plus, où elle pensait qu'il y avait prescription. Des pages dures, un roman qu'elle n'avait pu finir, qu'elle avait refermé en le claquant pour empêcher l'amertume d'en sortir, tellement, parfois, les poètes sont insupportables de vérité.

Ça remonte à loin, mais ça remonte fort.

À peine commence-t-elle à se remettre de la première rasade et l'effet de l'alcool à se dissiper qu'elle se ressert un verre. Elle le boit aussi vite que le premier.

Sergine n'a rien voulu garder de ses racines alsaciennes. Dès qu'elle a été majeure, elle a pris le nom de jeune fille de sa mère. Elle n'allait pas laisser plus longtemps son prénom improbable imposé par son père, grand admirateur de Goethe, accolé à l'orthographe tout aussi incongru de son patronyme : Voegtlinshoffen. À dix-huit ans, elle est devenue Hollard et a cessé de se battre pour qu'on arrête d'écorcher son prénom. Après tout, Ser*gui*ne, à l'allemande, prononcé Ser*gi*ne à la française était tout aussi beau, plus doux même, et lui fournissait une opportunité supplémentaire de rompre définitivement avec l'héritage de son père.

Les années ont passé, au cours desquelles Sergine croyait avoir réussi à noyer le fiel au creux de son ventre. Pourtant, inéluctablement, il devait refaire surface un jour comme celui-ci.

Ce ne sont plus des fissures mais des brèches. Tout vole en éclats cette nuit.

Après une troisième rasade de whisky, Sergine tente de se lever, mais retombe lourdement. Philippe est parti avec un homme. Que peut-elle faire de cela ? Il n'est que le énième échec sur une longue liste d'amours ratées, mais cette fois c'était différent, elle y croyait. Et puis, il fallait que ça marche. À trente-huit ans, le nombre d'occasions qui lui restent n'est plus infini.

Galvanisée par l'alcool, elle échafaude un plan de bataille : puisque les flics ne lèveront pas le petit doigt pour épargner à Samia un mariage sordide, il reste la solution des associations de défense des femmes.

Elle allume son ordinateur, lance son moteur de recherche et saisit les mots-clefs *mariage forcé aide femmes Toulouse*. Le premier site proposé est celui d'Affaires de Femmes, une association qui a une antenne dans la ville rose et qui défend les musulmanes dans des situations similaires. Suit un nombre incalculable de blogs et forums relatant des expériences personnelles plus déprimantes les unes que les autres. Sergine commence à lire les témoignages, mais la litanie de cas particuliers la rebute. Elle consulte sa montre : vingt-deux heures. Elle appelle le numéro affiché sur la page d'accueil d'Affaires de Femmes et tombe sur un message enregistré rappelant les horaires de permanence et indiquant un numéro de portable à ne joindre qu'en cas d'extrême urgence. Sergine le compose aussitôt.

C'est une femme qui lui répond. Sergine trouve moins normal le ton suspicieux de son interlocutrice, avant de prendre conscience en s'entendant parler que sa voix pâteuse est celle de quelqu'un qui est saoul. Elle essaie de mieux contrôler son débit, mais il lui semble que ses efforts pour articuler se remarquent autant que son ébriété. La bénévole de l'association s'étonne d'abord de l'heure tardive de son appel.

— Généralement, les femmes ne nous contactent à ce numéro qu'en cas de détresse immédiate.

— C'EST un cas de détresse immédiate ! J'ai même pas quatre jours pour sauver une gamine de quatorze ans qu'on va marier de force en Algérie. J'ai besoin de votre aide.

La bénévole commence par lui poser un certain nombre de questions sur son identité, sur celle de la « gamine » en question, sur les raisons de sa démarche, mais il est difficile d'expliquer ses motivations quand on ne les comprend pas vraiment soi-même. Elle a absorbé une quantité de whisky qui en aurait assommé plus d'un, mais sa corpulence lui a conféré une certaine résistance à l'imprégnation alcoolique. Elle est donc encore assez lucide pour ne pas évoquer tout ce que Samia lui renvoie de sa propre jeunesse et le *coming out* de son mec.

Rapidement, elle est obligée de reconnaître qu'elle ne sait rien de Samia : ni son adresse là-bas, ni les conditions exactes dans lesquelles le mariage a été conclu, ni même le nom du futur époux. Elle n'est ni une amie ni un membre de la famille. Elle n'est que la vétérinaire du quartier, une femme, une citoyenne adulte concernée. C'est maigre pour la bénévole à l'autre bout du fil. En l'absence de volonté avérée de refuser le mariage de la part de la victime, il n'y a pas grand-chose qu'on puisse faire. Aucune association ne se lancera dans une aventure juridique sans cette condition préalable. On ne part pas bille en tête dans une bataille qui risque de durer et de coûter cher, si on n'est pas certain que la jeune femme ira jusqu'au bout.

— Or, dans votre cas, la plaignante ne se plaint pas, si j'ai bien compris.

— Elle n'est pas en mesure de le faire, vous savez très bien comment ça se passe.

La bénévole balaie l'argument :

— Trop de bons sentiments se sont soldés par des désastres. Notre association ne peut pas se permettre de perdre son crédit auprès des gouvernements concernés qu'elle sollicite.

Sergine s'obstine, mais la bénévole la met en garde : Affaires de Femmes travaille au long cours. On ne fait pas bouger les lignes par des actions d'éclat ; les justiciers ne servent pas d'autre cause que la leur.

— Elle est française tout de même. Je croyais que l'État se devait d'aider ses ressortissants en difficulté à l'étranger.

— Elle est encore en France, si j'ai bien suivi ?

— Pour l'instant oui, mais, dès samedi, elle sera là-bas.

— Elle a très probablement la double nationalité. En France, elle est française, mais là-bas, elle est algérienne. Tenter de la soustraire à l'autorité de ses parents constituerait un rapt, ni plus ni moins, une violation de principes que personne ne songe à remettre en question, ni en France ni en Algérie.

Sergine en reste muette. Alors, quoi ? Serait-elle la seule sur cette planète à se soucier du sort de la jeune fille ?

— Ça n'a aucune chance d'aboutir. Vous courez droit à la catastrophe. Et c'est Samia qui risque d'en pâtir.

Les derniers mots de la bénévole résonnent encore après que Sergine a raccroché : aucune chance, catastrophe, pâtir.

Elle se sent piégée ; ce qu'elle désire est inaccessible, les autres sont plus forts, les salauds vont gagner et c'est insupportable.

Elle retourne à la cuisine, attrape une deuxième bouteille de Lagavulin dans la réserve sous l'évier, la débouche et boit directement au goulot.

Quelques minutes plus tard, elle tombe à la renverse sur le canapé, enfin vaincue par l'alcool.

37

Elle fait des rêves de goudron craquelé et surchauffé ; de routes trouées, laissées à l'abandon, parsemées de touffes d'herbes sauvages qui ont su se nicher dans les anfractuosités pour y pousser envers et contre tout, sans autre projet de vie ou de prolongement d'elles-mêmes que celui de confier leurs graines au vent ; des rêves de terrains vagues jonchés de fanes desséchées que les ignorants pleurent pour se consoler de leur destin, piètre consolation en vérité ; des rêves dans lesquels réalité d'aujourd'hui et frayeurs d'hier se confondent, où Samia et elle ne se distinguent plus, où les hommes se ressemblent tous... Pierre et son père, son père et Philippe ; dans lesquels des disputes éclatent et se répondent en échos vertigineux... Le frère de Samia, les voyous du quartier, le lieutenant Menou, des chiens apeurés, sa propre voix décidément trop faible pour être entendue. Tout n'est que colère. Même les lieux sont trompeurs dans ses délires, et elle s'y égare.

Plusieurs fois, elle se réveille en sueur, nauséeuse, oppressée par un malaise que l'alcool n'est pas parvenu à dissiper. Toute la nuit elle tourne et vire en même temps que les images se bousculent dans sa tête : Samia embarquée de force en Algérie, réduite au silence, voilée, bâillonnée, son corps vierge caressé par des mains inconnues, sa peau souillée, son frère qui se gausse en assistant au spectacle de sa défloration, et elle-même, Sergine, impotente et lâche, qui enrage et serre les poings en l'entendant rire.

Le souvenir de son irruption dans la clinique refait surface, avec la même violence que s'il venait d'enfoncer sa porte. Dire qu'elle l'avait en face !

Elle déchire presque ses draps quand elle se retourne, elle envoie des coups de pied dans la nuit.

38

À son réveil, Sergine est épuisée, mais étonnamment calme. Après une nuit de questionnements et de tourments, elle est déterminée : ce ne sont ni les flics ni Affaires de Femmes qui pourront la dissuader d'agir. Cette conviction en forme de profession de foi donne un sens à des choses qui n'en avaient jamais eu auparavant : le naufrage de sa mère, la disparition de son père, la fuite de Philippe... Tout ce qu'elle a été jusqu'ici, en pointillé, tout ce qui l'a faite va peut-être s'éclairer, enfin.

Elle n'écoutera pas la raison, elle suivra son instinct et son cœur, parce qu'elle ne veut laisser à personne la maîtrise de ce petit bout de son destin. Ça aurait pu être quelqu'un d'autre à un autre moment, ou ça aurait pu ne jamais arriver... Mais c'est arrivé, et c'est Samia qui en aura été le déclencheur. Cette fois, Sergine est résolue à mener ce combat jusqu'au bout.

Malgré la fatigue, une énergie impatiente la pousse à enterrer sa gueule de bois et à sortir de son lit pour agir. Le radioréveil affiche « mercredi 4 juin », lui rappelant que le temps de Samia est compté. Pas davantage que la veille, elle ne sait comment s'y prendre.

Ce qu'elle envisageait de faire quand les stups l'ont interpellée n'est plus possible. Défier les Ben Arfa sur leur propre terrain et s'attaquer à ce qu'ils ont de plus précieux, leur came, est devenu trop risqué. La séance d'espionnage de la veille a démontré que côté flics comme côté voyous, on l'a à l'œil.

Elle se rabat sur une autre idée. Elle se dit qu'à défaut de pouvoir agir contre le frère de Samia, elle pourrait entrer en contact à son insu avec ses parents pour les dissuader de mettre à exécution ce projet d'union arrangée. Elle n'a de toute façon pas grand-chose à perdre en essayant.

Elle regarde sur le GPS de son smartphone où se trouve l'adresse notée la veille sur son calepin. Elle croit reconnaître l'emplacement de l'immeuble tout en longueur dans lequel Samia avait caché le rottweiler.

C'était il y a trois jours, cela lui semble une éternité.

Un instant, elle hésite. Si elle doit y aller, c'est maintenant. Les dealers sont des oiseaux de nuit, pense-t-elle ; le frère de Samia dort à cette heure ; en se présentant chez les Ben Arfa tôt le matin, elle pourra parler aux parents en toute liberté. Elle compose le numéro de Pierre. Celui-ci ne décroche qu'après la quatrième sonnerie :

— Sergine ?

— Bonjour Pierre. Je te dérange ?

— Pas du tout. Qu'est-ce qui se passe ?

À sept heures et quart, il doit être en train de petit-déjeuner ou de se raser. Sergine ne l'a jamais appelé à une heure si matinale.

— Je ne peux pas venir aujourd'hui.

Son collègue observe quelques secondes de silence.

— Tu es malade ? demande-t-il enfin, pas dupe.

Pierre connaît son associée, il sait pertinemment que sa défection – la première en huit ans de partenariat – ne peut pas avoir cette seule explication. Il se doute qu'elle rumine quelque chose en rapport avec ce chien, et que rien de bon n'en sortira.

— Ce n'est pas ça, dit Sergine.

— C'est quoi alors ?

— Pourquoi t'es allé voir la police ?

Pierre ne réagit pas tout de suite, même s'il s'attendait à ce qu'elle lui fasse le reproche à un moment donné.

— Ce sont eux qui m'ont contacté. Ils savaient déjà qui tu étais.

Venant de n'importe qui d'autre, Sergine aurait du mal à avaler ça. Mais Pierre est tout, sauf un menteur.

— La question est plutôt de savoir pourquoi tu n'es pas allée les voir spontanément, toi ! Un simple coup d'œil aux radios suffisait à comprendre de quoi il retournait.

— Tu te rends compte qu'ils vont l'envoyer en Algérie ?

— Qui va envoyer qui en Algérie ?

— Samia, la fille qui m'a apporté le rottweiler.

— Je croyais que tu avais été informée par un coup de fil anonyme.

— Non, c'est cette fille, Samia, qui me l'a amené.

— Et alors, quel est le rapport ? Je ne comprends pas.

— Elle est la sœur du dealer à qui le chien appartient.

Pierre fait une pause, le temps d'intégrer cette nouvelle information.

— Pourquoi ne m'as-tu rien dit ?

— Parce que ces choses-là te dépassent.

— Mais bon sang, qu'est-ce qu'elle représente pour toi ? Tu la connaissais auparavant ?

— C'est une gamine, tout simplement. Une adolescente innocente qu'ils vont marier de force... Tu sais ce que ça signifie pour elle ? Imagine que ce soit ta fille !

Pierre est frappé par le ton passionné de sa collègue. Il voudrait l'aider, l'empêcher de commettre l'irréparable, car Sergine a beau être une emmerdeuse, elle n'en est pas moins une associée loyale doublée d'une excellente vétérinaire.

— Ils s'en sont pris à toi à la clinique, devant les clients ! Si tu étais un peu plus responsable, tu comprendrais que la police cherche à te protéger.

— Ta gueule, Pierre ! Tu n'es pas mon père.

— Oh, je t'en prie ! Puisque tu veux aller sur le

terrain de la psychanalyse à deux balles, laisse-moi te dire que ton attachement à une fille que tu connais à peine n'est pas net.

— J'étais sûre que tu me dirais un truc de ce genre. Mon Dieu, ce que tu peux être con ! Ce n'est pas possible ! Tu ne comprendras donc jamais rien.

— Sergine...

Elle a déjà raccroché.

La conversation avec Pierre a l'effet d'un détonateur. Sergine se douche, s'habille et engloutit son petit déjeuner. Puis elle se précipite dans sa voiture et démarre en trombe. Si madame Savély ose lui faire la moindre réflexion à propos de sa poubelle, elle fonce sur sa robe de chambre molletonnée à fleurs et l'écrase sans hésiter.

Une fois la voiture engagée dans la rue d'Armagnac, Sergine appuie sur le champignon, direction le quartier des Izards.

39

Comme il fallait s'y attendre, c'était une soirée piégée.

Le mari de Nathalie Decrest, fidèle à son habitude, n'a fait aucun commentaire lorsqu'il a trouvé son épouse endormie dans le canapé du salon. Il s'est contenté de la réveiller en douceur en la taquinant.

— Trop saoule pour retrouver le lit conjugal hier soir ?

— Non, je n'ai pas voulu te réveiller, c'est tout.

— C'était sympa ?

— Je suis partie avant que ça dégénère, mais oui, c'était très sympa.

— Pas trop fatiguée, tout de même ?

— Décalquée !

Son mari sourit. Nathalie a besoin de lâcher la pression de temps en temps, il le sait ; mais il sait aussi que ça va être une journée difficile pour ceux qui travaillent avec elle. Pourtant, elle commence par un petit déjeuner comme elle les aime, câlin et complice. Xavier prépare le café pendant qu'elle lui raconte sa soirée, son boulot, les affaires du moment... Elle ne lui dit pas tout, il ne lui demande rien.

Il fume sur le balcon en l'écoutant détricoter les dernières illusions qu'il se faisait sur le genre humain ; il essaie vaguement de la convaincre que tout le monde n'est pas comme ça, qu'il reste des gens bien, qu'il y en aura toujours, que sa vision de la société est tronquée par son job.

Bon an mal an, ils tiennent... Ils se tiennent.

Et puis c'est le rituel du matin : bols dans le lave-vaisselle, brossage de dents, bisou, ascenseur, voiture, bouchons sur la rocade au niveau des Ponts-Jumeaux.

Lorsqu'elle parvient enfin au commissariat, quelqu'un s'est garé sur la place réservée au chef de la BST... Façon de lui signifier aimablement qu'elle est en retard, interprète-t-elle. Mais elle n'est pas disposée à prendre les choses aimablement. À con, con et demi, elle se gare pare-chocs contre pare-chocs derrière l'impudent pour l'empêcher de sortir tant qu'elle-même ne sera pas partie, quitte à bloquer le passage de tout autre véhicule. Elle va emmerder tout le monde, mais elle en a assez de ces machos qui ne lui passent rien sous prétexte qu'elle est une femme. Ils n'oseraient pas faire ça au major Rouseau, par exemple, qui a été commando de l'air et qui est passé par la CRS avant d'arriver au SSP[1] ; lui arrive systématiquement en retard à cause des bouchons, mais on ne lui dit rien.

Elle traverse le hall du commissariat et s'engage dans les couloirs du rez-de-chaussée avec l'impression d'être devancée par une pancarte sur laquelle serait inscrite « attention, humeur massacrante », car tous s'écartent en la voyant arriver... Sauf Bernet, son jeune chauffeur préféré, qui s'avance courageusement vers elle au moment où elle allait entrer dans le vestiaire des femmes.

— Bonjour, chef. Un café ? dit-il naïvement en lui tendant son mug fumant.

Elle le regarde, attendrie, et se détend instantanément. Ce garçon est désarmant. Si elle avait quinze ans de moins !

— Merci, Bernet. Pose-le plutôt sur mon bureau, je n'en ai pas pour longtemps. Il n'aura pas le temps de refroidir.

Le brigadier-chef Decrest se sent déjà moins vaseuse, une fois sa tenue enfilée. Elle avale son deuxième café en une seule gorgée et passe au distributeur s'en faire un troisième avant de se mettre à la constitution de ses équipages.

Elle attribue les véhicules et les indicatifs aux binômes, leur affecte des circuits. Un coup d'œil à la MCI lui indique que la nuit a été chaude aux Izards. Le quart de nuit a dû faire plusieurs sorties pour des voitures brûlées, le troisième sport local dans les quartiers

1. Service sécurité et proximité, sous-direction dont relèvent les commissariats de quartier.

nord de Toulouse après l'industrie pharmaceutique et le recyclage de colis tombés du camion. À croire que ces jeunes ont la nostalgie des bûchers moyenâgeux. Après la fusillade d'hier, c'était à prévoir, se dit Nathalie Decrest. Elle n'a pas écouté les infos ce matin, mais ça devait être dans les bulletins locaux. Le moindre événement qui vient rompre l'ennui bétonné de la cité est prétexte à défoulement tous azimuts. Le scénario est réglé comme du papier à musique : un premier brasier démarre sur le parking de l'école Ernest-Renan. Pompiers et policiers s'y ruent, les seconds pour protéger les premiers pendant leur travail ; quelques secondes après le début de l'intervention des soldats du feu, un deuxième incendie est allumé près du stade Rigal, à l'autre bout du quartier ; puis un troisième sur le parking de la pharmacie ; ainsi de suite jusqu'à ce que la CRS 26 soit envoyée en renfort pour quadriller le quartier et contrôler tout ce qui bouge. Ça s'arrête souvent là, mais il arrive que les CRS soient pris à partie, auquel cas ça devient une nuit d'émeute, la presse s'en mêle et le préfet finit par être réveillé.

Cette fois, apparemment, les esprits sont restés échauffés toute la nuit, puisque Capot, l'officier de quart de nuit, a dû envoyer jusqu'à douze patrouilles, mais les événements n'ont pas dégénéré.

Les dealers ne participent pas aux réjouissances. Ils ont trop à perdre en s'exposant, et préfèrent laisser ces activités récréatives aux plus jeunes. La crémation d'automobiles est une soupape de sûreté. C'est l'os qu'ils leur laissent ronger de temps en temps, pourvu qu'ils ne touchent pas à leurs BMW et qu'ils fassent ça assez loin de la station de métro afin de ne pas effrayer le chaland.

Decrest se dit qu'elle devrait peut-être définir le dispositif des jours à venir avec son capitaine. Elle est sur le point de monter le voir quand son téléphone sonne.

— Decrest.

— Bonjour Decrest.

À l'autre bout du fil, le capitaine Martin précisément.

— On part pour le central dans une demi-heure. Tiens-toi prête.

— Qu'est-ce qui se passe ?

— Briefing du directeur qui veut faire le point sur la fusillade d'hier et les événements de cette nuit. Tous les services sont convoqués. Je tiens à ce que la BST soit aussi représentée, pas seulement le commissariat nord.

— Bien.

— Je passe te prendre, dit-il avant de raccrocher.

Le coup de fil laisse Decrest perplexe. Une grand-messe avec prêche du directeur départemental de la sécurité publique *himself*, c'est la preuve qu'il ne s'agit pas d'un simple règlement de comptes. Quoi qu'en dise Menou, la situation est peut-être plus grave que les apparences ne le laissent croire.

Elle finit d'organiser son service, convoque ses hommes, donne ses ordres et prévient que le capitaine et elle seront hors les murs à partir de neuf heures. Elle leur conseille d'éviter tout contact hostile, de ne pas répondre à la provocation, et de ne pas se mettre en situation de vulnérabilité. Ces consignes sont des règles d'or au quotidien dans ce quartier, chacun de ses hommes en est conscient, mais elle sent la nécessité de les rappeler aujourd'hui.

Un peu plus tard, c'est elle qui fait le chauffeur pour le capitaine Martin. Pas un mauvais bougre, mais pas un foudre de guerre non plus. Il pense surtout à ses week-ends et aux études de ses enfants qui lui coûtent un bras et repoussent ses projets d'aménagement de la véranda. Physiquement, il ressemble à sa vie domestique : bedaine barbecue et double-menton sofa. Sa conversation, pas plus excitante que sa personne, fait de cette petite expédition un moment déprimant pour le brigadier-chef Decrest, comme tous ces instants qu'elle doit partager avec lui en dehors du service, les pots de départ à la retraite, la bûche de Noël, etc. Heureusement, le commissariat central n'est pas loin et les bouchons se sont dissipés.

Lorsqu'ils prennent place à la table de réunion, parmi une assemblée impressionnante d'officiers en tenue ou en civil, Decrest découvre Chatel qui lui adresse un clin d'œil complice, bien qu'il soit aussi éprouvé qu'elle par les abus de la veille. Menou est là également, représentant les Stups. Ainsi que le commandant Louvier, du quart de jour. Fait plus inhabituel, Nathalie Decrest constate que le capitaine Alliot, du renseignement intérieur, est aussi de la partie. Il est rare que le RI soit directement associé aux opérations de la DDSP[1], aucun des services de la sécurité publique ne montrant beaucoup d'enthousiasme à collaborer avec ceux qu'ils ne considèrent comme des collègues que du bout des lèvres. Elle lui jette un regard noir, car sa présence ne présage rien de bon.

Le directeur départemental Debru se tient debout. Du café a été servi et le vidéoprojecteur est allumé, projetant un plan du quartier des Izards sur un écran géant.

1. Direction départementale de la sécurité publique.

Le patron de la DDSP procède alors aux présentations : la seule personne que Decrest ne connaît pas autour de la table s'avère être le commandant Estève de la brigade criminelle de la PJ, ce qui signifie que Chatel va être dessaisi, parce que l'affaire de la fusillade est jugée trop lourde pour lui ; c'est donc qu'elle est prise au sérieux par la hiérarchie.

Decrest est l'unique femme autour de la table.

— Je vous ai réunis parce que je souhaite voir les responsables de ce qui s'est passé hier après-midi sous les verrous, et ce rapidement. Surtout après la nuit qui en a découlé.

Le directeur fait une pause dramatique, laissant à chacun le temps d'intégrer l'information et, surtout, d'en comprendre tous les sous-entendus : le bordel ne doit pas s'étendre !

— À ce propos, je tiens à féliciter les hommes du quart qui ont su gérer la situation et qui ont évité le pire. Du travail de pro.

Le commandant Louvier prend acte des compliments en opinant du chef sobrement, même s'il n'a pris son service que ce matin, après les événements en question.

— Je ne veux pas qu'il soit dit que nous laissons Toulouse devenir une deuxième Marseille ! Nous devons faire valoir que tous les services œuvrent de concert dans ce sens. C'est l'objet de cette réunion qui rassemble toutes les parties impliquées. L'ordre du jour est simple : partager tout ce que nous avons comme informations au sujet de cette affaire, et pour commencer, au sujet de la victime.

Cette dernière réflexion s'adressait directement à la

crime. Chatel se redresse sur sa chaise, s'éclaircit la gorge et fait le point :

— Nejib Omane, vingt-trois ans en septembre prochain, domicilié aux Izards, dans la cité des Faons.

Decrest jurerait que Menou a regardé Alliot en entendant le nom de Omane. Chatel poursuit son topo :

— Scolarité chaotique, a quitté le LEP Urbain-Vitry le jour de ses seize ans, depuis plus rien. On a entendu ses parents. Ils ne lui connaissent aucune activité particulière. Nejib Omane n'a pas de dossier chez nous.

— Cela ne signifie pas qu'il soit blanc. Il deale ? demande le directeur en se tournant vers les stups.

— Inconnu de nos services également, intervient Menou.

Decrest voit son nez s'allonger.

— Il refuse de nous parler, enchaîne Chatel. En dehors de son nom, le peu qu'on a obtenu, ça a été par ses parents.

— Votre analyse ?

L'enquêteur de la crime se fait plus prudent que la veille lorsqu'il s'est confié à sa collègue.

— Je ne sais pas. Je dirais que le gamin est mort de trouille.

— Bon. Quoi qu'il en soit, c'est la brigade criminelle de la PJ qui prend le relais.

Le directeur départemental se tourne vers le représentant de la crime, le commandant Estève :

— Vous pensez pouvoir le pousser aux confidences ?

— C'est une victime, monsieur le directeur. On ne peut pas le traiter comme un coupable, ni même un témoin. C'est d'autant plus compliqué que, si mes renseignements sont corrects, il est encore choqué et sous sédatif à cause de la douleur.

Chatel confirme.

— Decrest ? Vous qui êtes sur le terrain avec la BST, Omane, ça vous parle ?

Le capitaine Martin blêmit en constatant que le patron de la DDSP s'est adressé directement à sa subalterne, ce qui revient à le shunter. C'est un camouflet qui doit lui faire regretter de l'avoir emmenée avec lui à ce briefing.

— Je découvre son nom à l'instant, monsieur le directeur, répond-elle.

Le directeur départemental se tourne enfin vers le capitaine Alliot :

— Et aux renseignements intérieurs ?

L'intéressé réplique sans lever les yeux vers son interlocuteur.

— Idem.

À l'instar de celui de Menou, Nathalie Decrest voit le nez d'Alliot prendre un bon vingt centimètres. Ça ne fait que confirmer le manque de transparence du renseignement intérieur, songe-t-elle. Elle voit bien que tous dans cette pièce se font la même réflexion. Il n'est pas possible que les RI n'en sachent pas davantage, il n'est pas possible que les stups n'en sachent pas davantage. La concomitance entre le chien trouvé dépecé, la visite « conseil » de Menou après qu'elle a tapé le hangar de la Sernam, et la fusillade d'hier... Il ne peut pas s'agir d'une coïncidence !

Elle sait qu'elle devrait se mordre les joues et se taire. Elle n'a pas besoin de se convaincre de ce qu'elle sait déjà : elle n'est qu'une gradée de second rang, la petite chef de la BST d'un petit commissariat de quartier. Elle ne pèse rien à côté de tous les officiers autour de cette table. Cette affaire pue la politique, cela ne la regarde pas. La sagesse et un certain réalisme, ainsi que sa carrière, voudraient qu'elle laisse les services spécialisés se débrouiller en se refilant la patate chaude. Mais c'est plus fort qu'elle. Elle ne peut pas supporter l'idée que des grenouilleurs comme Menou, et qui sait peut-être même Alliot – qu'elle connaît moins bien que le chef des stups – s'en sortent sans que personne ne voie qu'ils ont le bec jaune. Et pourquoi pas avec les honneurs ?!

— Monsieur le directeur ?

Elle voit son capitaine se raidir à côté d'elle et tous les regards se tourner vers elle.

— Oui, Decrest ?

— Je pense qu'on avancerait plus vite si chacun ici présent commençait par dire tout ce qu'il sait.

Le directeur Debru reste coi pendant quelques secondes, pas certain d'avoir bien compris ce qu'elle vient de dire. La réaction est unanime. Son capitaine est au bord de l'apoplexie, accablé par tant d'impertinence.

— Pouvez-vous préciser votre pensée ?

— Je suis persuadée que cette affaire n'est que le premier épisode d'une guerre entre deux bandes rivales, dont l'enjeu est le contrôle de la drogue. Malheureusement, je ne suis pas celle qui en sait le plus dans cette pièce.

— Que voulez-vous dire ?

— Que les stups sont très bien informés de ce qui se passe.

— Pardon ?

— Monsieur le directeur... tente Menou.

— Nejib Omane n'est certainement pas la victime innocente d'un tireur fou. Il se tait, parce qu'il lui est difficile d'avouer qu'il convoite le trafic tenu pour l'instant par Noureddine Ben Arfa...

— Ben Arfa ?

— Un petit dealer, monsieur le directeur, répond Menou aussi calmement que possible.

Mais son visage trahit la panique et on sent qu'il a déjà enfilé le costume de pompier.

— Je me demande depuis quand le brigadier-chef Decrest a une expertise en matière de narcotiques ? dit-il en insistant sur le grade de la chef de groupe.

— Qu'est-ce que c'est que cette histoire ? Decrest, expliquez-vous ! Capitaine Martin, je vous saurais gré de nous informer des *enquêtes* de votre chef de la BST.

— Je vous assure, monsieur le directeur, que je n'ai jamais... Je tombe des nues ! s'étouffe-t-il en maudissant sa subalterne.

Le lieutenant des stups vient à sa rescousse :

— Monsieur le directeur, malgré mes avertissements répétés, le brigadier-chef Decrest est sortie à plusieurs reprises de ses prérogatives au cours des semaines passées. À vrai dire, elle compromet le travail de mes hommes...

— Le lieutenant Menou sait pertinemment qui a commandité la fusillade d'hier, réplique coup pour coup l'intéressée. Sous prétexte de recueillir de vagues informations sur ceux qui, soi-disant, font venir la came sur Toulouse, il a accordé l'immunité à celui qui, sous sa protection, est devenu le plus gros dealer du quartier !

— Monsieur le directeur, si les choses se sont envenimées aux Izards, c'est précisément parce que le brigadier-chef Decrest met les acteurs du quartier sous pression, allant à l'encontre d'un travail minutieux et de longue haleine de la part de mon service, travail qui consiste à gérer subtilement les équilibres entre les différentes parties pour éviter qu'on en arrive à de telles extrémités.

— Gérer subtilement ! Qu'est-ce qu'il ne faut pas entendre ? Tu as joué aux apprentis sorciers et la situation t'a échappé !

— Et toi, tu es un éléphant dans un magasin de porcelaine. Le drame dont a été victime Nejib Omane hier est directement imputable à ton attitude irresponsable.

— D'abord, calmez-vous ! Ensuite, je veux des explications simples et limpides. Comment se fait-il que j'entende parler de ce... Noureddine Ben Arfa pour la première fois ? Qui est-il exactement ? Quel danger représente-t-il ?

— Monsieur le directeur ?

Les regards se tournent tous vers le capitaine du RI.

— Qu'y a-t-il, Alliot ?

— À ce stade, je crois que le renseignement intérieur peut vous éclairer sur cette affaire, et sur ce Noureddine Ben Arfa.

Nathalie Decrest en reste bouche bée. Elle aurait dû s'en douter, le renseignement intérieur était derrière Menou depuis le départ. Si c'est effectivement le cas, elle va se faire dévorer toute crue. Ils vont invoquer la raison d'État, les intérêts supérieurs et tout le toutim. Elle sera contrainte de promettre de se tenir à carreau désormais, voire, ils en sont capables, de présenter ses excuses à Menou. Nathalie Decrest n'est pas connue pour son caractère facile et sa propension à faire profil bas. Cette fois pourtant, elle doit se préparer à avaler un chapeau aussi imposant que celui de la reine d'Angleterre.

Elle a un début de migraine. C'est comme si son crâne était pris entre les mâchoires d'un étau. Elle n'ose se servir un café. Et pourtant, il lui en faudrait un grand bol pour faire passer la pilule qui se profile.

Le capitaine du renseignement intérieur continue sur le même ton maîtrisé :

— Pour des raisons évidentes de confidentialité – j'espère que mes collègues ici présents ne le prendront pas mal – je me vois dans l'obligation de vous parler en tête à tête.

— Je suis désolé, capitaine, mais je ne puis accéder à votre requête. L'objectif de cette réunion est précisément de mutualiser nos informations.

— Je ne vous apprends rien en vous disant que l'essence du renseignement intérieur est la protection de l'identité de ses sources. Mon travail risque d'être compromis si...

— La sécurité publique est compromise depuis hier. C'est ma seule préoccupation à l'heure actuelle. Si ce Ben Arfa est impliqué d'une manière ou d'une autre dans l'attentat dont Nejib Omane a été victime, si vous avez quoi que ce soit sur cet individu, je vous somme de nous en faire part séance tenante.

— Comme vous voulez.

Decrest jurerait avoir aperçu une lueur de contentement sur le visage d'Alliot, fugace ; et un début d'inquiétude sur celui de Menou.

Alliot explique au directeur tout ouïe que ledit Ben Arfa, petit dealer notable sans grande envergure, l'informe depuis plusieurs mois sur les agissements de certains groupuscules, et ce dans le cadre de la lutte antiterroriste. En disant cela, il a tout dit. Depuis Mohamed Merah, le mot antiterrorisme est une espèce de sésame qui permet au RI de faire à peu près tout et n'importe quoi. Alliot admet n'avoir pas été complètement honnête en affirmant un peu plus tôt qu'il ne connaissait pas le nom de Omane, mais il confirme que le nom lui était inconnu, il y a quelques jours encore. Il précise que ses services avaient entrepris de pallier ce manque en renforçant la surveillance autour de la famille Omane, jusqu'à ce que l'aîné des deux frères soit victime de cette fusillade.

— Quel est le rapport entre Noureddine Ben Arfa et Nejib Omane ?

— À ce jour, nous l'ignorons.

L'aveu d'impuissance – ou le mensonge – de l'officier du renseignement intérieur fait sourire Nathalie Decrest, ce qui n'échappe pas au directeur départemental qui la rappelle à l'ordre vertement.

— Je ne vois pas ce qu'il y a de réjouissant, Decrest. On est tous dans la même barque. Si un service échoue, nous échouons tous.

— Je suis bien d'accord, monsieur le directeur. De la même façon, quand Ben Arfa fait venir de l'héroïne parce que les Stups ferment les yeux, c'est le commissariat de secteur à qui il incombe d'en gérer les conséquences sur le terrain.

— Assez, Decrest ! Je suis las de vos sarcasmes. N'oubliez pas à qui vous vous adressez et le devoir de réserve qui s'impose à vous !

La chef de la BST nord recule dans sa chaise et se redresse, comme si elle se mettait au garde-à-vous. Elle ne fait pas le poids face à un directeur départemental, surtout si l'enjeu est une menace terroriste, réelle ou hypothétique.

Le lieutenant des stups profite de l'admonestation du commissaire pour charger sa collègue :

— Le brigadier-chef Decrest manque de recul et de

perspective. Elle ne conçoit pas que Noureddine Ben Arfa soit plus bénéfique que maléfique. La somme de renseignements qu'il génère est considérable, pas seulement pour le renseignement intérieur. Il en va de même pour nous.

— Je manque de recul, parce que j'ai les mains dans le cambouis. J'ai même le nez dedans ! C'est précisément ce qui vous fait défaut, aux stups. Vous ne voyez pas que le clan Ben Arfa est en train de vous manipuler...

— Ça y est, c'est reparti ! souffle Menou. Il n'y a aucune preuve, aucun indice qui étaye ta théorie d'une guerre des gangs ! Bon sang, mais quand vas-tu admettre que tu ne connais rien à ces réseaux...

— Je connais leurs caves et leurs nourrices par cœur. Je te rappelle que c'est moi qui mène les OVP[1] pour vous, je sais de quoi je parle !

Nathalie Decrest a monté d'un ton. Le directeur fait des signes d'apaisement aux deux belligérants. Personne dans la salle n'est dupe : Decrest et Menou sont en train de solder de vieux comptes.

— Tu le dis toi-même : des OVP à la demande des stups ! Laisse faire les professionnels, Decrest, et retourne à tes patrouilles.

— Ça suffit. On se croirait dans une cour d'école, intervient le directeur sans dissimuler son agacement. Decrest, je croyais vous avoir dit que je ne voulais plus vous entendre. Quant à vous, Menou, j'espère que les stups n'ont pas sous-estimé la dangerosité de ce Noureddine Ben Arfa. C'est valable aussi pour le renseignement intérieur. Il ne faut pas jouer avec le feu !

1. Opérations de voie publique.

— Nous mettons les bouchées doubles, poursuit Alliot sans se préoccuper de la passe d'armes entre les uns et les autres. Ça va porter ses fruits. On soupçonne déjà Nejib Omane d'avoir fait un séjour en Irak ou en Syrie. En tout cas, il a été en lien avec des cellules combattantes là-bas. On trouvera rapidement des éléments tangibles.

Le directeur accuse le coup. L'affaire se corse et prend une tournure qui ne lui plaît pas du tout.

— Quel lien avec la fusillade d'hier ?

— On n'a rien de concret pour l'instant, mais il est évident qu'on ne peut pas considérer cette affaire sous l'angle judiciaire uniquement. Il y a des raisons de soupçonner une dimension terroriste. On ne peut pas négliger cette piste.

— En effet. Et on ne peut pas se permettre d'être pris de court non plus. Il faut que nos services travaillent main dans la main.

— Nous nous tenons à la disposition de nos confrères de la crime.

Ce dernier mot fait réagir le commandant Estève, directement concerné. Il se racle la gorge avant de lancer, sur un ton ironique dissimulant mal son exaspération :

— À quel moment comptiez-vous nous informer du caractère *particulier* de cette affaire ? Sachant que c'est vous, pas plus tard qu'il y a cinq minutes, qui sollicitiez un entretien à huis clos alors que les principaux intéressés dans cette enquête, le capitaine Chatel et moi-même, sommes là !

Le capitaine Alliot lève un œil torve en direction du directeur de la DDSP. Habitué à botter en touche, il lui laisse le soin de réagir.

— Allons, messieurs. Inutile de nous crêper le chignon, dit celui-ci. C'est typiquement le genre d'attitude que se plaisent à brocarder les journalistes. Ne leur donnons pas ce plaisir. Tout le monde a intérêt à ce que cette affaire soit résolue le plus rapidement possible. Je le répète, et la consigne vient de très haut : il n'est pas envisageable que ce quartier s'embrase. Il faut mettre un terme à l'engrenage de la violence en arrêtant le coupable au plus vite. Le calme doit revenir.

Le brigadier-chef Decrest tenterait bien une dernière fois de soutenir l'idée que Ben Arfa les balade et que c'est lui, à ses yeux, qui représente le véritable danger, mais Debru ne lui laisserait pas le loisir d'en placer une. En dehors de « à vos ordres », elle n'a plus le droit de rien dire dans cette assemblée où elle fait de la figuration désormais ; tout comme son supérieur, le capitaine Martin, à qui il tarde de se retirer pour pouvoir lui passer un savon dès qu'ils monteront dans la voiture, et rentrer se terrer dans son commissariat où il essaiera de se faire oublier.

Le directeur organise ensuite le groupe de travail, distribuant les tâches, établissant les modalités de communication et de circulation de l'information, définissant un planning et un ordre du jour pour la prochaine réunion fixée au lendemain. Enfin, tout le monde est libéré et retourne dans ses bureaux.

En sortant de cette rencontre pour le moins désagréable, ce n'est pas tant l'humiliation subie – la énième et certainement pas la dernière au cours de sa carrière – que Nathalie Decrest a le plus de mal à digérer. Elle regrette surtout le peu de considération dont sa hiérarchie, une nouvelle fois, fait preuve envers les habitants des quartiers nord : La Vache, les Trois-Cocus, les Izards, Lalande et Borderouge... Tous ces gens qu'elle est censée protéger et qui souffrent quotidiennement des agissements d'individus comme Noureddine Ben Arfa. Que diraient-ils, que diront-ils, lorsqu'ils apprendront qu'on aurait pu l'arrêter mais qu'on l'a laissé faire, à leur détriment, soi-disant pour leur bien ?

Pourvu que Menou et Alliot sachent ce qu'ils font ! Sur ce point au moins, le directeur départemental a raison : il faut espérer qu'elle se trompe et qu'ils réussiront à mettre la main sur plus gros que Ben Arfa, à temps.

40

Les mains crispées sur le volant, le regard inquiet balayant les barres de part et d'autre du long capot de la Saab, Sergine passe et repasse plusieurs fois devant l'immeuble des Ben Arfa afin de trouver un emplacement discret où se garer, consciente que ses allers-retours vont finir par attirer l'attention des chouffeurs. Elle aurait été plus avisée de venir à pied, mais elle tient à garder la possibilité de partir vite en cas de nécessité. De toute façon, quel que soit son *modus operandi*, tôt ou tard, elle sera repérée... À cause de sa voiture hors du commun ou de sa dégaine tout aussi inhabituelle. Au point où elle en est, ce n'est plus une question de camouflage mais de rapidité d'exécution. Elle doit localiser l'appartement des Ben Arfa, se faire ouvrir par les parents, parvenir à leur parler et déguerpir avant que le frère de Samia n'ait le temps de s'apercevoir de quoi que ce soit. En son for intérieur, elle doute de l'efficacité d'une telle opération. Il y a peu de chance qu'une entrevue les fasse changer d'avis, mais elle veut pouvoir se dire qu'elle aura tout tenté.

Il est à peine huit heures et déjà l'air est lourd. Cette foutue chaleur ne cédera donc jamais. Il arrive que juin soit pluvieux et frais dans le sud-ouest, mais cette année les dieux ont décidé de faire griller les Toulousains dans leurs tours mal isolées.

Sergine choisit une place de stationnement sous un des rares arbres de la cité. Elle espère ainsi retarder le moment où on la remarquera. Elle fait quelques pas en direction de l'immeuble, mais déjà son arrivée crée un mouvement parmi les jeunes qui sont là. Des silhouettes encapuchonnées sortent de l'ombre, étudient l'intruse, évaluent le danger, puis retournent dans les coursives prévenir leurs *supérieurs*.

D'autres visages apparaissent derrière des poteaux de soutènement et certains volets s'entrouvrent, comme si une onde invisible précédait Sergine. Celle-ci inspire profondément. Tout semblait mort dans le quartier, tout bouge. Elle interrompt sa progression pour se poster sur le trottoir opposé à l'entrée de l'immeuble et observer les rangées de fenêtres. C'est donc là que vit Samia ! On dirait un fort inexpugnable. Il faudrait un groupe du RAID pour pénétrer là-dedans.

Une contre-allée la sépare des chouffeurs qui continuent à s'agiter comme les sentinelles à l'entrée d'une ruche. Si elle écoutait sa raison, elle ferait demi-tour, mais les silhouettes en face sont celles d'enfants ;

Sergine tente de se persuader qu'ils n'ont rien à voir avec le frère de Samia. Peut-être jouent-ils, tout simplement, intrigués par cette inconnue qui vient vers eux.

Elle fait quelques pas supplémentaires tout en continuant à détailler l'alignement de balcons et d'antennes paraboliques. Alors qu'elle s'apprête à mettre un premier pied sur le trottoir, un jeune d'une quinzaine d'années déboule du hall d'entrée et vient se positionner de manière à lui en interdire l'accès. Il la fixe ostensiblement. Elle hésite encore sur l'attitude à adopter, quand deux autres garçons à peine plus âgés sortent de la pénombre et s'adossent au mur de l'immeuble, à bonne distance. Simple intimidation ou ont-ils décidé de lui faire passer l'envie de se pointer dans leur quartier ? Tous portent le même uniforme Nike Air – bas de survêtement flottant – tee-shirt à l'effigie d'un club de foot – casquette vissée dans un sens ou dans l'autre – lunettes de soleil façon pilote de chasse des années cinquante. Ils la regardent d'un air narquois et menaçant. Elle pense *Bande de petits morveux, je vous botterais le cul moi*, mais ce n'est pas aussi simple. Ces *morveux* sont d'une autre trempe que ceux qu'elle remettait à leur place à la sortie du collège ou sur un terrain de rugby lorsqu'elle avait leur âge. Ceux-là sont des chacals, et ils sont sur leur territoire. Sergine ravale sa fierté et convient qu'il est temps de tourner les talons.

Elle revient sur ses pas. Au moment où elle sort ses clefs de sa poche, elle découvre deux autres minots avec *Je suis une racaille* écrit sur le front. L'un est appuyé contre l'aile arrière de la Saab, l'autre contre l'arbre à quelques mètres de là, lui barrant le chemin. Le bal va commencer, pense Sergine qui serre les poings, prête à envoyer quelques coups en espérant qu'ils ne sont pas armés. Elle avance toujours en direction de la voiture, la démarche aussi faussement décontractée que possible. Elle essaie de trouver quelque chose d'approprié à dire, cherche le ton le plus neutre possible, ni apeuré ni provocateur... Mais ce sont eux qui ouvrent les hostilités :

— Faut pas rester là, toubib, dit celui qui est contre l'arbre.

Sergine constate que les présentations ne sont pas nécessaires. En tout cas, eux savent qui elle est.

— Je m'en vais, c'est bon.

— Ça risque de pleuvoir sur ta gueule de pute si tu dégages pas plus vite, dit l'autre avant de cracher sur le pantalon de Sergine.

Elle n'a pas le temps d'esquiver la chose gélatineuse qui vient s'accrocher à son jean. Ils sont trop nombreux pour tenter quoi que ce soit. Elle actionne l'ouverture centralisée des portes, signifiant ainsi son intention de filer sans demander son reste. Elle s'attend à prendre un coup de poing, ou pire, en passant au niveau du gamin, mais celui-ci s'écarte pour la laisser s'installer au volant. Elle garde un œil sur l'autre, se demandant à quel moment ça va déraper. Alors qu'elle saisit la poignée intérieure pour fermer la portière, elle est atteinte par un deuxième crachat au niveau de l'épaule. Elle rabat vite la portière dont le claquement est immédiatement suivi d'un autre bruit, provoqué par quelque chose qui a rebondi contre la vitre côté passager. Elle n'a pas le temps de tourner la tête pour voir de quoi il s'agit, une pluie de coups s'abat sur la carrosserie. Dans un fracas assourdissant, le plafonnier s'affaisse en deux puis trois endroits différents, la vitre arrière éclate. À la hâte, mais sans céder à la panique, Sergine démarre. Les impacts continuent à se faire entendre tandis que la Saab s'extrait du traquenard. Elle aperçoit les silhouettes des voyous munis de battes de base-ball qui la poursuivent jusqu'à ce qu'elle ait quitté le parking.

Elle enchaîne une série de ruelles à toute vitesse, ne s'arrêtant ni au feu rouge devant le petit centre commercial ni au rond-point à l'entrée du quartier où elle aurait dû céder le passage à un motard qui lui signifie son mécontentement en langue des signes universelle. Une fois sur la route de Launaguet, elle prend le temps de regarder dans son rétroviseur ; elle est rassurée de constater que personne ne la suit. Sentiment de soulagement irrationnel et précaire, car le frère de Samia sait où elle travaille et très certainement où elle habite. Mais apparemment, les délinquants n'avaient d'autres intentions que de défendre leur pré carré et la dissuader de revenir. Elle peut enfin lever le pied et desserrer l'étreinte de ses mains crispées autour du volant. En expirant profondément, elle s'aperçoit que ses bras sont tétanisés... Et si ses mains tremblent encore, ce n'est pas tant la frousse qui les agite que la frustration d'avoir dû renoncer à l'affrontement, une nouvelle fois.

Elle réalise qu'elle est en train de rouler en direction de la clinique vétérinaire, mue par une sorte d'instinct de survie. C'est comme si, à défaut de pouvoir se réfugier dans les bras de Philippe, elle courait vers ceux de Pierre et Mourad. Sans se l'avouer, elle vient d'avoir très peur et, même si ses collègues désapprouveront son initiative rocambolesque, elle a besoin de se confier à eux.

Au moment où elle pousse la porte de service, elle tombe sur Pierre qui s'affaire autour d'un énorme Patou dans la salle de préparation. Son associé fait une mine étonnée en l'apercevant. Il ne s'attendait pas à ce qu'elle vienne travailler après lui avoir raccroché au nez moins d'une heure auparavant. Il la suit du regard en pensant qu'elle va le rejoindre et lui expliquer les raisons de son revirement. Mais Sergine passe sans s'arrêter et monte directement au bureau des docteurs à l'étage. Pierre comprend qu'il s'est passé quelque chose. Bien qu'il ait commencé à l'anesthésier, il confie son patient des montagnes à Brigitte et monte les escaliers quatre à quatre en faisant fi des airs furibonds de son ASV qui écarte les bras en signe de protestation.

Quand Pierre pénètre dans la pièce réservée aux conciliabules entre les trois vétérinaires et à leur documentation médicale, Sergine est assise dans le fauteuil que personne d'autre qu'elle n'est autorisé à utiliser ; elle se tient la tête entre les mains.

— Je croyais que tu ne venais pas travailler aujourd'hui.

— Je ne suis pas venue pour travailler.

Pierre s'installe en face d'elle sans piper mot, prêt à l'écouter. Trois coups timides sont alors frappés à la porte. C'est Mourad qui passe la tête comme s'il demandait la permission d'entrer. Pierre lui fait signe de les laisser, mais Sergine s'exclame « Non, qu'il entre, au contraire ». Au moment où elle dit cela, Pierre croit entendre des sanglots contenus dans sa voix.

— Qu'est-ce qui se passe, Sergine ? Tu as l'air toute retournée.

— J'ai besoin de votre aide.

Mourad s'approche à son tour. Pierre et lui échangent un regard plein d'appréhension.

— Je dois approcher les parents de Samia Ben Arfa.

Pierre soupire et lève les yeux au ciel, puis se frappe les cuisses du plat de la main.

— C'est pas possible ! Tu vas pas remettre ça !

— Si, justement.

— Je croyais que tu avais compris. Le message des flics était pourtant assez clair...

— J'emmerde les flics ! Ils ne vont pas lever le petit doigt pour elle. Il faut bien que quelqu'un agisse ; je n'y arriverai pas seule.

— Qu'est-ce que tu attends de nous ? Que nous attaquions ces types à trois ? C'est ça ton plan ?

— Il ne s'agit pas de les affronter, je veux juste parler aux parents de Samia. Il faut que je puisse accéder aux étages de leur tour ; mais pour cela, quelqu'un doit distraire les zozos qui font le guet en bas de l'immeuble.

Pierre fait aller sa tête de gauche à droite en signe de consternation.

— C'est une véritable obsession. Ça devient irrationnel.

Sergine se détourne de lui pour s'adresser à Mourad :

— Tu as grandi aux Izards, tu sais comment ça fonctionne... Il y a forcément un moyen d'entrer en contact avec eux, dit-elle sur un ton qui se révèle plus suppliant que convaincant.

Mourad fait non de la tête.

— Ça ne marchera jamais.

— Ta mère vit toujours dans la cité des Faons. Elle connaît la famille Ben Arfa, elle pourrait me servir d'intermédiaire...

— C'est précisément parce qu'elle y habite que je ne ferai rien ! Je ne veux pas qu'elle soit impliquée dans les histoires de Ben Arfa.

— La fameuse loi du silence, ironise Sergine.

— Tu ne réalises pas à qui tu as affaire. Les approcher ne ferait qu'aggraver la situation de cette fille. Ne te mêle pas de ça, Sergine. C'est un autre monde.

— Laisse faire la police ! renchérit Pierre.

Sergine hausse les épaules. Elle regarde Mourad.

— Mariage forcé, dit-elle avec dégoût. Pratiques médiévales. Comment vous pouvez cautionner de telles méthodes, nom de Dieu ? Après ça, vous parlez d'intégration et de... de...

— Eh, attention ! Je n'ai rien à voir avec les Ben Arfa, moi. Je ne cautionne rien du tout personnellement.

— Putain ! Vous faites chier, les Arabes !

— Sergine, tu passes les bornes, là ! s'insurge Pierre.

Elle se lève. La porte du bureau claque et Sergine disparaît dans le couloir. Pierre a à peine le temps de lever une main conciliante en direction de Mourad pour lui signifier de ne pas prendre les propos de leur collègue au pied de la lettre, que celle-ci réapparaît.

— Je suis désolée, Mourad. C'était déplacé. Je te présente mes excuses.

— Ce n'est rien. Je comprends. Tu es à cran.

Elle revient s'asseoir et pivote sur son siège pour lui faire face.

— Qu'est-ce qu'on peut faire ? lui demande-t-elle, résignée.

— À partir du moment où ses parents ont décidé de la marier, rien. Sauf si elle porte plainte contre eux et qu'elle dénonce le mariage elle-même. Ça doit venir d'elle. Mais elles ne le font jamais, c'est très rare. Psychologiquement, elles en sont incapables à cet âge-là.

— Mais légalement ? Ils peuvent la marier si jeune ?

— En Algérie, oui. Certains imams peu regardants consacrent des mariages à partir de quatorze ou quinze ans.

— Tous les mariages ne sont pas arrangés, tout de même ! Tu t'es bien marié de ton propre gré, toi.

— Bien sûr ! Mais les Ben Arfa sont une famille très traditionaliste. Ils sont connus pour ça dans le quartier.

— Ça n'empêche pas leur fils de faire du trafic de drogue.

— Ça, c'est une autre histoire. Un conseil, reste en dehors de ça.

— Tu dois prendre du recul par rapport à tout ça, abonde Pierre. Tu es bouleversée et ton travail va finir par s'en ressentir.

Sergine bondit sur sa chaise :

— Toi, tout ce qui t'intéresse, c'est ce que vont penser les clients et la réputation de la clinique.

— Il n'y a pas que cela qui compte, je m'inquiète aussi pour toi... Mais c'est important en effet, et je t'avoue que je préférerais que tu te tiennes à l'écart de Ben Arfa. J'aurais volontiers évité un esclandre comme celui que nous avons connu hier.

— Mais bon sang, Pierre, il n'y a pas que notre petit confort ! On ne peut pas ignorer ce qui se passe autour de nous. Nous n'avons pas le droit de laisser tomber cette gamine.

— Puisqu'on te dit qu'il n'y a rien que tu puisses faire pour elle !

Sergine se lève et vient se positionner dans l'encadrement de la porte, la main sur la poignée, prête à la claquer de nouveau. Sa colère est palpable. C'est d'une voix froide et contenue qu'elle laisse tomber :

— C'est ce que les lâches disaient sous l'Occupation.

Elle tourne les talons sans même daigner refermer la porte. S'il s'était agi de n'importe qui d'autre, Pierre aurait trouvé cette sortie théâtrale démesurée, presque risible. Mais il connaît le caractère entier de Sergine et les excès dans lesquels son tempérament peut l'entraîner. Il redoute qu'elle commette une bêtise ; d'autant plus qu'il la sent fragile comme jamais, prête à craquer. Sans l'avouer à Mourad qui le regarde abasourdi, il commence à s'inquiéter pour la santé mentale de Sergine.

41

Après la mise au pas qu'elle vient de subir – dans laquelle le capitaine Martin s'est engouffré, transformant le trajet retour en une interminable remontée de bretelles – le brigadier-chef Decrest est partagée entre un sentiment de lassitude, de colère et de fatalisme. Ce métier l'oblige à dépenser autant d'énergie à endiguer le crime – elle n'espère même plus le faire reculer – qu'à se battre contre ceux qui sont censés avoir le même objectif.

À cela s'ajoute aujourd'hui l'humiliation que vient de lui infliger le directeur Debru pour le compte de cet abruti de Menou.

Elle essaie de se consoler en se disant qu'elle aura

tout fait pour prévenir un nouvel embrasement du quartier. Elle aura tenté d'alerter Menou sur la dangerosité de Ben Arfa, elle aura même essayé d'attirer l'attention du chef de la DDSP sur les errements des stups... Elle est allée jusqu'à se mettre à la faute en l'apostrophant en pleine réunion, mais au moins elle sera dédouanée si la suite des événements lui donne raison.

Elle aimerait pouvoir se dire que tout ceci ne la concerne plus, ne l'a jamais concernée ! Qu'en tant que simple brigadier-chef, elle ne peut pas être plus royaliste que le roi. Difficile cependant de se contenter d'une bonne conscience pour trouver le repos.

Elle arpente les couloirs du commissariat, passant de bureau en bureau. On l'interpelle, on la questionne. Elle s'intéresse à telle affaire, répond à tel agent, donne telles instructions... sans parvenir à se concentrer sur quoi que ce soit en particulier.

Au bout d'une heure de ce manège, elle fait appeler Bernet et signale sur les ondes qu'elle sort en patrouille.

Bernet n'a pas besoin d'explications. Tel un chien de chasse qui devine le départ imminent en voyant son maître enfiler sa veste kaki, il comprend en entendant l'annonce radio qu'elle va avoir besoin d'un chauffeur. Ces sorties en voiture avec son chef de groupe ne sont pas pour lui déplaire, bien au contraire. D'abord parce qu'elles lui permettent d'échapper pour une heure ou deux aux blagues débiles de ses collègues, ensuite parce qu'il adore conduire, mais parce qu'il est un bleu on ne lui laisse pas souvent le volant. Enfin, et surtout, parce qu'il y a pire dans ce métier que se retrouver en tête à tête avec le brigadier-chef Decrest. S'il devait se confesser, Bernet avouerait qu'il nourrit secrètement des sentiments amoureux à l'égard de son supérieur, même s'il se doute qu'il ne doit rien espérer de ce côté-là. Non seulement le brigadier-chef Decrest est une gradée, mais elle a au moins quinze ans de plus que lui et elle est mariée. Bernet, avec son accent commingeois à faire peur à un canard gras ne se fait aucune illusion : le brigadier-chef n'a jamais donné le moindre signe d'ambiguïté ; elle ne s'est jamais départie de la distance qu'elle met avec tous ses collaborateurs, subalternes ou gradés comme elle. Il n'empêche, ces moments passés avec elle n'en demeurent pas moins des parenthèses magiques dans les journées de travail de Bernet. Peut-être se fait-il des idées, mais il a l'impression qu'une certaine complicité s'est progressivement installée entre eux. Une forme de confiance réciproque qui le pousse à lui faire part de ses affres, ses regrets – parfois – de s'être engagé dans la police, lui qui vient du piémont pyrénéen où on peut être aussi con qu'ailleurs, mais où « c'est pas pareil qu'ici. Ici, les gens peuvent péter les plombs d'un coup pour un rien », lui a-t-il confié un jour. Bernet a découvert et continue à découvrir avec des yeux de moins en moins ébahis la violence viciée, la lie d'une ville où sont venus s'échouer tous les inadaptés qu'il n'a jamais vus dans son Comminges natal, parce que, trop visibles, ils déguerpissent tôt des campagnes pour se fondre dans la faune de la ville : les prévenus retors, les délinquants d'à peine douze ans et déjà plus vicelards qu'un maquignon, les macs, les camés... Tous ces gens non recyclables. Bernet doute parfois, sent bien qu'il va y laisser des plumes et que, s'il doit un jour changer d'orientation, détourner la tête pour ne plus voir tout ça, il faut qu'il le fasse tout de suite, avant qu'il ne soit trop tard, avant qu'il ne soit lui-même devenu incapable de faire autre chose que ça, incapable d'avoir d'autres fréquentations que ces gens-là et des flics, fêlés comme il finira par l'être.

Le brigadier-chef Decrest ne relève pas quand il lui parle ainsi. Lorsqu'il lui pose une question, elle répond à côté. Que dire à un bon élément, sain et sympathique comme Bernet : « Vous avez raison, foutez le camp avant qu'il ne soit trop tard, fuyez, retournez dans vos montagnes et faites facteur ou ouvrez un tabac-presse ? » Que deviendrait la Police nationale si tous ses éléments sensés en désertaient les rangs ? Que deviendrait-elle, elle, en tant que chef, si seuls les cow-boys restaient ?

Aujourd'hui, elle affiche un air qui ne laisse guère de place aux confidences. Bernet l'a senti et respecte un silence prudent. Il comprend que la réunion de ce matin avec toutes les huiles, même s'il n'en connaît pas la teneur, est la cause de l'humeur maussade de son chef. Il serait curieux de savoir ce qui s'est dit au cours de la rencontre, d'autant qu'il a remarqué la mine renfrognée du capitaine Martin à leur retour.

— On va faire un tour aux Izards, dit-elle. Mais on va passer par-derrière.

Bernet ne juge pas nécessaire de répliquer quoi que ce soit, du genre « Bien, Chef » ou « C'est parti ». Elle serait capable de s'énerver. Il comprend qu'il doit se faire le plus transparent possible. Il se contente donc de tourner la clef dans le contact et de s'engager sur la route de Fronton, dès que le flux de voitures le lui permet.

Ils passent le marché gare, traversent le centre du village de Lalande, puis prennent un dédale de ruelles qui les ramènent sur la route de Launaguet, qu'ils traversent pour s'enfoncer dans la cité des Faons. Rue Van Dyck, on change de monde. Le quartier des Izards est désert. Ça sent le calme après la tempête. Un journaliste dirait que « les carcasses calcinées des véhicules incendiés la nuit dernière témoignent de la violence des affrontements entre jeunes du quartier et les forces de police ».

En regardant ce spectacle affligeant, Nathalie Decrest se fait la réflexion que les nouveaux tas de ferraille vont compléter la décoration déjà post-apocalyptique du quartier, et contribuer au marasme ambiant. À la limite du dégoût, elle détourne les yeux.

Le soleil cogne contre les volets squelettiques des immeubles HLM. Les thermomètres doivent déjà sortir de leur toise dans les appartements exposés au sud. Ça n'empêche pas les petits branleurs qui ont mis les Izards à feu et à sang de dormir à poings fermés. Jusqu'à seize ou dix-sept heures, on ne les verra pas traîner dans les rues ; la voiture de service immatriculée en *Flicland* évolue sans être prise pour cible. Cette nuit par contre, aucun képi ne pourra s'aventurer dans la cité sans une escorte de CRS.

Pour l'instant, tout est calme donc ; mais en surface seulement ! Decrest connaît assez son secteur et les zozos qui le tiennent pour savoir qu'ils mijotent quelque chose. Elle ne les voit pas, mais eux les observent alors qu'ils roulent le long de leurs immeubles. Bien planqués dans les coursives, le visage dissimulé par leurs capuches ou les visières de leurs casquettes, ils sont là. Si l'équipe de nuit est encore au lit, la chef de la BST sait que les cerbères ne dorment jamais. Les chouffeurs veillent sur le business et le territoire.

Nathalie Decrest entend encore les paroles du capitaine Alliot « On met le paquet, ça va forcément donner ses fruits ». L'expression ressemble davantage à de la méthode Coué qu'à une véritable stratégie policière.

Après un dernier passage par la place Micoulaud, elle demande à Bernet de revenir sur la route de Launaguet et de ralentir au niveau de la clinique vétérinaire. Elle hésite à le faire stopper pour s'enquérir du docteur Hollard. Mais à quoi bon ?

— On rentre, lâche-t-elle. (Mais au même moment, la vétérinaire fait irruption sur le parking de la clinique.) Attendez, Bernet ! Stop ! Rangez-vous là, discrètement.

Bernet se gare à la faveur d'un renfoncement dans le trottoir. Nathalie Decrest se retourne pour observer la grande carcasse du docteur Hollard, visiblement en colère, qui claque derrière elle la porte de service de sa clinique, et marche d'un pas décidé vers une vieille Saab noire que la policière avait déjà remarquée lors de sa première visite. La chef de groupe qu'elle est se dit qu'avec un tel gabarit, le docteur Hollard aurait fait un flic de choc. Mais cette pensée amusée est vite chassée par une autre, plus troublante... Et il ne s'agit pas d'un simple détail : elle note que la voiture de la vétérinaire est complètement défoncée : vitre arrière en miettes, toit criblé d'impacts gros comme des poings, feux arrière brisés... L'équipage bagnole-conductrice a subi un caillassage en règle ! Dans quel guêpier le docteur Hollard s'est-elle encore fourrée ?

La Saab s'ébranle et s'engage sur la route de Launaguet, dépassant les deux policiers. Le brigadier-chef Decrest trouve l'attitude de ce docteur Hollard pour le moins singulière.

Elle se rassied dans le sens de la marche et rajuste sa ceinture.

— Suis cette voiture, Bernet. À bonne distance.

La vétérinaire les entraîne dans le quartier Bonnefoy par les chemins de traverse, puis elle croise l'axe principal du faubourg, Bernet toujours sur sa trace, pour longer la gare Matabiau par-derrière et redescendre la rue d'Armagnac qui est en sens unique. La Saab pile au niveau d'une place libre et se gare. Le brigadier-chef fait stopper son chauffeur en haut de la rue, assez loin pour qu'on ne les remarque pas, et suit Sergine Hollard des yeux alors qu'elle contourne sa voiture, pousse une grille de fer et disparaît dans un jardin ou une cour. À hauteur du numéro 24, elle fait ralentir Bernet pour déchiffrer la plaque sur la boîte aux lettres : Hollard.

— C'est bon, on rentre.

Sans poser la question qui le démange, Bernet relance la voiture de police. Sa chef demeure pensive jusqu'au commissariat, et il se garde bien de rompre son silence.

Qu'est-ce qui se trame aux Izards ? se demande Decrest. Comment se fait-il qu'elle n'ait jamais entendu parler en bien ou en mal de Nejib Omane ? Des barbus, aux Izards, elle en a déjà vu, mais ce sont des hommes mûrs, de bons pères de famille plutôt plan-plan... Pas le profil jeune révolté en manque de repères prêt à tout faire exploser.

Elle continue à penser que cette histoire est en lien avec la drogue. Trop d'éléments convergent dans ce sens.

Autre question sans réponse : qu'est-ce que la véto vient faire là-dedans ? À quoi joue-t-elle encore, sachant qu'elle ne devait plus foutre les pieds dans la cité ? L'état de sa voiture ne laisse aucun doute sur le fait qu'elle a continué d'aller traîner du côté de la cité des Faons.

Nathalie Decrest fixe l'asphalte devant le capot de la voiture. Putain, l'été ne fait que commencer, se dit-elle. Ça va être dur de tenir jusqu'au congé qu'elle a posé pour la dernière semaine d'août. Son mari aime bien partir sur la Côte d'Azur juste avant la rentrée scolaire, mais c'est dans presque trois mois !

Ce n'est pas possible, ça va forcément péter d'ici là.

Qui plus est, elle a vérifié sur son planning : elle n'a rien, pas un seul long week-end, pas un seul jour férié avant ces vacances en forme de mirage. Juillet et août vont ressembler à une longue traversée harassante pour atteindre la Terre promise.

42

Il n'est pas midi. Sergine Hollard se sent déjà écrasée par le soleil, comme par tout le reste. Samia, son frère... Elle doit faire face à tout cela seule à présent. Autant se faire une raison : Pierre et Mourad ne sont que ses associés, ils ne l'aideront pas. Les mecs sont des lâches, se dit-elle sans y croire véritablement. Elle se sait pathétique, quand elle s'apitoie sur son sort. Et injuste. Le genre n'a rien à voir là-dedans. Pierre et elle sont les deux facettes d'une unique nature humaine, raison et sentiments qui s'affrontent sans se comprendre.

Et puisqu'il lui est impossible de faire un pas dans ce quartier en plein jour sans être arraisonnée, elle reviendra ce soir. Même si la cité est encore plus dangereuse la nuit que pendant la journée, Sergine a un avantage sur les voyous qui y règnent sans partage : Samia lui a montré comment éviter les guetteurs et pénétrer dans les sous-sols de la tour Bleue où son amie Malika et elle possèdent une cave ; grâce à la jeune fille, elle sait aussi que les trois tours Blanche, Bleue et Verte qui forment l'immense U de la cité des Faons sont reliées par un réseau souterrain. Sergine se dit qu'à la faveur de l'obscurité, elle pourra passer d'une cave à l'autre et progresser jusqu'à la cage d'escalier desservant l'appartement des Ben Arfa. Il lui suffit de s'équiper d'une tenue adéquate – baskets et vêtements sombres – d'une lampe frontale, de régler le GPS piétonnier de son smartphone sur l'azimut exact correspondant à l'adresse des Ben Arfa sur Google Maps, et de s'armer de courage.

Sa marge d'erreur possible sera nulle : s'ils la repèrent, elle est fichue. Il fera noir, elle évoluera en terrain inconnu et elle aura affaire à des jeunes probablement armés et nantis d'un sentiment d'impunité né de ce qu'ils considéreront sa présence sur leur territoire comme une provocation. En l'absence de témoins et de scrupules, ils n'hésiteront pas à la passer à tabac, voire pire.

Une longue attente angoissée commence. Une journée blanche sous l'égide d'une chaleur tout aussi blanche. Tout faire pour ne pas gamberger, ne pas se poser de questions sur le comment, le pourquoi, sur les mots qu'il faudra employer face aux parents de Samia si elle arrive à leur parler, le ton approprié qu'elle devra trouver. Pourvu qu'ils acceptent de lui ouvrir, pourvu que le frère de Samia soit absent à ce moment-là... C'est un voyou, un dealer ; elle compte sur le fait qu'il sera sorti pour s'adonner à son trafic.

Sergine s'efforce de ne pas penser aux couloirs sombres, aux pièges qu'elle va devoir éviter, aux mille précautions qu'elle devra prendre dans un silence absolu, à la prudence dont elle devra faire preuve au cours de sa lente progression.

En attendant que la nuit tombe, elle se réfugie dans sa maison, ferme fenêtres et Velux, et s'allonge sur son canapé, espérant trouver le repos dans une léthargie patiente.

Mais le sommeil ne vient pas, pas plus que l'appétit ou une quelconque autre envie.

Dans l'après-midi, ne supportant plus une telle fournaise, en manque d'air, elle sort de chez elle.

L'atmosphère dehors est encore plus irrespirable.

Elle emprunte le dédale de ruelles et de placettes derrière la gare, cherchant le plus petit carré d'ombre, le moindre souffle d'air. Toulouse est apathique, comme assommée, dans ces vieux quartiers faits de maisons modestes peu touchées par les métamorphoses de la ville.

La chaleur fait penser à ces villes d'Afrique du Nord. Tout en marchant, elle essaie d'imaginer à quoi peut ressembler Meftah, où Samia va être envoyée... Les couleurs que reflètent ses façades, les odeurs que ses jardins dégagent. Les images qui lui viennent ne reposent sur rien. Elle prend conscience qu'elle ne s'est jamais figuré l'Algérie. Elle s'est jusqu'ici contentée de plaquer sur ce mot de vieux clichés en noir et blanc datant de l'époque française, des décors de soleil trop blanc dans lesquels évoluent des colons oisifs en costume trois-pièces, des indigènes qui sourient à l'objectif... Ou au contraire des visions de guerre et de soldats patrouillant dans des ruelles désertes vidées par la chaleur... Et plus tard des scènes sanglantes volées par des journalistes, caméras à l'épaule, un peuple qui se déchire et se mutile, des voisins qui s'entre-tuent une fois la nuit venue... 1930, 1960, 1990. Pour Sergine, l'Algérie avance par bonds de trente ans. Elle ne sait rien de ce qui s'est passé dans les intervalles.

Elle sort son smartphone de sa poche et s'installe sur un banc près d'un terrain de pétanque recouvert de crottes de chiens. Elle tape *Meftah* dans le moteur de recherche. D'après Samia, c'est de là que son père venait. Vue depuis le satellite de Google Earth, la ville ressemble à un gros bourg entouré de vert et de marron au sud d'Alger, sur une nationale au tracé rectiligne. Ça pourrait être le Midwest américain, ou la Beauce... Pas vraiment l'idée qu'elle se faisait du bled. Elle lance une recherche sur le nom de Ben Arfa dans l'annuaire téléphonique, qui n'aboutit pas. Il y a bien un plan de Meftah, mais aucun nom ni adresse précise ne s'affiche.

Elle soupire. Tout ceci ne rime à rien. Elle entre tout de même *Samia Ben Arfa* associé à *Meftah*, et elle attend. Au bout de quelques secondes, apparaît une série d'articles consacrés à un coureur de fond, plusieurs pages d'un blog sans intérêt édité par une certaine Samia Ben Arfa, un homonyme, ainsi qu'une succession d'informations sur la bourgade... Rien qui concerne Samia. Elle clique sur *images* et tombe sur des dizaines de photos du même coureur de fond, en plein effort ou à l'occasion de remises de médailles, puis des hommes, des femmes, des vieux, des jeunes...

Suivent des clichés de la ville à différentes époques. Certaines datent de la fin des années quarante sous l'occupation française. Sans grande conviction, Sergine fait défiler les vignettes. Son cœur se serre lorsqu'elle découvre enfin le sourire timide de Samia, la sienne ! Elle fait petite fille sur ce cliché qui la montre sur une place en ville. La photo est intitulée « Samia Ben Arfa à Meftah, été 2010 », et elle est extraite d'un compte Facebook appartenant à une certaine Sarah Amara de Meftah, Algérie – une copine ou une cousine, en déduit Sergine – qui figure aux côtés de Samia. Les deux filles ont à peu près le même âge. Le *post* a été commenté par deux internautes et la photo créditée de deux pouces levés « J'aime », dont l'un de Malika. Sergine est prise d'un malaise.

Elle se promet à nouveau de ne pas flancher, d'aller au bout de ce qu'elle a entrepris, d'aider Samia malgré ses parents, malgré ses frères, et malgré toute cette glu qu'ils appellent la culture ou la tradition... Puisque « ça doit venir d'elle » comme le disent si bien Mourad et la bénévole d'Affaires de Femmes, Sergine n'a d'autre choix que de convaincre Samia de ne pas accepter le destin qu'ils ont tracé pour elle... Tout au moins semer le doute ! L'adolescente doit entendre qu'elle pourra compter sur quelqu'un si elle prend un jour la décision d'envoyer tout balader. Cinq minutes, c'est tout ce dont elle a besoin. Si elle peut avoir ne serait-ce que cinq minutes seule en tête à tête avec Samia, son périple n'aura pas été vain.

Elle ne se fait aucune illusion, on ne les lui accordera pas, il faudra qu'elle les arrache. Elle n'a pas légitimité sur Samia, le droit est contre elle des deux côtés de la Méditerranée ; ça aussi, on le lui a bien fait comprendre.

Sergine contemple le pouce levé de Malika ainsi que son avatar sur Facebook et sa gorge se noue.

43

Le lieutenant Menou lève les bras, le temps que son ami et collègue de la BRIF[1], François Latour, dissimule le micro au creux de son aisselle droite et fasse courir le fil jusque dans son jean.

— Mon salaud, tu aurais pu prendre une douche !

— J'en ai pris une ! Mais t'as vu la chaleur qu'il fait.

Menou n'a pas tort, l'après-midi est à peine entamé et la ville est déjà torréfiée. Menou n'est pas toulousain de souche, il n'a jamais pu se faire à ce climat, toujours en colère, comme si quelque figure mythologique de la ville avait commis un crime de lèse-majesté et qu'il avait fallu, pour la punir, lui infliger une météo extrême : l'ancienne capitale languedocienne est trop éloignée de l'océan pour se laisser adoucir par ses embruns, trop basse en altitude pour bénéficier de la fraîcheur apportée par les Pyrénées que l'on devine pourtant au loin ; quant à la Méditerranée, tout ce qu'elle parvient à pousser jusqu'à Toulouse est un vent marin né en Afrique qui fait l'effet d'un radiateur soufflant dans un sauna.

— Voilà, t'es paré. C'est tout par fil, ça ne produit

1. Brigade de recherches et d'investigations financières.

aucune onde. Donc, c'est indétectable... Sauf si on te fouille.

— Ça ne devrait pas arriver.

— À partir du moment où tu le branches en appuyant ici, sur ce bouton, tu as une capacité de mémoire de quatre heures. La batterie a à peu près autant d'autonomie.

— C'est largement suffisant. Je te remercie.

— Par contre, déconne pas. Tu y fais gaffe et tu me le ramènes dès que tu as fini. Ça vaut un paquet de fric ce joujou-là.

— T'inquiète. Je n'en aurai besoin que quarante-huit heures, trois ou quatre jours max.

— Cela dit, je ne comprends pas pourquoi tu t'emmerdes. Aujourd'hui, avec un bon smartphone, tu captes n'importe quelle conversation.

— Je préfère pas. Les mecs que je compte enregistrer sont du genre parano. S'ils me voient sortir mon téléphone portable, ça peut leur mettre la puce à l'oreille, et je ne suis pas certain qu'il capte depuis le fond de ma poche de pantalon.

— Comme tu veux. Je ne te demande pas ce que tu comptes en faire ?

— Non. C'est un peu particulier, je t'expliquerai un jour.

— Hum.

François Latour est habitué à ne pas poser de question, mais il n'en demeure pas moins curieux. Il comprend que son ami, comme ça arrive aux fonctionnaires de police dans certains services dits sensibles, est amené à traverser des eaux troubles qui nécessitent de naviguer en silence. Il ne saura probablement jamais ce que va capter le minidisque dur de l'enregistreur.

Jamais la brigade financière, pour laquelle il travaille, n'utilise ce genre d'appareil. À titre personnel, il lui est arrivé d'avoir recours à des captations sonores, mais c'était davantage pour protéger ses arrières vis-à-vis de collègues peu fiables que pour étoffer le dossier trop vide d'un *client*.

Menou remercie son ami en lui demandant la plus grande discrétion.

— Personne n'est au courant. Je ne suis pas censé...

— Et moi, je ne sais pas de quoi tu parles. T'inquiète, j'ai compris.

— OK. Merci, François.

— *No problem. Take care.*

Latour regarde trop de séries policières américaines. C'est un des rares flics à les apprécier malgré les clichés et les idées reçues qu'elles véhiculent, souvent à dix mille lieues de la vérité. Il les suit en VO depuis des années et aujourd'hui, il ponctue régulièrement ses propos d'expressions copiées-collées des dialogues qu'il se repasse en boucle. À tel point qu'il arrive qu'on fasse appel à lui, faute de traducteur officiel, lorsqu'une audition ou un dépôt de plainte doit se faire en anglais. Menou l'a déjà vu à l'œuvre dans cet exercice inhabituel, et si ce qu'il baragouinait en retranscrivant les questions de l'OPJ lui a paru suspect, les réponses de la personne entendue ou du plaignant qu'il traduisait faisaient à peu près sens.

Le lieutenant Menou quitte le commissariat central en catimini, sans dire à ses collaborateurs où il se rend, ni avec qui il a rendez-vous. C'est contraire à la procédure, mais pourtant c'est ce qu'il fait depuis que le capitaine des stups et lui collaborent en sous-marin... Ce qui n'a pas empêché Alliot, au cours de la réunion de ce matin, de porter le dossier Ben Arfa à la connaissance de tous. Ils n'avaient plus vraiment le choix.

À circonstances exceptionnelles mesures exceptionnelles : ils rencontrent Noureddine Ben Arfa en plein jour sur la digue, non loin du camp de Ginestous, au croisement de la route goudronnée et de la piste cyclable qui relie La Glacière à la Garonne. C'est par là que le dealer devrait arriver à scooter. L'endroit est assez dégagé pour remarquer si on a été suivi, assez loin des Izards pour qu'on ne risque pas de tomber sur des connaissances, et assez près du camp de Gitans pour que le trio ne paraisse pas suspect. Personne ne regarde personne avec insistance dans ces zones interlopes.

Menou travaille avec Alliot sur l'affaire Ben Arfa depuis plusieurs mois, sur la base d'une confiance toute relative. À la lumière des événements qui ont eu lieu aux Izards ces dernières heures, sa hiérarchie ne lui ayant jamais communiqué d'instructions écrites, lui-même ne l'ayant pas vraiment informée de sa coopération avec le RI, il lui est apparu qu'il fallait peut-être donner quelque crédit à la version de Decrest : l'éventualité que Noureddine Ben Arfa soit en train de partir en vrille est désormais à envisager. Avant que les Izards ne s'embrasent et que le renseignement intérieur ne se défausse sur lui en imputant aux stups toute la responsabilité du feu qui couve dans le quartier, le lieutenant Menou a décidé de contracter une assurance incendie. Tout le monde a commencé à ouvrir son parapluie, il n'y a pas de raison pour qu'il soit de reste.

Les deux flics ont convenu de se retrouver là-bas directement. Alliot est déjà sur place lorsque Menou se gare en contrebas de la digue. Celui-ci vérifie une dernière fois que le micro est correctement fixé et l'appareil enregistreur en place dans la poche de son jean. Avant de sortir de la voiture, il presse le bouton *on* comme indiqué par Latour.

Le capitaine du RI est adossé à sa voiture. Les deux *collègues* se font un signe de la tête. Menou consulte sa montre.

— Il n'est pas là ?

— Je lui ai fixé rendez-vous dans une demi-heure.

Menou hausse les sourcils.

— Je voulais vous voir auparavant, précise Alliot. Mais je ne vais pas rester.

— À quoi vous jouez ?

— Ben Arfa est allé trop loin.

Les renseignements généraux dans toute leur splendeur, se dit Menou. Alliot a pressenti le naufrage, il quitte le navire.

— Vous me plantez comme ça, du jour au lendemain ? Vous vous servez de Ben Arfa pendant des mois et tout d'un coup, le RI n'a plus rien à voir avec lui. Abracadabra, vous disparaissez, vous n'avez jamais été là ?!

— On n'a rien trouvé de probant sur Omane. Tout ce qu'on croit avoir, c'est Ben Arfa qui nous l'a donné. Et lui est en train de déraper. Reprenez le contrôle de la situation et obtenez qu'il retourne dans ses caves, ou bien mettez fin à ses activités. C'est un conseil amical que je vous donne : il va chuter, ne le laissez pas vous entraîner à sa suite.

— Vous le protégez depuis le début ! N'allez pas croire que je vais me laisser refiler le bébé aussi facilement !

— Ben Arfa est un dealer, c'est l'affaire des stups. Et l'officier des stups en charge des Izards, c'est vous.

Donc, il s'agit de vos fesses. Vous êtes seul sur ce coup.

— C'est tout de même vous qui m'avez demandé de lui lâcher la bride, parce qu'il vous renseignait sur ce qui se passait dans les cités.

— Je vous ai demandé de laisser filer un petit dealer, parce qu'il pouvait être utile au RI. Vous pouviez refuser. Vous avez accepté, parce que ça servait aussi vos intérêts. Mais entre-temps, Ben Arfa a pris de l'envergure...

— Avec VOTRE bénédiction.

— Il n'est plus mon indicateur. J'ai déjà rédigé un rapport qui va dans ce sens. C'est votre responsabilité qui est engagée dorénavant.

Alliot fait mine d'ouvrir sa voiture et de partir, mais Menou n'en a pas assez entendu. Il doit le faire parler davantage s'il veut pouvoir assurer ses arrières comme est en train de le faire l'officier du renseignement.

— Je vois, dit Menou, affectant un ton amer tout en retenant la portière entrouverte. Mais vous ne vous en sortirez pas à si bon compte. Si Ben Arfa dit vrai, ce n'est pas qu'une question de stupéfiants ; il a fait allusion à la Syrie et au djihad. Or, si mes souvenirs sont bons, le terrorisme échappe aux compétences des stups et relève du RI.

— C'est bidon, cette histoire de terrorisme, vous le savez pertinemment. Nejib Omane a bien fait un passage par la Syrie il y a quelques mois, mais depuis, plus rien. Noureddine Ben Arfa cherche à noyer le poisson, pour qu'on l'oublie, lui.

— Sauf que Nejib Omane s'est fait tirer dessus, pas plus tard qu'hier soir.

— Justement ! Il a commencé à parler. Il a avoué

que son frère et lui s'en étaient pris à de la marchandise appartenant à Noureddine Ben Arfa, et que c'est la raison pour laquelle ce dernier a cherché à se venger. Il lui a tiré dans les jambes, c'est bel et bien un règlement de comptes entre dealers. Ça n'a rien à voir avec un réseau terroriste motivé par une idéologie quelconque. Qui plus est, nous savons tous que Ben Arfa s'est constitué un arsenal digne d'une section d'assaut. Ce type est une véritable bombe à retardement. Si j'étais vous, je le lâcherais. Il est déjà dans le collimateur du chef de la DDSP, il ne fera pas bon être impliqué avec lui quand votre hiérarchie décidera de comprendre comment, de simple voyou, il est devenu caïd en toute impunité.

Sur ce, Alliot écarte Menou et s'installe au volant. Cette fois, le lieutenant des stups ne cherche pas à le retenir. Il a obtenu ce qu'il voulait, même s'il est conscient que les aveux d'Alliot constitueront un parapluie bien dérisoire si une tempête médiatico-judiciaire s'abat sur les services de police toulousains.

Menou le regarde s'éloigner. Alliot a poussé la paranoïa jusqu'à venir avec sa voiture personnelle, probablement pour ne pas avoir à expliquer où il se rendait. Il attend qu'il soit hors de vue pour sortir l'enregistreur de sa poche et couper le micro. Il se ravise. Après tout, pourquoi ne pas enregistrer sa conversation avec Ben Arfa aussi ? On ne sait jamais.

L'intéressé, précisément, apparaît sur la piste cyclable. Comme d'habitude, il roule à tombeau ouvert, sans casque, et dans un potin d'enfer. Il est en avance, ce qui ne lui ressemble pas. Le lieutenant Menou n'a que quelques secondes pour prendre une décision. La donne a changé ; la défection d'Alliot l'oblige à adopter une nouvelle stratégie vis-à-vis du dealer. Pour l'instant, une seule chose compte : gagner du temps, faire en sorte que le calme revienne dans la cité. Surtout, que la guerre des gangs annoncée n'éclate pas !

— Il est pas là, Alliot ?

Noureddine Ben Arfa, visiblement plus nerveux que d'habitude, scrute les alentours.

— Non, il ne viendra plus. Il ne souhaite pas prolonger votre collaboration.

— Ça veut dire quoi, ça ?

— Ça veut dire qu'il te lâche, dugland.

Le jeune voyou regarde enfin son interlocuteur droit dans les yeux. Son air est identique à celui qu'il réserve aux policiers habituellement : entre mépris et défi, même s'il est traversé par une tension particulière aujourd'hui.

— C'est con. J'avais des infos pour lui.

— À propos de celui de ta bande qui a tiré sur Nejib Omane ?

Ben Arfa éclate de rire.

— T'es un petit futé, Menou. Mais t'as aucune preuve.

Le policier sourit intérieurement sans faire remarquer à son interlocuteur qu'il vient de confirmer ses soupçons.

— Qu'est-ce qui te prend ? T'étais pas assez peinard à revendre ta merde ? Il a fallu que t'ailles foutre le bordel dans le quartier !

— C'est Omane qui fout le bordel.

— C'est pas moi, monsieur, c'est lui qui a commencé. T'es vraiment débile, ma parole.

— Eh, fais gaffe à ta grande bouche, le keuf ! Tu me parles pas comme ça !

— T'en veux davantage, c'est ça ? T'as pas l'intention de partager le business avec Nejib Omane ? Alors, tu fais tirer sur lui... Parce que je suppose que c'est même pas toi qui t'es mouillé, pas vrai ?

— Partager le business avec Nejib ?

Ben Arfa éclate à nouveau de rire.

— Tu y es pas du tout ! Comme d'habitude, vous avez la merde aux yeux, vous les flics.

— Quoi ? Tu vas me sortir la chanson du djihad, c'est ça ? Alliot a fait son enquête. Nejib Omane n'a aucun lien avec un quelconque réseau salafiste. C'est un petit branleur, comme toi.

— Vous êtes trop cons, tous les deux.

— On a été trop cons trop longtemps, c'est vrai. Mais c'est fini maintenant. Si t'arrêtes pas tes conneries, on va fermer ta petite entreprise.

— Tant pis pour vous, dit Ben Arfa en enfourchant son scooter. Parce que moi aussi j'ai mené ma petite enquête. Et Nejib Omane, c'est pas tout à fait ce que vous croyez. Y a du lourd derrière lui. Il a des appuis en Syrie, et il prépare un coup ici, à Toulouse.

— Vu l'état dans lequel tu l'as mis, il ne risque pas de faire grand-chose.

— Nejib a un frère. Hamid. C'est un barbu lui aussi.

— Le frangin maintenant ! ironise Menou, ce qui ne déstabilise pas du tout le dealer.

— S'ils s'en sont pris à moi, c'est parce que pour eux je ne suis pas un bon musulman, et que j'ai pas voulu payer un impôt révolutionnaire à Daech. Moi, je m'en branle, je sais me battre et j'ai ce qu'il faut pour me défendre. Mais vous, est-ce que vous êtes prêts à gérer le truc quand ça démarrera ? Vous pensez pouvoir vous passer de moi quand ils auront allumé le feu ?

— Pourquoi t'as rien dit à Alliot ?

— Parce que je viens de l'apprendre.

— Qu'est-ce que tu sais, exactement ?

Le voyou démarre son engin.

— Je parlerai qu'à Alliot. Dis-lui ! Dis-lui aussi que je veux des garanties que vous allez pas m'emmerder. Si vous voulez la paix aux Izards, c'est avec moi qu'il va falloir continuer à négocier.

— Il ne veut plus entendre parler de toi. Il pense que tu bluffes.

— Eh bien, tant pis pour vous. On en reparlera dans quelque temps, petit lieutenant.

Avant que Menou n'ait le temps d'ajouter quoi que ce soit, le jeune beur fait faire un demi-tour à son T-Max et le puissant 500 cm^3 le propulse en direction des quartiers nord.

Menou reste coi. Il a beau se dire que Ben Arfa est un manipulateur et un menteur de la pire engeance, il n'arrive pas à se convaincre, comme Alliot, que le voyou a inventé cette histoire. Il a tout intérêt à détourner l'attention qu'il a récemment attirée sur lui, mais l'intuition de Menou est que Ben Arfa dit la vérité.

Alors que le scooter est loin, Menou demeure plongé dans ses pensées : la procédure voudrait qu'il fasse part à Alliot de ce que Ben Arfa vient de lui apprendre. Il y a plus avisé : en taisant ces révélations, Menou tiendrait le moyen de faire endosser au RI la responsabilité de la dérive du quartier. En laissant faire, il éloignerait le cas Ben Arfa des projecteurs au profit des Omane et le volet terroriste prendrait le pas sur la dimension stup du dossier. Alliot se retrouverait en première ligne... Car les huiles chercheront un responsable et ne manqueront pas de taper sur les doigts des services pour se dédouaner à leur tour.

Après l'ouverture des parapluies, c'est le jeu des chaises musicales qui a commencé ; celui qui restera debout sera livré en pâture aux cabinets ministériels et à la presse.

44

L'approche de Sergine Hollard se déroule dans les mêmes conditions que quelques jours auparavant, lorsqu'elle accompagnait Samia pour porter secours au rottweiler : il fait nuit noire, Sergine s'est garée dans une petite rue éloignée de la cité, elle a parcouru les cinq cents derniers mètres en restant autant que possible dans les zones d'ombre de l'éclairage public, faisant en sorte de ne croiser personne. Elle longe les murs de la longue barre qui abrite l'entrée dérobée menant à la cave où gisait le chien. La différence de taille entre les deux expéditions est que cette fois Sergine sait où elle met les pieds.

Parvenue en bas de la volée de marches qui séparent la rue du souterrain, Sergine vire à droite pour partir dans le sens opposé à celui du cagibi de Samia et Malika. Mais quel que soit l'azimut, les odeurs qui règnent en ces lieux sont peu ragoûtantes et l'atmosphère lugubre. Ces HLM ont un aspect extérieur décrépi, mais l'envers du décor est pire. Le peu qu'elle aperçoit des murs et des sols dans le faisceau de sa frontale ressemble à des images de guerre civile tournées sur téléphone portable.

Elle interrompt régulièrement sa progression pour s'assurer qu'elle est bien seule, et elle en profite pour consulter son GPS.

Elle passe une série de coupe-feu et parvient à une porte sur laquelle est indiqué « escalier B » en lettres peintes. Elle éteint sa lampe, vérifie que son portable est en mode silencieux, et risque une oreille par l'entrebâillement de la porte métallique. Celle-ci grince légèrement au moment où elle glisse la tête pour mieux écouter. Elle se mord les lèvres en se traitant de conne, car dans le silence du bâtiment le bruit était aussi audible qu'un cri d'animal poussé au beau milieu d'une maison endormie. Rien ne bouge. Elle entreprend l'ascension de l'escalier.

Elle débouche sur le hall d'entrée d'une barre, heureusement vide en dehors des rangées de boîtes aux lettres enfoncées, brûlées ou arrachées qui en tapissent les murs.

Rapidement, elle se repère par rapport à la tour des Ben Arfa. Elle a fait un tiers du trajet ; elle doit maintenant passer dans un deuxième sous-sol, sans perdre de temps, car les couloirs dans les étages sont en effervescence. Des portes claquent, des gens s'interpellent. Elle finira par être découverte en restant en surface.

Elle s'écarte de la partie exposée du hall d'entrée, de peur d'être trop visible de l'extérieur. Sur le parking, des silhouettes se meuvent entre les voitures. Contrairement au visage mort que présente le quartier quand on ne fait que le traverser, l'intérieur de la cité donne l'impression de ne pas dormir.

Après quelques hésitations, elle trouve une autre porte métallique qui dessert d'autres caves, dans le prolongement de celles qu'elle a quittées. Elle descend les marches sans bruit. Là, le sol est sec et relativement propre, jonché de détritus, mais par endroits seulement, comme si quelqu'un les avait sommairement rassemblés en tas. Ce couloir est beaucoup plus étroit que le précédent qui donnait une impression de boulevard. Il est traversé tous les cinq box par des allées perpendiculaires desservant d'autres caves et ne distribue pas que des cagibis individuels ; certaines galeries aboutissent à de vastes communs. Sergine découvre des dépouilles de matelas, de fauteuils et de canapés éventrés, des reliquats de casse-croûte abandonnés sur des cagettes retournées faisant office de tables basses, des paquets de chips et des emballages de gâteaux chocolatés à côté de bouteilles transformées en chandeliers et recouvertes de cire... Des mégots de cigarettes et de joints également, des filtres et des allumettes éparpillées. Seule la lueur de la lune pénètre jusqu'ici, filtrée par les vasistas sales et peu nombreux. Tous les néons ont été décanillés. Sergine teste quelques portes de box individuels pour s'assurer une cachette, au cas où quelqu'un viendrait et où elle devrait se replier : ils sont tous béants. Aucun ne contient quoi que ce soit de précieux : des scooters désossés, de vieux meubles couverts de poussière... Plus personne ne descend ici en dehors des bandes.

Sergine reprend son mouvement, de plus en plus nerveuse au fur et à mesure qu'elle découvre des traces de présence hostile, et prend conscience qu'elle est en train de s'enfoncer dans le territoire des voyous qu'elle cherchait pourtant à éviter. Elle craignait de faire de mauvaises rencontres dans les étages, mais passer par les caves pourrait se révéler plus périlleux encore.

Un coup d'œil à son GPS dont le signal disparaît par intermittence lui indique qu'elle n'est plus qu'à mi-chemin. Elle respire un grand coup et essaie de se rassurer en se disant qu'elle n'a croisé personne jusqu'à maintenant. Il faut qu'elle en profite.

Son enthousiasme retombe aussitôt, quand elle atteint une séparation à mi-chemin sous la barre ; derrière la cloison lui parviennent des bribes de conversations. Comme des incantations. Elle colle l'oreille contre le métal... Sans résultat. C'est trop faible pour qu'elle puisse entendre ce qui se dit. Elle tourne précautionneusement la poignée. Un filet de lumière jaillit sur ses chaussures et les voix se font plus fortes. Ça parle en arabe ! Sergine reconnaît la voix d'un imam dirigeant la prière, mêlée à celle d'un deuxième homme qui répète après lui. Putain, une mosquée ! Elle est coincée. Débarquer ainsi au beau milieu d'un culte, femme seule et Française sortie de nulle part, équivaudrait à une déclaration de guerre.

Elle entrouvre davantage la porte. Elle a un mouvement de recul en découvrant un type avec un physique de gorille et une tête rasée de paramilitaire. Il ressemble à un membre d'un service d'ordre d'extrême droite, à la différence qu'il a une barbe de prophète comme Sergine n'en a jamais vu dans le quartier. Ce type n'est pas d'ici. Il porte le qamis gris des salafistes, et ça aussi c'est nouveau aux Izards ! Sergine croit apercevoir le renflement d'une arme de poing dissimulée sous son vêtement.

Le molosse est sur ses gardes ; sa tête va de gauche à droite alors que la prière de l'imam se poursuit. Sergine se dépêche de refermer la porte en prenant soin de ne pas la claquer. Elle a le temps de distinguer le visage du jeune homme agenouillé devant l'imam. L'un des deux voyous qui l'ont agressée dimanche soir ! Aucun doute, c'est bien lui !

Elle n'a plus qu'à retourner en arrière.

Arrivée au bout du corridor, elle s'immobilise, car la porte qui donne sur le hall d'entrée, en haut des quelques marches qu'elle s'apprêtait à gravir, vient de s'ouvrir. Des silhouettes se découpent dans le contre-jour du vestibule éclairé par des néons blafards. Sergine doit se replier à toute vitesse dans un des box abandonnés. Elle en choisit un assez proche de la sortie en espérant qu'elle n'aura pas à y passer trop de temps. Elle se tasse dans un recoin, partiellement dissimulée par un tas de parpaings. L'endroit est tellement poussiéreux qu'elle manque éternuer au moment où deux hommes passent à son niveau. Malgré l'obscurité, elle distingue très nettement leurs silhouettes massives à travers les planches mal jointées de la paroi. Ce sont des hommes mûrs, qui n'ont rien à voir avec des jeunes désœuvrés de vingt ans. Ils parlent arabe eux aussi.

Sergine retient sa respiration. Qu'est-ce qu'une petite frappe du quartier fait avec des types comme ça ? Pourquoi un imam fricote-t-il avec un délinquant qui braque des cliniques vétérinaires et découpe des chiens vivants ? Et à quoi rime cette cérémonie dans une cave sordide ?

Sergine essaie de comprendre. Elle trouve peu plausible qu'un intégriste soit impliqué dans un trafic de stupéfiants. Elle pensait, au contraire, que ces nouveaux ayatollahs avaient tendance à vouloir extirper la drogue des territoires qu'ils contrôlaient, pour imposer une alternative spirituelle à l'impasse républicaine.

Sergine a du mal à se figurer ce qui se passe, mais

des images vues à la télévision lui traversent l'esprit. « Des gros poissons », la mettait en garde son collègue des Douanes... Thierry ne pensait pas si bien dire ! Sergine se remémore les allusions du capitaine Alliot à « des affaires bien plus louches qu'un simple trafic de stupéfiants ». Voulait-il parler d'intégrisme ? De terrorisme ?

Les deux hommes ne sont plus dans le champ de vision de Sergine, mais elle les entend toujours. Ils parlent bas à présent, probablement pour ne pas déranger la prière de l'autre côté de la porte de séparation. Ils semblent s'être positionnés au niveau de l'entrée de la mosquée de fortune, comme s'ils montaient la garde. Sergine frissonne : à cinq minutes près, ils lui tombaient dessus !

Elle sort de sa cachette et s'aventure dans la travée. En se collant aux parois des box, elle parvient à retourner vers les escaliers sans attirer leur attention.

Avant d'ouvrir la porte de sortie, elle attend que la minuterie s'éteigne dans le hall. Enfin, elle peut réapparaître dans l'entrée de l'immeuble. Là, il faut qu'elle trouve la force de se calmer et le courage de continuer son équipée. Si elle s'écoutait, elle prendrait ses jambes à son cou. Mais elle se raisonne : elle n'a pas fait tout ce chemin pour flancher si près du but... D'autant que le moment est propice : par la porte vitrée, Sergine comprend que le manège des dealers a repris. Le business bat son plein et il y a de grandes chances pour que le frère de Samia, tel un directeur commercial, soit dehors, en train de superviser son équipe de vendeurs. Si elle parvient jusqu'à l'appartement des Ben Arfa, il ne sera pas là pour l'empêcher de parler à ses parents.

Guidée par son GPS, changeant régulièrement de niveau au moindre signe de présence dans les coursives, au moindre bruit, Sergine atteint la tour et l'étage des Ben Arfa sans encombre.

Une fois sur leur palier, elle range sa frontale, essuie la sueur sur son visage et ordonne ses cheveux. Déjà qu'il est tard, il ne faudrait pas qu'ils refusent de la laisser entrer en pensant avoir affaire à une folle.

Dès que la sonnerie retentit, Sergine devine des mouvements derrière la porte et de l'agitation dans l'appartement. On murmure devant le judas qui s'ouvre et se ferme à plusieurs reprises. Elle montre ostensiblement son visage et attend patiemment qu'on lui ouvre. Elle appuie une deuxième fois sur le bouton de la sonnette. De l'autre côté, ça parlemente toujours à voix basse.

— C'est qui ? demande enfin une voix féminine.

— Le docteur Hollard. Je voudrais parler à monsieur et madame Ben Arfa.

Nouveaux chuchotements. Elle se rend compte de l'incongruité de sa démarche. Trop tard maintenant, le temps n'est plus aux questionnements.

— C'est à propos de votre fille, et de votre fils aussi.

C'est quitte ou double, ça passe ou ça casse. Son cœur bat la chamade.

La porte s'ouvre violemment et un jeune homme apparaît dans l'embrasure. Il est torse nu, muscles bandés et menaçants. Il est aussi effrayant que l'arme qu'il tient dans la main droite. Il saisit Sergine par les cheveux, passe la tête pour scruter le palier, s'assure que personne ne se tient en embuscade, puis la tire vers l'intérieur avec une violence inouïe. Ce n'est qu'à ce moment que Sergine reconnaît son agresseur de lundi après-midi. Un adolescent d'à peine douze ou treize ans, le frère cadet de Samia suppose-t-elle, referme la porte sur l'ordre de l'aîné. Immédiatement après, la vétérinaire découvre un couple d'un certain âge au milieu du couloir, monsieur et madame Ben Arfa selon toute vraisemblance. Samia se tient derrière eux, paniquée. Elle protège sous son aisselle une petite fille d'à peine dix ans.

— Samia ! Tu vas bien ?

La jeune fille veut répondre, ses lèvres s'apprêtent à articuler quelque chose, mais son frère aîné l'en empêche par ses cris. Sergine se maudit de s'être ferrée toute seule. Il n'était pas censé être là ! Elle ne sait dans quel sens diriger ses pensées : vers le jeune homme qui brandit toujours son arme de façon inquiétante, vers Samia qui a l'air terrorisé, vers sa propre peur... Tout va trop vite. Le jeune homme lâche ses cheveux pour la saisir par le tee-shirt cette fois. Il l'entraîne vers la salle de séjour en l'insultant.

Sergine tente de se libérer, elle s'arc-boute, mais, malgré sa carrure, ne parvient pas à résister à la traction du jeune homme. Elle lui enverrait volontiers un coup de tête en pleine jonction naso-supraorbitale comme elle savait si bien le faire quand une mêlée tournait vinaigre, mais les filles en face d'elle sur les terrains de rugby ne portaient pas de flingue. Le plus raisonnable, conclut-elle, est de faire profil bas.

Une fois le moment de surprise passé et Sergine n'opposant aucune résistance, la nervosité du jeune homme retombe un peu. Un semblant de dialogue s'instaure :

— Qu'est-ce que tu viens faire ici, sale pute ?

Monsieur et madame Ben Arfa implorent leur fils en

arabe. Samia se tient toujours en retrait. Elle regarde Sergine avec des yeux pleins de reproches. Alors que son petit frère semble acquis à la cause de leur aîné, leur petite sœur, paniquée par une violence dont elle n'a pas l'habitude, se serre fort contre Samia.

— Je venais parler à vos parents à propos de Samia, ça n'a rien à voir avec vous, répond Sergine le plus calmement possible.

— Putain mais t'es ouf, toi ! Rien à voir avec moi ? Tu ramènes ta gueule chez nous, tu veux parler à mes parents et tu dis que ça me regarde pas !

— Je me fiche pas mal de votre petit trafic, tout ce qui m'intéresse c'est...

— Petit trafic ? Tu sais combien j'ai paumé à cause de toi ? crie le frère de Samia en plaquant le canon de son arme contre la tempe de Sergine et en frappant l'arrière de son crâne du plat de la main. T'es malade de pointer ta gueule de pute ici après ce que tu m'as fait !

— Ce n'est pas moi qui vous ai volé ce chien. Je n'ai fait que le soigner. Vous avez été doublé par une bande rivale, et je n'y suis pour rien !

Le frère de Samia desserre son étreinte et fait un pas en direction de la porte, comme s'il craignait que quelque chose, ou quelqu'un, ne fasse irruption à tout moment.

— Une bande rivale, répète-t-il avec dédain. Parle pas de ce que tu connais pas.

Sergine se sait en mauvaise posture, mais elle ne perd pas de vue la raison de sa présence. Elle a bravé tous les dangers pour arriver jusqu'ici et, même si elle s'est jetée dans la gueule du loup, elle ne renoncera pas pour autant. Qui sait, peut-être les parents entendront-ils raison ?

Elle n'a pas besoin d'avoir fait des études de psychologie pour comprendre que les Ben Arfa père et mère sont terrorisés, entièrement sous l'influence de leur fils. Les faire réagir, créer chez eux un sursaut d'autorité et d'amour pour leur fille ne sera pas chose aisée ; c'est son frère qu'il faudrait convaincre de l'inutilité de s'acharner sur Samia.

Elle va pour les apostropher quand le souffle d'une détonation la projette au sol, immédiatement suivie par une deuxième. Dans son dos, la porte d'entrée vient de voler en éclats. Elle se retourne : à la place de la serrure et de la poignée, deux trous béants causés par une arme de gros calibre laissent entr'apercevoir une silhouette qui enfonce à coups de pied ce qui reste de la porte. Tout le monde s'est couché en entendant les coups de feu. Allongée aux côtés des parents Ben Arfa, Sergine voit le frère de Samia se ruer en direction de l'entrée. Mauvais réflexe. Il n'a pas le temps de se mettre en position de tir, il est arraché du sol par un impact qui déchiquette sa poitrine. Un immense cercle de sang surgit instantanément sous son tee-shirt. Au même moment, un cri est lancé depuis l'entrée, un cri que Sergine reconnaît, bien qu'il soit en arabe : « *Allah Akbar !* »

L'assaillant pénètre dans la salle de séjour, ajuste son second tir et, d'une balle en plein front, met sa victime hors de combat sous les yeux ahuris de ses parents, de son petit frère et de ses deux sœurs. Son corps, au moment de l'impact, a un soubresaut, accompagné de la même incantation : « *Allah Akbar !* »

Tout devient confus dans le petit appartement... La mère de Samia pousse des cris qui n'ont plus rien d'humain. Penchée sur son fils, elle se frappe le ventre.

Son mari aussi semble être devenu fou, car il se lance dans une litanie, comme s'il n'avait trouvé que cette échappatoire pour fuir la scène définitive qui vient de se dérouler devant lui.

Les bruits sont assourdis, Sergine a un goût de métal dans la bouche et ses tympans sont douloureux. Gagnée par la conviction qu'elle va mourir à son tour, elle rampe vers Samia et sa sœur. Celles-ci, l'air hagard, semblent chercher leur respiration. Lorsque Sergine parvient enfin à les rejoindre, elle les enlace, mais le corps de l'adolescente reste inerte. Un instant, Sergine a le sentiment qu'elle est morte dans ses bras. Son frère cadet a disparu. S'est-il enfui, s'est-il abrité dans un coin du salon, derrière le canapé ?

Alors qu'elle devrait courir pour se réfugier dans les pièces du fond, fuir ce danger imminent, la vétérinaire se tourne vers le tireur. C'est plus fort qu'elle, elle veut voir son visage, faire face à cette terreur... Sans surprise, elle reconnaît celui qui a fait irruption le dimanche soir à la clinique en se faisant passer pour le frère de Samia et qui priait un peu plus tôt dans cette cave. Lui, par contre, ne cache pas sa colère de la découvrir là. Il fait un pas dans sa direction, mais, au moment où il passe à hauteur de la mère de Samia, celle-ci s'agrippe à ses jambes et se met à en battre les mollets, sans qu'on sache très bien s'il s'agit d'un geste de vengeance ou d'une supplique désespérée pour une grâce qui viendrait trop tard. Le meurtrier la repousse d'un revers de la jambe.

Madame Ben Arfa, trop corpulente et trop âgée pour se rétablir, perd l'équilibre, bascule à la renverse et roule sur le sol. Sa tête heurte violemment le carrelage et la malheureuse se retrouve les quatre fers en l'air sans que cela provoque le moindre mouvement chez son mari, toujours prostré.

Le jeune tueur regarde avec dédain les parents de celui qu'il a abattu, et se met à vociférer une diatribe en arabe. Si les mots lui sont incompréhensibles, Sergine en saisit l'intention. Le visage du garçon est déformé par le mépris et la fureur, comme s'il engueulait les Ben Arfa.

Sergine en profite pour se lever et tirer les deux sœurs par la manche. Mais la petite sœur de Samia s'attarde pour contempler le corps inanimé de son frère. Sergine l'entraîne de force vers le fond du couloir, seule retraite possible.

Au moment où elle pousse Samia et sa sœur dans l'une des chambres, consciente qu'une cloison en contreplaqué fera une protection dérisoire face à un assaillant décidé, elle regarde en direction du tireur et le voit pointer son arme sur eux... La détonation n'a pas lieu car il fait volte-face.

Le molosse entr'aperçu dans la mosquée vient de faire irruption dans le vestibule, arme à la main. Sergine bondit dans la chambre et claque la porte dans son dos.

Là-bas, dans le salon, il y a des échanges de cris. Puis des bruits de départ précipité.

Dans le lointain, on entend des sirènes, alors qu'un silence relatif retombe sur l'appartement, seulement troublé par les sanglots de la mère de Samia et les psalmodies ininterrompues de son père.

Le fou d'Allah et son garde du corps seraient-ils partis ?

Sergine prend les deux gamines dans ses bras. La petite se blottit un peu plus contre sa sœur.

Si le cadavre de son frère ne gisait pas dans une mare de sang à quelques mètres de là, Sergine lui aurait dit : « Ça va aller. »

45

De longues minutes s'écoulent sans que ni les unes ni les autres n'osent ne serait-ce que bouger, se défaire de cette étreinte consolatrice, à genoux sur le tapis de la petite chambre sans décoration garnie de meubles de récupération. Elles tremblent à l'idée de devoir en sortir. Pourtant, le tueur semble bel et bien s'être évanoui.

— C'était Hamid, répète Samia en pleurant.

Sergine la serre plus fort dans ses bras. L'adolescente craque.

— Il était ami avec Noureddine. Pourquoi il a fait ça ? Pourquoi ?

Sa petite sœur se met à sangloter à son tour.

Dehors, le bruit des sirènes s'est rapproché jusqu'à provenir du pied de l'immeuble. Puis les premières salves se sont tues, et d'autres se sont fait entendre. Petit à petit, c'est un véritable concert de deux-tons auquel le quartier assiste, ainsi qu'à un balai de fonctionnaires dans les coursives. Partout, des policiers en civil ou en uniforme prennent d'assaut la cité. Samia et Sergine perçoivent le charivari causé par les coups frappés aux portes et les baskets en fuite dans les couloirs. Elles imaginent les têtes ulcérées aux balcons, les apostrophes et les provocations depuis les étages, suivies d'objets divers et variés lancés sur les voitures de police. Elles pourraient aller à la fenêtre assister au spectacle, mais elles sont K-O.

Enfin, une silhouette en tenue de Robocop entrouvre la porte, glisse son arme par l'ouverture et crie « Mains en l'air ! ». Sergine et Samia s'exécutent. Puis l'homme lance « C'est occupé ici ! » à l'intention de collègues habillés de la même façon qui déboulent à leur tour et plaquent la vétérinaire et l'adolescente au sol, avant de les fouiller et de les emporter vers le salon où monsieur et madame Ben Arfa attendent, hagards, dans le canapé sous la garde d'autres policiers. Le petit frère de Samia se tient debout près de ses parents, sous l'œil vigilant d'un policier qui a posé sa lourde main gantée sur son épaule, sourd aux plaintes des parents qui ne comprennent pas qu'on les traite de cette manière, alors que la victime était leur enfant et que le tueur est en cavale.

Leur fils aîné gît toujours, baignant dans ses fluides corporels. L'image d'un bovin mort après un vêlage raté vient à l'esprit de Sergine.

Un responsable en tenue fait irruption et ordonne à tout le monde de sortir en prenant garde de ne pas polluer la scène de crime.

— Ne laissez pas ces gosses ici ! C'est pas possible, ça ! Mais à quoi vous pensez ? Ce sont les parents, bon sang ! Faites-les sortir d'ici. Cérisols, putain, tu vois pas dans quel état ils sont ? Emmène-les chez les voisins et vois s'ils ont besoin d'un docteur.

Sur le palier où on vérifie qu'ils n'ont pas été blessés au cours des échanges de tirs, Sergine découvre le brigadier-chef Decrest. Elle reconnaît également le lieutenant Menou et le capitaine Alliot en grande discussion avec des responsables bardés de galons, des types en civil aussi, peut-être des officiels de la préfecture, envers qui ils ont tous une attitude déférente. Elle est à moitié sonnée, mais s'étonne que l'assassinat de Noureddine Ben Arfa intéresse autant de beau monde.

Leurs mines sont graves, ils parlent à voix basse. Sergine apostrophe le brigadier-chef Decrest, convaincue qu'elle peut encore compter sur son soutien et qu'elle lèvera rapidement le malentendu. Mais la policière détourne la tête et s'éloigne. Sergine comprend que le commissariat nord n'est plus aux manettes ; Decrest n'est là que pour maintenir l'ordre et exécuter ceux des services spécialisés.

Une policière s'agenouille et fait parler le frère et la sœur de Samia. Elle s'adresse à eux avec une extrême douceur, leur demande s'ils vont bien, les rassure tant bien que mal.

— Comment vous vous appelez ?

— Leïla Ben Arfa, récite timidement la petite sœur de Samia en s'agrippant à la robe de sa mère.

Son frère refuse de répondre, déjà dans le rôle du voyou qui, par principe, ne répond pas aux questions d'un flic.

— Et toi ? C'est quoi ton prénom ?

Le gosse s'obstine à rester muet. Sa mère l'engueule en arabe et répond pour lui :

— Mustapha, madame.

Son mari est toujours inerte, il n'a aucun geste de réconfort en direction de sa femme ou de ses enfants. Sergine lui filerait des claques si elle n'était pas entourée d'un bataillon d'uniformes.

Dès qu'il les aperçoit, un des hommes en costard-cravate fait un geste ample en direction des Ben Arfa et de la vétérinaire. Il ordonne :

— Emmenez-moi tout ça en débriefing. Séparez les adultes, interdiction de communiquer.

Chacun suit son garde-chiourme dans la cage d'escalier, Leïla toujours collée à sa mère et tenant sa sœur par la main, Mustapha entraîné par le mouvement, mais ostensiblement récalcitrant. La tour grouille de monde et de bruits, parmi lesquels le crépitement des talkies-walkies.

Trois cosmonautes, dont Sergine suppose qu'ils composent l'équipe de la police scientifique, les croisent, mallettes à la main, vêtus de combinaisons blanches, portant des gants et des lunettes de protection, et coiffés de charlottes.

Les rescapés de la deuxième fusillade dans le quartier en moins de quarante-huit heures sortent de l'immeuble sous la protection d'une haie de policiers. Avant d'être poussés à l'intérieur de véhicules de police, ils ont le temps de découvrir le spectacle ahurissant de la cité des Faons transformée en champ de bataille. La nouvelle de la mort de Noureddine Ben Arfa s'est répandue comme une traînée de poudre ; l'onde de choc est palpable. Les forces de l'ordre sont assiégées. Des colonnes de fumées noires montent dans le ciel délivrant une forte odeur de pneu brûlé, des dizaines de jeunes se sont rassemblées autour d'un périmètre de sécurité matérialisé par un maigre cordon bicolore, fragile illusion à laquelle ni les uns ni les autres ne croient, mais qui, pour l'instant, parvient tant bien que mal à faire respecter les positions respectives. On sent que la situation peut dégénérer à tout moment et la frontière symbolique rapidement perdre toute vertu. Le cocktail détonnant ne manquera pas d'exploser à la première étincelle.

La patience éprouvée par des jours de moiteur estivale, par des années d'oisiveté plus ou moins subie, plus ou moins choisie, abreuvés de rancœur qui ne sait pas toujours à qui s'en prendre, nourris de haine du flic, de l'État, des Français, persuadés d'être en dehors du système qu'ils subissent, les jeunes des Izards sont sur le point de déchaîner toute leur violence retenue.

Après la torpeur de la journée, le soir venu, le sang s'est mis à bouillir. Des noms d'oiseaux volent par-dessus la banderole de délimitation. On s'exalte, on s'excite. Les plus jeunes montrent les crocs, veulent prouver ce dont ils sont capables, profiter de cette belle occasion qui leur est offerte pour briller auprès des caïds et ainsi monter en grade... Aujourd'hui, ils ont toute légitimité pour casser du flic, briser des équipements publics, brûler des voitures, saccager, crier, courir dans la nuit embrasée.

Quand les parents de Noureddine Ben Arfa apparaissent, encadrés par des policiers, les esprits s'échauffent irrémédiablement. Les sifflets redoublent d'intensité, on entend « Police raciste » en même temps que « Sales Français, dégagez des quartiers ». Dans l'ignorance de ce qui s'est véritablement passé, on reproche aux flics d'avoir descendu Noureddine sans sommation. Les premières bouteilles sont jetées. Suivent des cailloux. Puis tout ce qui est à portée de main et qui peut servir de projectile.

Alors que les policiers, pas équipés pour faire face à une foule en colère, s'alignent devant l'entrée de l'immeuble à la façon des armées romaines deux mille ans auparavant, deux d'entre eux s'écroulent. Une fraction de seconde plus tôt, des coups de feu ont éclaté. Non pas des détonations isolées, mais des rafales, comme s'il s'agissait d'une kalachnikov.

C'est l'affolement général, la place se vide instantanément de tout belligérant et les voitures de police démarrent en trombe. L'un des fonctionnaires à l'intérieur du véhicule qui emporte Sergine dégaine son arme, un autre gueule dans le micro pour prévenir le central qu'une fusillade vient d'éclater « Envoyez des renforts, deux hommes à terre, envoyez des ambulances ». Les deux autres jurent et respirent très vite. Ils hyperventilent, observe Sergine, ils sont complètement paniqués. C'est ce qui lui fait prendre conscience de la gravité de ce qui s'est déroulé sous ses yeux. Au loin, dans leur dos, malgré le bruit de la sirène, elle entend d'autres détonations. Les échanges de tirs continuent.

46

Sergine est étonnée de voir qu'on ne la conduit pas au commissariat central comme elle le pensait. Au niveau des Minimes, au lieu de descendre vers l'embouchure, les quatre voitures traversent le canal et s'enfoncent à toute vitesse dans le centre-ville. Unc fois sur les boulevards, malgré la vitesse à laquelle ils roulent, Sergine a le temps de reconnaître l'arrière de la place Occitane et la rue du Rempart Saint-Étienne. Les véhicules s'engouffrent dans un vieux bâtiment, quasiment un monument historique, par un porche surmonté d'un drapeau tricolore. Une plaque indique qu'il s'agit d'un commissariat de police.

À l'intérieur, c'est le branle-bas de combat... Une fourmilière qui viendrait d'être retournée. Des agents courent en tous sens, se hèlent, s'interrogent, leurs voix empreintes de gravité. On est face à l'inconnu, au terrible, à l'inimaginable. Sergine, Samia et le couple Ben Arfa sont emmenés dans les étages qui n'échappent pas à l'agitation. Il leur faut franchir une série de portes sécurisées et de digicodes pour aboutir à un service dont Sergine ne reconnaît pas l'intitulé sur une plaque à l'entrée d'un couloir : DGSI.

— Où est-ce qu'on va, là ? demande-t-elle.

Mais l'homme qui la guide dans le service ne desserre pas les mâchoires. Son air peu engageant n'encourage pas Sergine à réitérer sa question. Elle a du mal à se faire une idée exacte de ce qui se passe. À l'arrivée, elle a été séparée de Samia et sa famille.

Finalement, son garde-chiourme la fait asseoir dans un bureau et la laisse seule.

— Quelqu'un va venir vous interroger, lui dit-il pour toute explication.

À aucun moment il ne s'enquiert de savoir comment elle se sent. Il ne lui propose même pas un verre d'eau. Pas un mot compatissant ou de sympathie. Sergine se doute qu'un meurtre nécessite d'entendre les témoins du drame, mais elle ne voit pas pourquoi elle fait l'objet d'un tel traitement. Comme si c'était elle, la meurtrière !

Elle devine qu'elle n'est pas près de voir un enquêteur, tant les gens semblent accaparés par ce qui se déroule aux Izards. Grâce au reflet de l'écran d'une télévision dans la porte vitrée du bureau d'en face, Sergine parvient à voler des images retransmises sur une chaîne d'information en direct depuis le quartier en pleine insurrection. Le reportage fait état d'émeutes sans précédent, mais surtout du siège de l'un des immeubles de la cité des Faons en haut duquel s'est réfugié un forcené.

À l'extérieur du commissariat, les voitures de police se succèdent en hurlant sans discontinuer. Tout Toulouse est prévenue qu'une guerre vient d'éclater ; la ville elle-même est devenue une immense alarme douloureuse qui rappelle aux Toulousains que les dernières plaies collectives – l'explosion de l'usine chimique AZF et les tueries perpétrées par Merah – ne sont toujours pas refermées. Leurs cratères béants hantent toujours la mémoire urbaine. Si certains pensaient avoir réussi à oublier, le tintamarre et l'atmosphère cataclysmique de cette nuit les rappellent à la peur qui vous cloue et vous fait pressentir que, demain, la ville ne sera plus jamais comme avant.

Habituellement, dans ce genre de situations, les chaînes d'information montrent des policiers se déployant sur fond de façades balayées de bleu et d'orange, leurs visages zébrés par la lumière stroboscopique des gyrophares... On voit le GIPN appelé à la rescousse en train de se préparer quelque part sur une base. Sergine assiste au défilé de journalistes et d'intervenants politiques sur l'écran de télévision. On polémique probablement déjà sur la participation de tel ou tel groupe d'intervention, sur la direction des opérations attribuée à tel ou tel service, sur la responsabilité du gouvernement dans l'accroissement de la violence armée dans les banlieues... Jusqu'à ce que les mots fédérateurs soient lâchés en insert en bas d'écran : *Acte de démence ou terrorisme islamiste ? Le forcené de Toulouse appartient-il à Daech ?* Dès lors, il n'est plus question de se diviser. Pas tout de suite en tout cas... Plus tard peut-être, quand il faudra trouver un responsable à ce chaos. Pour l'heure, il s'agit de rester unis derrière le préfet qui vient de prendre la parole au nom du président de la République pour affirmer que la France ne faiblira pas. Sergine n'entend pas son discours, mais elle en devine le ton et le contenu à la simple étude de sa mâchoire sévère.

Là-haut, sur le toit de l'immeuble de la cité des Faons, le forcené continue à tirer. On le voit haranguer les forces de police et lâcher des salves, à l'aveuglette, avec une rage qu'on n'est pas habitué à voir. Les images tremblantes prises au téléobjectif et caméra à l'épaule s'affichent en temps réel.

Quand, au bout d'une heure, le capitaine Alliot pénètre enfin dans le bureau exigu, il ne fait aucun secret de la situation :

— On est en pleine guerre civile, lance-t-il en claquant la porte.

Il est excédé et lui-même gagné par la panique. Il a la tête de quelqu'un qui vient de se faire passer un savon par son supérieur.

— Je ne vais pas y aller par quatre chemins, poursuit-il. Je sais que vous n'êtes pas une criminelle, mais le fait est que vous vous retrouvez en plein milieu d'un beau merdier.

— Je n'ai rien à voir avec cet homme.

— Pourtant, il semble que la réciproque ne soit pas vraie.

— Qu'est-ce que vous voulez dire ?

— Que cet homme, comme vous dites, Hamid Omane, vous a braquée, *vous*, dans votre clinique, qu'il a tué le frère de la jeune fille que *vous* avez aidée, et qu'il a décidé de mettre le quartier à feu et à sang immédiatement après *vous* avoir épargnée. Ça fait beaucoup de convergences pour des gens qui n'ont rien à voir ensemble !

— J'ai été victime chaque fois, il ne faudrait pas l'oublier ! Et je n'ai échappé à une exécution sommaire que grâce à l'arrivée de vos hommes.

— Écoutez, je n'ai pas de temps à perdre. On a déjà deux agents au tapis, deux morts ! Le plus jeune avait l'âge de mon gosse, l'autre était marié et avait des enfants. Il y a un fou perché en haut d'un immeuble, le même qui a descendu Noureddine Ben Arfa. Il est armé jusqu'aux dents. Visiblement, il avait prévu de se retrancher là-haut. Ça fait partie d'un plan de com plus général : il voulait faire un carton sur nos hommes et qu'on l'assiège ensuite. En ce moment, il tire sur tout ce qui bouge en appelant une population à quatre-vingt-dix-neuf pour cent musulmane à la guerre sainte... Même s'ils sont nombreux à désapprouver ce qu'Omane est en train de faire, ne serait-ce que parce que ce charivari médiatique n'est pas bon pour le business dans la cité, ils continuent à nous jeter des boîtes à outils sur la gueule depuis leurs appartements.

— Je ne suis tout de même pas responsable de ce qui se passe en ce moment aux...

— On est à deux doigts d'une insurrection généralisée ! la coupe-t-il en criant. On n'est plus en train de parler de simples délinquants. On a affaire à un terroriste, un tueur de flics ! poursuit-il sur le même ton. Question conséquences pour les témoins qui refusent de collaborer, c'est une autre musique qu'un simple vol à l'étalage. Alors vous allez tout me raconter depuis le début, et sans oublier quoi que ce soit cette fois !

Le capitaine ne simule pas, la situation est effectivement aussi sérieuse qu'il le prétend. Sergine sait que les autorités ne plaisantent pas avec les affaires de radicalisme. Bien qu'elle se sente parfaitement innocente, les menaces d'Alliot font effet.

— Je ne sais rien ! se plaint-elle. Je ne comprends pas de quoi vous voulez parler !

— Vous vous foutez de moi ? Ça fait des mois qu'on surveille le quartier. On a mis des semaines à retourner Ben Arfa, on venait à peine d'identifier Omane comme un djihadiste potentiel... Et puis vous débarquez avec vos gros sabots et, en moins de huit jours, toute notre opération se casse la gueule.

Il laisse retomber ses mains bien à plat sur la table entre Sergine et lui, et s'appuie lourdement sur ses bras tendus en dodelinant de la tête, comme victime d'une gravité dont il prend soudain la mesure.

— Je n'ai rien à voir avec Omane, s'obstine-t-elle. C'est le frère de Samia Ben Arfa qui m'...

Sergine ne finit pas sa phrase. « On a mis des semaines à retourner Ben Arfa ?! » Elle vient de réaliser que Noureddine Ben Arfa faisait partie du dispositif de surveillance. Pire, que son décès vient contrecarrer les plans du capitaine Alliot. Soudain, tout s'éclaire !

— Il travaillait pour vous ? fait Sergine, médusée.

— On ne peut pas dire que vous percutiez rapidement !

Elle repense à la plaque à l'entrée du service : Direction générale de la sécurité intérieure !

— Vous êtes qui ? Vous ne travaillez pas pour les stups !

— On est à la DGSI, ici.

— La DGSI ?

— Le renseignement intérieur, si vous préférez. Les renseignements généraux, bien qu'on ne s'appelle plus comme ça depuis longtemps.

Sergine accuse le coup. Elle était à mille lieues d'imaginer...

— J'étais persuadée que vous étiez les stups ! Pourquoi ne pas m'avoir dit tout ça avant ?

— La DGSI n'a pas pour habitude de crier le but de ses opérations sur tous les toits. On a pourtant tout fait pour vous dissuader d'aller fourrer votre nez dans les affaires de Ben Arfa. Mais il a fallu que vous insistiez.

Alliot a haussé le ton, mais c'est le désespoir qui l'emporte chez lui.

— Quel gâchis, dit-il pour lui-même.

— J'ai voulu aider une gamine de quatorze ans qu'ils allaient marier de force. Ce n'est pas ma faute si Hamid Omane a décidé de s'en prendre à Ben Arfa, puis d'attaquer vos troupes. Il l'aurait fait, de toute façon.

— Vous avez précipité les choses. Ça nous a complètement échappé alors que, jusque-là, on avait la situation sous contrôle.

— Sous contrôle !? Si vous aviez arrêté Noureddine Ben Arfa au lieu de vous servir de lui, il ne serait pas mort à l'heure qu'il est.

— Je n'ai pas de leçons à recevoir d'une vétérinaire qui passe sous silence un chargement d'héroïne sous prétexte qu'elle a décidé de faire sa BA, puis qui se prend pour Zorro et fonce tête baissée dans le repaire des dealers du coin.

Alliot a raison. Sergine serait prête à l'admettre, mais elle a une excuse : ce n'est pas son métier. Lui est flic à la DGSI. Il était censé surveiller les cellules terroristes dans toute la région. Hamid Omane, et d'autres avec lui très probablement, ont monté cette opération sous son nez. Tout ceci n'aurait jamais dû arriver. Il aurait dû l'anticiper. C'est cette erreur d'appréciation qui va lui coûter sa carrière.

S'il s'écoutait, il rentrerait chez lui, dépassé par l'ampleur du bourbier dans lequel il a été jeté et les ennuis auxquels il ne pourra échapper. Pourtant, il lui faut poursuivre cet entretien. Dans les jours à venir, alors que toutes les caméras de l'hexagone seront braquées sur lui, il va devoir produire tous les détails qu'il aura pu compiler, recouper, corroborer afin de retracer l'itinéraire de Hamid Omane, premier criminel à se revendiquer de Daech et à opérer à visage découvert sur le sol français.

Alliot a peu de chance d'en réchapper, il en est conscient : ses rapports, ses procès-verbaux, ses décisions... Tout sera passé au peigne fin et épluché par les rapporteurs de quelque obscure commission parlementaire ou par les enquêteurs de l'IGS chargés de faire sauter le fusible responsable de ce fiasco. La chaîne de commandement va se défausser, Alliot se sait d'ores et déjà sur un siège éjectable. Il ne lui reste plus qu'à mettre de l'ordre dans ses affaires, courber l'échine et partir le plus discrètement possible en espérant qu'il ne perdra pas son job.

Il s'assoit sur le bureau et expire profondément. Résigné, il demande à Sergine de tout reprendre dans les moindres détails depuis cette fameuse nuit de samedi à dimanche où Samia est venue frapper à la porte de sa clinique.

— Que faisiez-vous à quatre heures du matin à votre cabinet ?

« Je chialais comme une Madeleine parce que je venais de me faire larguer. »

C'est vrai, Philippe l'a larguée, elle l'avait presque oublié. Mais peut-on répondre ça à un flic du renseignement intérieur dans une affaire d'association de malfaiteurs en lien avec une entreprise terroriste ?

Tout ça parce que son mec était pédé ! Elle est prise d'un fou rire triste. Puis, sous les yeux ébahis du policier, elle fond en larmes.

47

Hamid Omane se positionne au sommet de la tour Bleue, la plus haute de la cité des Faons, celle qui domine tous les immeubles alentour. Il prend soin de piéger la porte d'accès au toit, de vérifier que son équipement – vivres, munitions – est complet.

Il s'accoude ensuite au parapet, sa kalachnikov posée sur le rebord et, suivant le plan établi par l'émir, laisse les équipes de police arriver et définir un périmètre autour de l'immeuble des Ben Arfa. Tout un bataillon ! Il leur accorde quelques minutes, pendant lesquelles il les observe dans sa mire, puis il presse la détente. Il en voit deux s'écrouler. Les autres s'égayent immédiatement pour se mettre à l'abri dans l'entrée de l'immeuble ou entre les voitures garées sur le parking. Hamid arrose tout ça méthodiquement. Il fait feu sans discontinuer. Il voit les vitres voler en éclats, les toits des voitures s'enfoncer sous l'impact des balles du fusil d'assaut.

Les flics ne ripostent pas ; ils sont comme anesthésiés.

Puis Hamid déploie l'immense banderole et hisse le drapeau de Daech. Enfin, il attrape le haut-parleur et s'exprime en arabe pour appeler les musulmans de France au djihad. Les flics ne réagissent toujours pas.

À un moment donné, Hamid voit des équipes de télévision installer leurs caméras sur les balcons d'en face. Il saisit cette opportunité et s'adresse aux journalistes en français en espérant qu'ils diffuseront ses propos.

Puis des cars de CRS font leur entrée sur le parking. Ils se déploient tout autour de l'immeuble en s'abritant sous leurs boucliers anti-émeute.

Et soudain, l'éclairage de tout le secteur est coupé et les CRS commencent à procéder à l'évacuation des habitants des quatre tours. Hamid assiste au ballet des lampes torches qui guident les gens dans les coursives par petits groupes jusqu'à la sortie ; l'ultime chance pour lui de les appeler à la guerre sainte.

Ce n'est que lorsque ce manège est terminé que les flics commencent à lui parler par mégaphone interposé, dans l'espoir de lui faire rendre les armes. Il refuse le dialogue. Chaque fois que le type dit un truc, tente de le convaincre de l'inutilité de son combat, il riposte à coups de calibre 7,62. L'émir l'avait prévenu : « Ils vont chercher à t'embobiner, commencer à te faire douter. Ils vont jouer sur les mots pour te démontrer que ton discours est plein de contradictions... Il ne faut surtout pas entrer dans leur jeu ! N'entame pas de discussion avec eux. À aucun moment ! »

En désespoir de cause, les flics font venir sa mère et son père. Il tire dans leur direction de la même façon.

Après cela, il ne se passe plus rien.

Il en profite pour poster sa première vidéo sur le Web, tournée grâce à la GoPro qu'il avait fixée en frontale. On entend bien les coups de feu, on aperçoit les deux agents tomber, mais c'est très sombre, ça bouge beaucoup et on devine ce qui se passe, plus qu'on ne le voit.

Malheureusement, Hamid ne pourra pas mettre davantage de vidéos en ligne, parce que les flics font très rapidement fermer son site Internet. Il ne pensait pas qu'ils le repéreraient si tôt.

La cité est plongée dans un silence qu'il n'avait jamais connu, qu'il n'aurait pas cru possible. Ça impressionne Hamid, et pour tout dire, ça lui plaît. Pendant quelques heures, il se sent bien, en paix. La pensée que sa vie aurait pu être autre s'il avait connu un calme pareil plus tôt l'effleure.

Ce moment de sérénité ne dure pas.

Sur le coup des deux heures du matin, Hamid entend le vrombissement caractéristique des turbines d'un hélicoptère. Il se redresse pour essayer de l'apercevoir, mais il doit voler tous feux éteints, ou être stationné très bas. Puis, grâce aux lumières de la ville, il distingue un reflet sur la carlingue partiellement dissimulée derrière une des autres tours de la cité. Il épaule son AK47 et vise dans la direction de l'appareil qui se met immédiatement hors de portée.

Dès lors, le bruit assourdissant des pales ne cesse plus, empêchant Hamid de dormir comme il avait prévu de le faire, par flashs de dix minutes, selon la technique enseignée par l'émir.

Au milieu du vacarme provoqué par l'hélicoptère, il essaie de prier. Ça l'aide. Ça le rapproche de son frère. Nejib est-il fier de lui ? Que pensera-t-il de ce qu'il a accompli jusqu'ici ? Hamid n'oublie pas que c'est Nejib qui a monté cette opération avec l'émir, c'est lui qui a fait l'essentiel du travail. Le succès de la mission doit lui revenir. L'émir doit le dire au guide. Là-bas, en Syrie, il faut qu'Abou Bakr al-Baghdadi le sache !

Le jeune djihadiste passe par des moments d'exaltation pendant lesquels il voit sa mission comme une victoire. Il a déjà réussi ! Demain, son action d'éclat sera sur toutes les lèvres et dans tous les esprits. La France entière en parlera, et même les journaux à l'étranger ! Puis, l'instant d'après, en proie au doute, il se dit que s'il est encore en vie c'est qu'il n'a pas tué assez de policiers. Il n'a pas frappé l'État français aussi fort qu'il devait le faire. L'émir est certainement en colère contre lui. Pire, il est déçu.

C'est bientôt l'aube. À genoux sur son tapis de prière, penché en avant, Hamid s'endort presque. Des images du désert zèbrent l'intérieur de son crâne, par intermittence, comme des éclairs. Il rêve, ou il délire, il le sait. C'est la tension et l'adrénaline. C'est la fatigue aussi. Ces souvenirs ne sont pas les siens. Son frère lui a tellement parlé de sa formation au djihad en Syrie qu'il a l'impression d'y avoir été avec lui. Ça a été l'expérience la plus marquante de son existence. Nejib lui a confié un jour que c'est là-bas qu'il a ressenti et mémorisé le plus de choses, comme si la somme des sentiments qui l'avaient traversé depuis sa naissance avait été dérisoire par rapport à l'intensité des événements, des paysages et des visages rencontrés dans le camp d'entraînement. Vivre avec les frères n'avait ressemblé à rien de ce qu'il avait vécu avant de partir. C'est pendant son séjour qu'il avait pris la mesure du vide dans lequel il se débattait jusque-là.

Hamid aurait aimé partir en Syrie comme lui, combattre et périr là-bas. Mais les frères en ont décidé autrement et c'est à Toulouse qu'il va mourir.

Les heures passent, toujours couvertes par le fracas des deux hélicoptères qui se relaient. Hamid sait que c'est la dernière fois qu'il voit le soleil se lever.

À la faveur du jour, il discerne des mouvements au pied de l'immeuble. Des hommes en armes surgissent de l'entrée 3 de la tour Verte.

Gamin, Hamid a passé des heures, des après-midi entiers, dans ce hall.

Les policiers évoluent à couvert. Hamid reconnaît les lourds boucliers blindés et les casques anti-balles du RAID ou du GIPN. Il ressent un mélange d'inquiétude et de fierté. Ils ont envoyé un groupe d'élite !

Cela veut dire que des snipers ont commencé à se déployer un peu partout autour de la tour Bleue. Même s'ils n'ont pas de vue plongeante sur lui, il doit s'attendre à être pris pour cible dès qu'il se penchera par-dessus le parapet. D'ailleurs, Hamid s'en écarte ; ils l'ont peut-être déjà en ligne de mire. Il se tourne vers la porte qui mène à la cage d'escalier, évalue de nouveau le champ des possibilités, maintenant que les commandos sont entrés en scène : s'ils avaient dû lui tirer dessus depuis l'hélicoptère, ils l'auraient déjà fait. Ils doivent être trop loin, ou l'hélico est trop instable pour caler un tir. Escalader les façades de la tour est une option, mais leurs hommes seraient vulnérables en arrivant au sommet, au moment d'enjamber le muret. Le plus probable est qu'ils vont faire sauter la porte et venir à lui sans sortir de derrière leurs boucliers.

Il estime à quelques minutes seulement le temps nécessaire à des hommes lourdement équipés mais entraînés pour gravir les douze étages de la tour Bleue. Ils sont probablement de l'autre côté de la porte à présent. Quelques mètres à peine et une plaque d'acier le séparent des flics. Il sait que si la charge d'explosif qu'il a placée arrêtera le premier qui tentera d'ouvrir, les suivants s'engouffreront et lui-même n'aura que quelques secondes pour réagir et tenter d'en descendre le plus grand nombre.

Il se décale de l'axe du chambranle, rassemble réserves d'eau et munitions, les dispose à portée de main, puis se met en position de tir.

L'attente commence.

L'hélicoptère a repris ses circonvolutions dans la cité, assez près pour que le bruit de ses moteurs, amplifié par les façades des immeubles contre lesquelles il se reflète, brouille les pensées de Hamid... Assez éloigné pour échapper au tir d'une kalachnikov. Hamid jure. Il voudrait se dresser sur le parapet pour pouvoir regarder le pilote en face et le descendre d'une balle en plein front.

Il ne doit pas se laisser déstabiliser. La fatigue entraîne le manque de discernement ; il est conscient que c'est ce qu'ils cherchent. Conserver son calme, rester concentré sur sa mission, garder les yeux rivés sur la porte. Ça ne durera plus longtemps maintenant.

Pourtant, rien ne se passe. Les minutes, puis les heures s'écoulent et le RAID n'entre toujours pas en action. Le soleil est haut déjà, la chaleur devient insupportable sur ce toit recouvert d'alumine et de graviers.

Hamid boit beaucoup d'eau. Plus que ce qu'il pensait. Il va bientôt en manquer. Mais qu'importe ?

Il est traversé par des sentiments qui ne lui sont pas familiers. Outre le sommeil, c'est la solitude qui lui pèse le plus. Il aimerait que Nejib soit là. Son frère aîné lui manque ; sa présence, comme toujours, aurait été un réconfort. Pourtant, le sort de Nejib n'est pas à envier. Il est aux mains des policiers. Il va passer des années en prison.

Hamid a envie de déféquer. Il se retient depuis plusieurs heures, mais le besoin devient trop pressant. Il jette un coup d'œil à l'hélicoptère qui fait du surplace, à bonne distance. Hamid est certain qu'ils l'observent aux jumelles et renseignent les hommes au sol sur ses moindres faits et gestes.

Il s'accroupit et relève sa djellaba sans rien offrir de sa nudité à l'ennemi. Il ne lâche surtout pas sa kalachnikov, mais, au moment où il se décale pour éviter de marcher dans ses propres excréments, une violente explosion arrache de ses gonds la porte de la cage d'escalier. La pièce métallique vole, rebondit contre le parapet et bascule dans le vide. Sonné par la violence de l'explosion, Hamid a tout de même la présence d'esprit de déverrouiller la sécurité de son fusil d'assaut et de lâcher une salve en direction du trou béant, à l'aveugle. Son geste demeurant sans réaction, il suspend son tir pour sonder cette gueule noire. En vain, rien n'en provient, ni son ni mouvement.

Hamid se déplace prudemment sur sa gauche, kalachnikov pointée devant lui, pour ouvrir l'angle dans l'espoir d'apercevoir le groupe d'intervention. Mais c'est le même vide inquiétant. Les flics se sont contentés d'ouvrir la voie et se sont repliés, sans chercher à le déloger.

Commence alors un jeu de dupes : ils sont tout un groupe, des dizaines en bas, lui est seul, retranché sur le toit d'un immeuble. Ils ont tout leur temps, le sien est compté. Ils le veulent vivant pour pouvoir l'interroger, lui appelle la mort de ses vœux.

Les flics le laissent languir sur le toit surchauffé pendant tout l'après-midi sans se montrer, limitant leur action au jet de grenades assourdissantes à intervalles irréguliers pour l'empêcher de se reposer. Chaque déflagration fait sursauter Hamid, le sortant momentanément de sa torpeur pour le plonger dans un état de fébrilité plus grand encore.

Entre deux grenades, il s'efforce de demeurer immobile pour retrouver son souffle, faire baisser le rythme de son cœur qui s'emballe. Jusqu'à la prochaine explosion.

L'hélicoptère tourne toujours autour de lui. Ça le rend fou. Il décide de ne plus bouger. Puisqu'ils attendent qu'il soit mûr pour le cueillir, autant les laisser penser qu'il s'est assoupi et les prendre par surprise, asséner le coup fatal au moment où ils approcheront, pensant avoir affaire à un homme vaincu.

Avec la nuit qui tombe, la deuxième qu'il passe en haut de cet immeuble, Hamid sent la fatigue devenir accablement. Il avait beau savoir que le manque de sommeil représenterait la plus grande difficulté, il n'imaginait pas que son corps le lâcherait aussi vite. L'émir le sermonnait souvent à ce propos : « La force d'un martyr est en lui, sa faiblesse aussi. »

Au cours des dernières semaines, son frère et lui se

sont entraînés à surmonter le manque de sommeil, à lutter contre la perte de repères et de jugement. Il n'avait pas envisagé un épuisement tel que sa volonté serait annihilée. Il pensait que sa foi en Allah transcenderait ses limites physiques. Il pensait surtout qu'il serait tué avant d'avoir le temps de faiblir.

Le jet de grenades assourdissantes connaît un rythme croissant. Puis cesse. Puis reprend. Hamid est désorienté. Ils jouent avec ses nerfs. Il sait ce que cela signifie. Ils veulent le déstabiliser avant de passer à l'offensive. Il s'attend à tout moment à les voir surgir de l'entrebâillement désormais nu de la porte, mais plus la nuit avance, plus ses réactions sont lentes. Il lui arrive de distinguer un remous dans l'air, ou une ombre. Il jurerait que quelque chose a bougé ! Il s'aplatit pour lâcher une rafale dans l'obscurité. L'hélicoptère témoigne de ses exercices ridicules. Hamid ne le voit pas, mais il l'entend. Ils sont là, ils ont des lunettes à visée nocturne. Qu'attendent-ils pour donner l'assaut ? S'ils attaquaient maintenant, il pourrait encore leur opposer une résistance.

Hamid voit émerger deux yeux des ténèbres. Il doit écarquiller les siens pour comprendre qu'il s'agit de deux miroirs télescopiques actionnés par les flics. À quoi bon ? L'hélicoptère ne leur indique-t-il pas déjà sa position en temps réel ? Que veulent-ils savoir de plus ? Son matériel ! Le type d'armes qu'il a, s'il dort ou pas. Cela ne peut signifier qu'une chose : l'attaque est imminente.

Tenant la kalachnikov d'une main, Hamid se saisit de son Glock et prend les deux périscopes pour cible. Mais la fatigue et le manque de visibilité altèrent ses facultés et les quinze cartouches de son chargeur lui sont nécessaires pour parvenir à détruire le premier mouchard. Les flics retirent l'autre.

Il recharge. De nouveau, il doit rester sur le qui-vive et dans l'incertitude. Il est à bout, il ne tiendra plus longtemps. Il sait qu'ils sont là. Sans cet hélico, il les entendrait chuchoter entre eux, tellement ils sont proches.

Rendu imprudent par l'impatience, las de rester immobile, Hamid se lève et s'approche de la cage d'escalier. Il les devine, mais il veut en avoir le cœur net. Surtout, il en a assez d'être la proie piégée dans un terrier que le chasseur s'apprête à enfumer. Il veut en découdre avec ses assaillants et les mettre en fuite. Ou mourir, mais les armes à la main, comme un moudjahidine.

Il longe le local technique de l'ascenseur, parfaitement conscient que là-haut, l'hélicoptère a déjà informé le groupe d'intervention de son approche. Il s'aplatit contre le mur où se trouvait la porte il y a quelques heures encore, et en essayant d'être le plus vif possible, lance sa kalachnikov dans l'ouverture en même temps qu'il appuie sur la détente. Il reconnaît le bruit typique des balles qui s'écrasent contre l'acier des boucliers. Ils sont donc bien là, en bas des marches !

Il retourne à sa position en courant, prend son sac à la volée, et contourne le local technique pour se mettre à l'abri des regards de l'hélicoptère. Celui-ci décroche immédiatement de sa position en stationnaire pour le suivre, mais Hamid plonge sa main dans le sac et en extrait deux grenades à fragmentation sans qu'un observateur à bord de l'appareil ait le temps de voir son geste. Il en dégoupille une et, avant que l'hélico n'ait rétabli un contact visuel sur lui, il finit de contourner le bâtiment en jetant la première grenade dans la cage d'escalier. Il entend crier « grenade, grenade ! ».

Hamid roule à terre au moment où l'engin explose. Puis, il se relève en toute hâte et, sans attendre, se précipite vers eux. Dans le renfoncement, il aperçoit trois boucliers derrière lesquels une masse humaine s'est ramassée sur elle-même. Les hommes du commando sont sonnés, mais ils ont eu le réflexe de se protéger. Tapis comme une bête blessée, ils ne sont toujours pas hors de combat.

Hamid sait qu'il devrait retourner se mettre à l'abri, mais au lieu de cela, il prend la décision d'aller au contact. C'est sa dernière chance de mourir en tuant. Les flics ne s'attendent pas à cela. Dans leur schéma, un terroriste frappe et disparaît. Lui donne l'assaut.

S'il veut profiter de l'effet d'égarement causé par la grenade, il doit enfoncer leur position maintenant ! Il se plante en haut des marches et vide le chargeur de sa kalachnikov contre les boucliers blindés, tentant de viser tout ce qui dépasse. Quand la kalachnikov est à court de munitions, il la laisse choir, arme son Glock et dégoupille la deuxième grenade.

Les policiers semblent avoir compris ses intentions, car ils se relèvent, comme pour se préparer au choc. Le terroriste a un instant d'hésitation. Les policiers et lui se font face. On dirait deux packs sur le point d'entrer dans la mêlée. Hamid s'élance. Mais alors que ses pieds s'apprêtaient à quitter le sol et à le propulser dans les escaliers, son corps est frappé par quelque chose qui le détourne de son mouvement vers l'avant et le projette à plusieurs mètres sur le côté.

Depuis le marchepied de l'hélicoptère, un sniper vient de faire feu sur lui. Hamid a la respiration coupée par le choc. Tout le haut de son corps est endolori, mais il sent une brûlure à l'épaule qui se concentre et s'intensifie, comme une boule de feu qui se ramasse sur elle-même avant d'imploser. Il n'est que blessé, se dit-il. Dans quelques secondes, quand il aura repris son souffle, il pourra se redresser et continuer la lutte. Mais Hamid oublie que dans sa chute, il a lâché la grenade.

48

Sergine Hollard est entendue par le capitaine Alliot pendant une bonne partie de la nuit. Le lendemain et le surlendemain, elle est longuement interrogée par son supérieur, le commissaire Le Loch, mais également par deux spécialistes « descendus de Paris », et enfin débriefée par deux autres agents, l'un du ministère de l'Intérieur, l'autre de la Défense, sur ce qu'elle pouvait ne pouvait pas devait ne devait pas dire à propos de cette affaire... À qui que ce soit, ses proches y compris !

Ses proches, quels proches ?

Ces dernières recommandations ont paru superflues à Sergine, trop consciente du danger couru par Samia si quiconque dans la cité avait vent, même *a posteriori*, du double jeu de son frère, dealer et indic.

À de nombreuses reprises au cours des interrogatoires, elle demande des nouvelles de Samia. La retiennent-ils comme elle ? Comment va-t-elle ? A-t-elle bénéficié d'un soutien psychologique ?

Mais les enquêteurs ignorent systématiquement ses questions. Tous reviennent avec insistance sur la description de l'imam, du garde du corps et des mystérieux hommes qui montaient la garde près de la mosquée. Comment étaient leurs tenues, quel rôle ont-ils joué... ? Sergine en déduit qu'ils n'ont pas réussi à faire parler Nejib Omane, ni à mettre la main sur les types qui cornaquaient son frère avant l'assaut final. Hamid Omane a bénéficié d'un appui logistique, il a été chaperonné jusqu'à la dernière minute, jusqu'au moment de vérité, mais les mentors se sont évanouis. Pas fous les islamistes ! D'accord pour envoyer les petits frères rendre visite aux soixante-douze vierges, mais très peu pour eux. On a retrouvé des armes et des explosifs dans la cave transformée en mosquée ; mais aucune trace de l'imam ni d'aucune autre ouaille.

Il paraît évident que Nejib Omane était au courant des projets de son frère cadet. Il finira par parler. Mais pour l'instant, c'est chou blanc pour les services de renseignement ! Après l'échec de la fusillade qu'ils n'ont pas su prévenir, l'incapacité à identifier et démanteler l'intégralité du réseau sera le deuxième reproche fait au capitaine Alliot, et peut-être même au commissaire Le Loch.

Sergine refuse qu'on la ramène chez elle en voiture de service à l'issue de son dernier interrogatoire... Ras-le-bol des flics !

Elle ressort groggy du commissariat, comme si elle venait de recevoir un uppercut sous la mêlée, qui l'aurait mise sur la touche pendant quelques minutes ; animée par rien : elle n'a aucune envie, aucune idée, aucun sentiment... Pas même celui d'être soulagée de rentrer chez soi. Son seul désir serait de revoir Samia. Mais elle a interdiction de chercher à la contacter, ni elle ni ses parents – qui ont de toute façon été « délocalisés » le temps que les choses se tassent – et ce, jusqu'à nouvel ordre. Tout entretien avec la presse lui est également interdit. Elle ne peut plus se rendre aux Izards, elle devra même attendre d'en avoir reçu l'autorisation pour retourner travailler à la clinique.

Elle lit sur Internet les articles publiés pendant qu'elle était entre les murs du commissariat. Elle découvre le retentissement national du drame toulousain. La France a tremblé, Hamid Omane a réussi son coup, même si son action d'éclat lui a été fatale. Il était déterminé et avait tout prévu, y compris une fin dramatique. Après l'explosion de la deuxième grenade, le groupe d'intervention a retrouvé son corps déchiqueté. Il avait suffisamment de munitions pour tenir un siège, il s'était positionné sur les toits les plus hauts du quartier pour éviter toute vue plongeante sur lui, il était donc hors d'atteinte, mais n'avait aucune solution de repli non plus. Il n'avait pas envisagé de finir autrement qu'en mourant.

Pendant un jour et deux nuits, il a balayé à coups de kalachnikov le quadrangle que forme le parking entre les quatre tours et les trois barres qui constituent le cœur des Izards.

Nulle part il n'est fait mention du barbu qui l'encadrait jusqu'au moment de la fusillade, ni de l'imam qui animait la prière quelques minutes avant que le frère de Samia ne soit assassiné. Dans les journaux et sur les chaînes de télévision, on présente Hamid Omane comme un loup solitaire sans réseau. Sergine et les flics savent qu'il n'en est rien... même si le portrait du jeune en perte de repères n'est pas entièrement faux.

Au lieu de cela, les médias entretiennent la polémique autour des responsabilités et des défaillances des services de renseignement. Les têtes ne vont pas tarder à tomber, et Sergine songe à celle du capitaine Alliot, qui sera l'une des premières.

Les photos des Izards qui illustrent les articles dévoilent un quartier ravagé. Le maire de la ville promet que les stigmates des dernières trente-six heures seront vite effacés grâce aux efforts redoublés des services municipaux, mais pour l'instant Toulouse nord ressemble davantage à Sarajevo ou à Beyrouth qu'à la ville rose.

Les cicatrices ne sont pas que physiques et ne se limitent pas à des carcasses de voitures incendiées ou des poubelles fondues aux pieds de façades criblées de balles ; les Toulousains que Sergine croise dans son quartier du faubourg Bonnefoy sont traumatisés. On dirait que tout le monde partage la même gueule de bois. Même madame Savély, sa voisine irascible, est toute chose. Elle n'affiche plus la morgue qui la caractérise habituellement. On dirait qu'elle s'est adoucie. C'est comme si les gens partageaient quelque chose à présent... Peut-être le sentiment, ravivé par le drame, d'appartenir à la même ville, à une même communauté.

Après quelques jours d'inaction forcée et pour tout dire d'ennui, Sergine prend l'initiative de téléphoner au capitaine Alliot afin d'obtenir le feu vert pour retourner travailler. Elle en a assez de cette vie en résidence surveillée. Elle compose le numéro qu'il lui avait conseillé d'appeler en cas de besoin, ou si le moindre souvenir au sujet de Noureddine Ben Arfa ou de Hamid Omane lui revenait. Elle est mise en relation avec quelqu'un dont elle ne reconnaît pas la voix. L'inconnu se présente comme « un collègue » du capitaine Alliot. Sergine comprend *remplaçant*. Alliot a déjà été débarqué. Elle en a la confirmation lorsque, après qu'elle a insisté pour le joindre, le collègue en question lui rétorque que c'est lui, désormais, qui est en charge de cette affaire.

C'est donc auprès de son nouvel interlocuteur qu'elle place sa requête. Pour toute réponse, le policier manifeste son étonnement. Il ne comprend pas qu'on l'ait empêchée de reprendre son activité professionnelle, puisque rien n'a été retenu contre elle. Sergine manque s'étrangler. Elle qui attendait docilement qu'on lui signifie la fin de sa période de pénitence... Elle aurait pu attendre longtemps !

— Mais continuez à être discrète et à faire profil bas, ajoute le policier.

— Profil bas ?

— Ne passez pas par la cité.

— L'idée ne me serait pas venue.

— Mieux vaut prévenir que guérir.

— Oui, et bien c'est raté, si vous voulez mon avis.

— Que voulez-vous dire ?

— Qu'en matière de prévention, les services de police toulousains se posent un peu là, rétorque-t-elle avec un sarcasme retenu depuis plusieurs jours.

Sergine croit entendre le policier déglutir. Il ne relève pas.

— Restez joignable, dit-il sèchement avant de raccrocher.

49

L'après-midi même, Sergine reprend le chemin de la clinique où elle est accueillie par l'équipe au grand complet. Malgré le plaisir de se revoir, les retrouvailles sont empruntées. Avec l'arrestation de Sergine, la clinique vétérinaire des Izards a été au cœur de la tourmente ; *l'affaire* est encore au centre de toutes les conversations, et l'envie d'en connaître les détails par quelqu'un qui a vécu les événements dans sa chair, difficile à réprimer. Qui plus est, on n'est pas certain du rôle exact de Sergine et de sa part de responsabilités. Malgré les propos rassurants des docteurs Destouches et Akkouche, nombreux ont été les clients à faire des allusions pas toujours bien intentionnées. Ce scepticisme défiant a commencé à faire douter les employées du cabinet. Seule l'attitude de Sergine, plus triste que bourrue, retient Sylvie, Brigitte et les autres de lui poser les questions qui leur brûlent les lèvres.

Au bout d'un moment, comprenant la nature du malaise qui s'installe et pour couper court à toute spéculation, Sergine déclare qu'elle est tenue à un devoir de réserve qui lui interdit d'évoquer le dossier Omane-Ben Arfa. Elle a dit cela en adoptant un de ces airs revêches qui ont fait sa réputation d'ours qu'il vaut mieux ne pas importuner, et plus personne n'a songé à aborder ces rivages.

Pourtant, Sergine semble être la seule à vouloir oublier, car on ne parle que de ça dans le quartier. Un règlement de comptes entre jeunes de la cité, l'islam radical qui surgit à visage découvert, quatre morts dont deux policiers et deux gamins des Izards... L'ampleur du choc est inégalée ! Même s'ils n'étaient pas des enfants de chœur, le plus âgé n'avait que vingt-trois ans, et on admet difficilement que des gosses qui ont grandi dans la même cité s'entre-tuent ; parce que cette fois, ce ne sont pas les flics qui les ont descendus lors d'une course-poursuite ou à l'occasion d'un contrôle d'identité qui aurait dérapé... Cette fois, ça vient de l'intérieur, le mal est né du quartier lui-même.

Les vieux en discutent sans fin sur la place Micoulaud. On sait depuis longtemps que les jeunes dérivent, mais c'est la première fois que l'on constate, effaré, l'abîme entre les générations.

La police patrouille un peu plus que d'habitude, les journalistes qui avaient momentanément posé leurs caméras sur le parvis de la station de métro sont tous repartis, les habitants du quartier ayant refusé de répondre à leurs questions. Quelques voitures ont continué à brûler après l'assaut du GIPN, histoire de célébrer la victoire des Izards qui sont remontés sur la première marche du podium des quartiers malfamés, devant le Mirail dont la liste des méfaits est plus longue, mais « ils sont plus nombreux, et ils ont commencé plus tôt que nous », argue-t-on, bravache, sur le trottoir du bar-tabac devenu le QG de Souleymane, ex-bras droit et successeur de Noureddine Ben Arfa qu'il a remplacé le lendemain de sa mort.

Au milieu de tout cela, Sergine fait face, grâce aux consultations et aux opérations qu'elle enchaîne en guise d'assommoir. Les journées passent et le train-train quotidien fait son effet. Il lui permet de donner le change, même s'il y a encore beaucoup de vide autour d'elle... Parce que Samia lui manque.

Un vendredi soir, un apéritif est organisé pour célébrer le départ de Rémi dont le stage est terminé. Tout le monde est un peu éméché après quelques verres. Pierre fait son discours habituel de maître de stage qui souhaite bon vent à son disciple en espérant croiser de nouveau son chemin. Il rappelle au milieu des rires certains épisodes croustillants au cours desquels Rémi a pu illustrer son inexpérience. Il évoque ensuite une partie plus mouvementée de son stage, qu'il espère atypique dans la carrière d'un vétérinaire. Une forme de recueillement tombe alors sur l'assemblée qui se remémore la tragédie et le chaos dont la clinique fut l'épicentre.

Puis, l'alcool aidant, Pierre devient grivois et fait allusion à l'intérêt particulier que son stagiaire semble avoir porté à Émilie, l'ASV stagiaire. Rémi rougit, ce qui fait redoubler les commentaires. Sylvie et Brigitte, qui adorent ce genre de potins, se déchaînent.

Sergine ne parvient pas à faire semblant. Elle ne supporte plus cet humour potache. Tant de frivolité alors que la clinique a été au cœur d'un tel drame lui paraît déplacée. Personne n'a plus la moindre pensée pour Samia.

Sylvie, désinhibée par l'ébriété, taquine Rémi et l'encourage à se laisser aller à des confidences.

— Je ne dirai rien qui ne soit consigné dans mon rapport de stage. Vous découvrirez en le lisant qu'il ne contient aucune considération de cet ordre, répond-il sagement.

— Tu as raison, renchérit Mourad que l'on connaît mal dans le registre de la bagatelle mais qui semble lui aussi sous l'emprise du champagne. Des rapports... de stage. Pas des rapports... pendant le stage !

Alors qu'il éclate de rire à sa propre blague, il se tourne vers Sergine, s'attendant à ce qu'elle renchérisse. Pourtant, rien ne vient ; aucun trait d'humour qui puisse laisser entendre qu'elle va mieux, qu'elle commence à reprendre goût à la vie.

Elle comprend qu'elle est seule désormais, on ne l'aidera pas à remonter à bord. Personne ne veut savoir ce qu'est devenue Samia. Elle a disparu et tout le monde s'en fout, Pierre et Mourad les premiers, tout comme Brigitte et Sylvie, ou Charlotte et Solène. Tous voudraient que Sergine agisse comme si rien ne s'était passé, qu'elle boive un peu trop ce soir et qu'elle rigole avec eux des déboires de Rémi.

Mais pas cette fois. Cette fois, ça ne fonctionne pas.

50

Le commissariat nord est plongé dans une espèce de léthargie post-traumatique, à l'instar de tout le quartier. Chacun se regarde en cherchant dans le regard de l'autre une explication.

Les portraits du gardien de la paix Hafed Barroumi et du brigadier Michel Terral, bardés d'un brassard noir et entourés de fleurs, ont été déposés sur le bat-flanc. Hafed avait vingt-deux ans. Il était musulman. Il appartenait à la BST du secteur nord depuis huit mois à peine. C'était son premier poste. Michel était là depuis l'ouverture du commissariat en 2002. Il faisait partie des meubles et de l'âme de ce lieu.

Depuis plus d'une semaine, la CRS 26 est stationnée en permanence aux endroits stratégiques des Izards :

la cité des Faons, l'impasse Vitry, les abords du tabac-presse... La place Micoulaud essentiellement. Leur présence suscite la même animosité que d'habitude, sauf qu'étant donné les circonstances personne n'ose rien leur dire. C'est comme si on se sentait collectivement pris en faute. Et puis, les esprits ont été marqués par la démonstration de force des autorités pendant l'assaut ; les jeunes têtes brûlées du quartier n'ont pas encore renoué avec les attitudes provocatrices qui caractérisent habituellement leurs relations avec la police, même s'ils continuent à dealer au nez et à la barbe des CRS.

Grâce à ce soutien provisoire, le commissariat est partiellement soulagé de ses tâches de maintien de l'ordre, et la BST que dirige Nathalie Decrest peut seconder le service judiciaire dans l'épuration de ses dossiers en cours.

Le travail se fait dans une atmosphère lugubre. En temps normal, l'été est l'occasion de partager quelques parties de pétanque après le service, qui finissent souvent en barbecue.

Depuis l'affaire Omane, les équilibres sont bouleversés. La police est prise à partie par les administrés les moins enclins à la révolte. Les gens ont eu peur. Quelque chose s'est brisé dans leur compréhension du monde, dans leur confiance en ceux qui sont censés assurer leur sécurité. On ne comprend plus les jeunes. Autrefois on pouvait se rassurer avec des explications simplistes et démagogiques, regretter qu'il y ait autant d'Arabes dans nos villes... À présent on sait que ces tours de passe-passe ne suffisent pas à expliquer les événements de ces derniers jours. Les causes ne sont plus uniques et les remèdes habituels se diluent dans le maelström d'origines du mal. Ça n'a rien à voir avec nous, Daech n'est pas né en France. Hamid Omane n'est pas un Arabe, un Beur, un fils ou un petit-fils d'immigré... C'est un terroriste. On ne s'y retrouve plus. On ne sait plus à qui en vouloir, auprès de qui exprimer cette angoisse de voir la société changer sans nous. Alors, les flics, au même titre que les politiciens, font office d'exutoire.

La presse n'aide pas à apaiser les esprits. Les journaux télévisés diffusent en boucle les analyses des spécialistes qui se succèdent dans leurs studios pour se substituer aux responsables de la police, ceux-ci n'ayant pas le droit de s'exprimer publiquement. Pourtant, le commissariat est pris d'assaut et les micros se tendent dès que passe le moindre galon. Même le capitaine Martin est sollicité. Évidemment, aucun ne prend le risque de trahir son devoir de réserve, mais en sous-main, par fuite interposée, chacun y va de son pavé dans la mare du voisin. On cherche à dédouaner son service en dépeignant Hamid Omane comme un électron libre qui s'est radicalisé seul. La théorie du tueur indétectable devient discours officiel.

Personne ne cherche à interviewer le brigadier-chef Decrest. Le menu fretin qui se débat sur le terrain n'intéresse pas les médias. Quand bien même un journaliste lui offrirait son micro, sa parole serait muselée. La menace de sanctions, si elle continuait à « ouvrir sa grande gueule », s'est exprimée sous la forme d'une promesse de promotion au grade de brigadier-major lors des nominations suivantes. Elle n'est pas dupe des réelles motivations de sa hiérarchie, mais elle n'a pas d'autre choix que se taire et accepter l'avancement aussi inattendu qu'indécent. En apprenant la *bonne nouvelle*, le major Rouseau l'a félicitée avec un air triste et espiègle à la fois. Il semblait compatir en imaginant la couleuvre qu'elle avait dû avaler pour qu'on lui accorde un tel traitement de faveur.

Un matin, le capitaine Martin informe son chef de la BST que Nejib Omane a tenté de mettre fin à ses jours dans sa chambre d'hôpital en s'ouvrant les veines à l'aide d'une épingle à nourrice. Heureusement – ou malheureusement – pour lui, il a eu un malaise avant de parvenir à se saigner complètement et ses plaies ont coagulé spontanément. L'infirmière du matin l'a retrouvé, couvert de sang séché, lors de sa première ronde.

— On leur apprend à se faire exploser au milieu de la foule avec le cul farci de Semtex, mais ils ne savent même pas comment se suicider ! a conclu le capitaine, pas franchement affecté par le geste désespéré du gamin.

En général, Nathalie Decrest a peu de compassion pour les voyous. L'enquête dira la part de responsabilité de Nejib Omane, mais il lui fait davantage l'impression d'un jeune paumé manipulé par un gourou que d'un pur salopard.

Le temps vire au lourd. Bernet dit à longueur de temps qu'il est *pégous*, qu'il ne se supporte plus. Il ne fait qu'exprimer avec ses mots du Sud-Ouest ce que tous ressentent : le moindre mouvement les fait suer, littéralement. Ils ont les membres gonflés et la peau collante. Les chaleurs du mois de juin se transforment en période orageuse, comme souvent dans la région. Nathalie Decrest occupe ses journées à faire des auditions et classer des affaires sans suite : des plaintes de voisinage, des récidives de stationnement gênant, un soupçon d'empoisonnement de chat domestique, des contrôles d'identité...

À plusieurs reprises, elle part en patrouille avec Bernet. Ce sont autant d'occasions de passer devant la clinique vétérinaire. N'ayant plus revu la Saab noire du docteur Hollard, Decrest hésite à s'arrêter ou à l'appeler pour prendre de ses nouvelles ; elle décide finalement de pousser jusqu'au faubourg Bonnefoy.

La voiture de la vétérinaire est garée devant son domicile, dans le même état que la dernière fois. La plage et la banquette arrière sont trempées de la pluie tombée la nuit dernière. Le docteur Hollard n'a même pas pris le soin de tendre une bâche plastique pour protéger l'intérieur de l'habitacle.

— Après ce qu'elle a vécu, elle a dû s'accorder quelques jours de vacances, commente Bernet qui a deviné les pensées de son chef de groupe.

— Ou, plus vraisemblablement, elle est interdite de séjour dans le quartier jusqu'à ce que les tensions retombent complètement.

L'équipage regagne La Vache *via* le parc de la Maourine et Borderouge, profitant de sa sortie pour finir par le quartier en devenir du secteur nord, manière de le voir grandir et de s'habituer progressivement, pour ne pas être mis devant le fait accompli lorsque les trente mille habitants supplémentaires attendus auront emménagé. Le brigadier-chef Decrest contemple les immeubles en construction. Borderouge justifierait un commissariat à lui tout seul. À croire que les élus et les promoteurs ne tirent aucune leçon de leurs erreurs passées ! Le Mirail, Bellefontaine, la Reynerie, Bagatelle, Empalot et pour finir les Izards ! Combien d'exemples leur faut-il encore pour comprendre que la délinquance n'a pas besoin de terreau pour faire des rejets. Elle est assez vivace pour se répandre seule, inutile d'en rajouter.

Nathalie Decrest soupire : les mêmes conneries ont les mêmes conséquences ! L'affaire Ben Arfa-Omane n'est que la phase aiguë d'une affection chronique. On a éteint le feu, mais il reprendra. On a scellé une chape de plomb sur le quartier et repris le contrôle de la situation...

— Jusqu'à la prochaine fois.

— Pardon ?

— Non, rien.

Bernet n'est pas si bête sous ses airs bourrus de Commingeois. Il a parfaitement compris ce à quoi sa chef faisait allusion. Il aurait aimé qu'elle se confie à lui, connaître le fond de sa pensée. Mais toujours cette distance : l'âge, le sexe, le grade...

Le brigadier-chef attrape *La Dépêche du Midi* que Bernet s'est procurée un peu plus tôt.

— Pourquoi tu l'achètes alors qu'on la reçoit au commissariat ? lui fait-elle remarquer.

— Parce que je veux découper les articles qui parlent de l'affaire Omane. Je les garde pour plus tard.

— Pour quoi faire ?

— Ben... C'était quand même l'affaire du siècle et j'étais là, alors...

Bernet la regarde d'un air désolé, comme s'il s'excusait.

— Hum, fait-elle sans insister.

Elle déplie le canard et découvre en première page la photo des commissaires Debru et Martineau, respectivement chef de la DDSP et de la sûreté départementale, aux côtés de monsieur le préfet, en train de recevoir une poignée de main du ministre de l'Intérieur qui les félicite pour « leur gestion exemplaire de la crise que la ville et la France entière viennent de traverser ».

C'est pour ça qu'Hafed et Michel sont morts ? Decrest balance le journal par-dessus son épaule.

— Allez, on rentre au bercail.

51

Quelques semaines plus tard, Sergine reprend contact avec Affaires de Femmes et convient d'un rendez-vous avec l'une des bénévoles. Elle veut donner de son temps, aider comme elle le pourra.

Elle rencontre Noémie, une des fondatrices de l'antenne toulousaine. Elle travaille aux côtés de Nadia depuis la création de l'association en 2002 à Villeurbanne, dans la banlieue de Lyon. Si Sergine les rejoint, elles seront les deux seules Françaises du groupe. Noémie insiste sur ce point avec amertume : « C'est une association féministe qui défend les victimes de mariages forcés, mais parce que ça concerne principalement des Maghrébines tout le monde s'en désintéresse ; à commencer par les médias. »

On ne peut pas être sur tous les fronts, mais Sergine sait que, désormais, sa tranchée sera là. Elle assiste à quelques réunions et adhère comme simple membre pour commencer. Elle s'est sentie apaisée quand elle a pris cette décision.

Elle s’est remise au footing. Elle évite de partir dans la direction de l’appartement de Philippe, même si cette plaie-là est complètement cicatrisée. Samia, par contre, l’accompagne où qu’elle aille. Elle n’a plus aucune nouvelle, son mobile est aux abonnés absents, tout comme celui de Malika. C’est l’été, la chaleur voudrait tout anéantir, même le souvenir des gens.

Et puis un jour, Sergine apprend par son collègue Mourad, qui a toujours ses entrées dans le quartier, que les Ben Arfa sont revenus habiter dans la cité. D’après lui, et surtout d’après sa mère, ils restent terrés dans leur appartement, écrasés par la douleur et l’ahurissement.

Cela signifie-t-il que Samia est de retour, elle aussi ? Mourad avoue ne pas savoir, mais cette éventualité replonge Sergine dans un état de nervosité proche de celui qui l’animait quand elle s’est lancée à l’assaut des caves de la cité. Elle est déterminée à revoir la jeune fille. Elle hésite cependant à se rendre chez ses parents pour toquer à leur porte. Elle se souvient des recommandations du policier qui a succédé au capitaine Alliot. C’était il y a deux mois... Y a-t-il prescription aujourd’hui ? Elle se souvient surtout de la fusillade – cette seule évocation suffit à la décourager – et de l’accueil qu’elle avait reçu le matin même par les chouffeurs au pied de l’immeuble. Elle n’est pas certaine de vouloir revivre cela ! Elle se retient et décide de patienter encore un peu. Quelques jours, pas davantage. Elle demande à Mourad de se renseigner en attendant.

Les parents de Hamid et Nejib Omane, par contre, ont définitivement disparu. Père et mère d’assassin dans une HLM où tout le monde se connaît, ce n'est pas un bail confortable. On dit qu'ils sont repartis au bled. Leur fils aîné, Nejib, a été placé en détention préventive à sa sortie d'hôpital. Il fait l'objet d'une instruction. Il a beau continuer à nier, les preuves et les témoignages s'accumulent contre lui.

Enfin, c'est la rentrée des classes. Les collégiens recommencent à défiler à heures fixes sur le piétonnier qui relie les Izards au collège Rosa-Parks en longeant la clinique. Sergine ne peut s'empêcher de les regarder passer pour tenter d'apercevoir Samia... Espoir ridicule, dans la mesure où Samia était en troisième l'an dernier ; même si elle était encore à Toulouse, elle ne serait plus dans cet établissement. Sergine essaie de se faire une raison : si Samia avait souhaité la revoir, elle l'aurait déjà appelée.

Le premier mercredi suivant la reprise des cours, alors qu'elle s'apprête à partir en visite d'élevages, Mourad Akkouche lui annonce de but en blanc qu'il lui a dégotté un stagiaire pour lui tenir compagnie les mercredis et les samedis.

Sergine, qui finissait de préparer le matériel dont elle aurait besoin au cours de l'après-midi, se redresse, incrédule. Elle est sur le point de protester et de lui dire qu'il aurait pu lui demander son avis avant d'accepter un stagiaire, mais elle n'en fait rien, car il n'est pas dans les habitudes de Mourad de prendre ce genre de liberté.

Elle l'observe, attendant le moment où il reconnaîtra qu'il s'agissait d'une plaisanterie. Mais Mourad conserve un air tout à fait sérieux et enchaîne, une pointe d'espièglerie, à la limite de la provocation, au bord des lèvres :

— Enfin, je devrais dire *une* stagiaire !

Et en même temps que Sergine comprend, Mourad fait entrer une jeune fille dont le visage rayonne de joie.

— Samia !

L'adolescente et la vétérinaire se dévisagent un long moment. Enfin, elles tombent dans les bras l'une de l'autre. Tout s'arrête dans la clinique. On n'avait jamais vu le docteur Hollard dans un tel état. Certaines parmi le personnel doutaient qu'elle fût capable d'un tel épanchement.

Puis Sergine desserre son étreinte et se tourne vers Mourad, cherchant une explication dans ses yeux devenus rieurs et bienveillants.

— Les parents du jeune homme auquel Samia était promise ont eu vent des déboires des Ben Arfa à Toulouse. Ils ne voulaient pas que leur nom soit associé à une famille dont le fils était un dealer notable, même mort. Alors ils ont annulé le mariage.

— Ils ont eu vent ?

Le docteur Akkouche hausse les épaules en écartant les bras, comme s'il clamait haut et fort son innocence devant un tribunal :

— Le téléphone arabe !

Anne [illegible]

À [illegible] Madame [illegible] filles de [illegible] Virginie et Benoît [illegible]. La [illegible] elle recherche le passé sans trouver. Au-delà de la [illegible] au-delà [illegible]. Une [illegible] de Ludovic [illegible] ne blessent pas davantage [illegible] passage [illegible] lorsque celui-ci laisse un homme mort à la frontière, elle le suit dans sa fuite avec la même passion [illegible] une vie de Jack [illegible] visage d'adolescente, un peu [illegible] un peu [illegible] qui va [illegible].